Mein Dank gilt abermals meiner Familie! ♥
Dafür, dass ihr mir die Zeit gegeben habt,
die diese Geschichte brauchte,
um geschrieben zu werden.

Janey L. Adams

Thore
ONE NIGHT DEAL

Roman

Bibliografische Information der Deutschen
Nationalbibliothek:
Die Deutsche Nationalbibliothek verzeichnet diese
Publikation in der Deutschen Nationalbibliografie;
detaillierte bibliografische Daten sind im Internet über
http://dnb.dnb.de abrufbar.

Covergestaltung: nach einem Entwurf der Autorin
(Foto: stock.adobe.com / kantver)

Herstellung und Verlag: BoD – Books on Demand,
Norderstedt

ISBN: 9783 744 80028 0

Kapitel 1

Begegnung

„Wer, zum Teufel, bist du?"

Erschrocken riss sie den Kopf herum. Ihre Hand verkrampfte sich so stark um den Schwamm, dass ihr das Putzwasser den Arm entlang lief, in den Ärmel hinein, und den Stoff pitschnass machte.

Mit weit aufgerissenen Augen blickte sie zu einem wahren Hünen hoch, dessen breite Schultern den Türrahmen fast komplett ausfüllten.

„Cory", antwortete sie atemlos. Ihr kam das große Badezimmer, dessen Wanne sie gerade putzte, mit einem Mal viel zu klein vor.

„Und was machst du hier?" Seine dunkle, tiefe Stimme verursachte einen Schauder, der ihr über den Rücken lief. Er neigte den Kopf leicht zur Seite, ehe sein Blick langsam über ihren Körper glitt.

Sie verengte die Augen. „Offensichtlich putzen."

„Aha. Und darf ich fragen, warum du so gut wie nichts anhast?" Seine Augen kehrten zu ihrem Gesicht zurück, hielten ihren Blick förmlich fest. Ein Feuer schien in ihnen zu lodern.

Sofort beschleunigte sich ihr Puls. In ihrem Bauch entstand ein Gefühl, dass sie irgendwo zwischen Atemlosigkeit und Begierde einordnete.

Ein Gefühl, welches ihr nicht willkommen war, denn der Verstand sagte ihr, dass er lediglich mit ihr spielte. Gereizt starrte sie ihn an. „Wenn Sie schon einmal eine komplette Wohnung geputzt hätten ...“, deutlich war der Zweifel in ihrer Stimme zu hören, „... dann wüssten Sie, dass einem dabei ziemlich warm wird.“

Sein Mund verzog sich zu einem sinnlichen Lächeln, und eine Gänsehaut breitete sich auf ihren Armen aus.

Wieder glitten seine Augen interessiert über ihren Körper. „Ist das so, ja? Wie auch immer, du solltest etwas mehr am Leib tragen, wenn du in einer fremden Wohnung putzt.“ Vielsagend betrachtete er ihre nackten Beine, die der kurze Rock kaum verdeckte, und ihre Bluse, die sie vor dem nackten Bauch verknotet trug.

„Normalerweise bin ich in besagten Wohnungen allein.“ Trotzig hob sie das Kinn.

„Ich werde meiner Wohnung unter Garantie nicht fern bleiben, nur weil eine Angestellte meint, ihre Arbeit halbnackt verrichten zu müssen.“

Cory stand auf und musste sich an der Wand abstützen, da ihre Beine plötzlich unangenehm zu kribbeln anfingen. Mit großen Augen verfolgte sie, wie der Hüne sich vor die Toilette stellte.

„Ich bin gleich weg, meine Beine sind eingeschlafen“, stöhnte sie mehr, als sie es sagte.

Sprachlos sah sie zu, wie er seine Hose öffnete und mit der Hand hineingriff. Rasch schloss sie die Augen. Ihr Atem ging mit einem Mal hektischer.

Verdammt, ihr dämlichen Beine, müsst ihr ausgerechnet jetzt schlafen?

Sie hörte viel zu viel für ihren Geschmack, und war erleichtert, als er – den Geräuschen nach - den Reißverschluss wieder hochzog. Sein leises Lachen verursachte ihr eine weitere Gänsehaut.

„Du kannst die Augen wieder aufmachen", sagte er neckend. Die Spülung rauschte und gleich darauf der Wasserhahn.

Mit verzerrtem Mund schüttelte sie heftig den Kopf. Hart rieb sie mit den Fäusten über die Schenkel, um die Blutzirkulation anzukurbeln. Ein erleichtertes Stöhnen entfuhr ihr, als das betäubende Kribbeln nachließ.

Vorsichtig öffnete sie die Augen und zuckte erschrocken zurück. Mit dem Rücken stieß sie gegen die gekachelte Wand und schnappte nach Luft.

Gott, ist der Mann groß!

Der Fremde stand dicht vor ihr und sah mit einem sündigen Lächeln auf sie herab. „Wie kann man nur so schüchtern sein?"

Wortlos erwiderte sie den Blick. Für sie gab es keine Möglichkeit, ihm auszuweichen, da er sie praktisch zwischen Badewanne und Wand gefangen hielt.

Verärgert ging sie zum Angriff über: „Kann ich jetzt meine Arbeit beenden?"

„Sicher doch. Ich frage mich allerdings, ob du auch nackt für mich putzen würdest?" Sein Blick glitt vielsagend an ihrem Körper hinab.

„Aber gerne doch", sagte sie, mit vor Ironie triefender Stimme. „In Ihren Träumen! Und jetzt gehen Sie mir aus dem Weg."

„Und wenn nicht? Was willst du dann machen?"

Halb schockiert, halb wütend, blickte sie zu ihm auf. Sie biss die Zähne zusammen und stieß mit den Handflächen fest gegen seine Brust.

Damit hatte er nicht gerechnet. Unwillkürlich trat er einen Schritt zurück. „Ganz schön widerspenstig", murmelte er.

Ohne ihn einer Antwort zu würdigen, ging sie mit erhobenem Kinn hinaus.

In der offenen Küche räumte sie hastig das schmutzige Geschirr in den Spüler, als ihr ein Prickeln im Nacken verriet, dass er ihr gefolgt war. Aus den Augenwinkeln warf sie ihm einen genervten Blick zu.

Sein Grinsen war nicht zu übersehen, doch er wandte ihr für einen Moment den Rücken zu und öffnete den Kühlschrank. Eine Getränkedose in der Hand haltend lehnte er sich lässig an einen der Schränke. Seine Augen hefteten sich auf sie, folgten jeder ihrer Bewegungen.

Wenige Handgriffe später schaltete sie das Gerät ein. Mit steifem Rücken ging sie zurück ins Badezimmer, um sich seinem Gaffen zu entziehen.

Sie griff nach dem Schwamm und legte sich wieder über den Badewannenrand.

„Verdammt", platzte es laut aus ihr heraus, denn erneut kribbelte ihr Nacken. Wütend wandte sie den Kopf zur Seite, sah ihn erneut im Türrahmen stehen. „Was?", fauchte sie gereizt.

Ein herausforderndes Lächeln spielte um seinen Mund. „Ich wollte mir nicht den Anblick von deinem hübschen Hintern entgehen lassen."

„Also, das ist doch ..." Wütend rang sie um Worte. Seine Präsenz füllte den Raum, sodass sie keinen klaren Gedanken fassen konnte.

„Was?" Er stieß ein heiseres Lachen aus, das ihr durch alle Glieder fuhr. „Ich bin auch nur ein Mann."

Nur?

Fast hätte sie gelacht. Denn er war definitiv mehr als *nur* ein Mann. Niemals zuvor war ihr ein männlicheres Exemplar begegnet. Und das nicht allein in Bezug auf seinen Körper, den er offensichtlich stählte. Nein, seine Ausstrahlung war so stark, dass sie sich klein und überaus weiblich vorkam.

„Du sagst nichts? Wieder schüchtern?" Um seinen Mund spielte ein neckendes Lächeln.

Doch sie weigerte sich, etwas zu erwidern.

Seine Augen schlossen sich halb, was in ihrem Inneren ein verheerendes Taumeln auslöste. „Ich frage mich gerade, ob du nicht Lust hast, mein Bett frisch zu beziehen?"

Mit einer entnervten Handbewegung schmiss sie den Schwamm in die Badewanne und ging schnurstracks zur Wohnungstür.

„Ist das ein *Nein*?" Er folgte ihr.

Sich umdrehend fauchte sie: „Offensichtlich."

„Wirklich schade. Mir gefällt jedenfalls, was ich sehe", raunte er, ehe sein Blick fast spürbar an ihrem Körper abwärts glitt. „Wenn du schon nicht für mich arbeiten möchtest, willst du dann mit mir ins Bett gehen?" Er sah auf und blickte sie abwartend an.

Erst in diesem Moment fiel ihr die ungewöhnliche Farbe seiner Augen auf. Es war ein gräuliches, sehr helles Braun, das sie an vertrocknete Herbstblätter denken ließ.

Dann beanspruchte die Wut im Bauch ihre Aufmerksamkeit.

Mit der Hand tastete sie nach dem Knauf und zog die Tür auf. „Zum einen: Ich werde im Leben nicht mit Ihnen ins Bett gehen. Und zum anderen: Ich arbeite nicht für Sie. Ich bin nur dummerweise für meine Freundin eingesprungen, die krank ist. Und wie froh ich bin, Ihnen nie wieder begegnen zu müssen, kann ich kaum mit Worten ausdrücken."

Kapitel 2

Wut

„Fuck", murmelte er, als er den Schritten lauschte, die sich eilig entfernten.

Tief durchatmend schloss er die Tür und versuchte, sein inneres Gleichgewicht wiederzufinden.

Stirnrunzelnd blickte er auf seine Hände hinab, die heftig zitterten.

Müde rieb er sich über das Gesicht, nahm das Getränk mit zum Sofa und ließ sich schwer hineinfallen.

„*Fuck*", stieß er laut hervor, während er der Begegnung hinterher spürte. „Cory", flüsterte er fast unhörbar.

Was hat sie nur an sich?

Er fühlte sich wie ein pubertierender Teenager. Ein einziger Blick in ihre großen, strahlend grünen Augen hatte den primitiven Wunsch in ihm geweckt, sie zu ficken.

Sie zu provozieren reizte ihn ungemein, ihre Abwehr stachelte ihn an. Doch er hatte nicht gewollt, dass sie ging.

Er war auf sich selbst sauer. Extrem wütend, wie er sich eingestand.

Was habe ich mir bloß dabei gedacht, sie so zu bedrängen?

In Gedanken ging er die Minuten noch einmal durch. So ziemlich alles, was er zu ihr gesagt hatte, bereute er.

Was ihm jedoch beim Nachdenken bewusst wurde: Sie faszinierte ihn nicht nur körperlich, auch wenn er definitiv nichts dagegen gehabt hätte, wenn sie auf sein Angebot eingegangen wäre.

Nein, sein Interesse an ihr ging tiefer.

Er wollte alles von ihr wissen: Was sie bewegte, was sie interessierte, was sie zum Weinen und was zum Lachen brachte.

Sechs Stunden später verfluchte er sie bereits, denn sie ging ihm nicht aus dem Kopf.

Nicht einmal das schweißtreibende Training hatte es geschafft, sie aus seinen Gedanken zu vertreiben. Dabei war Sport seine Allzweckwaffe, um den Kopf frei zu machen, wenn er abschalten wollte.

Müde stieg er aus der Dusche und wickelte sich ein Handtuch um die Hüften. Im Wohnzimmer ließ er sich auf das Sofa fallen. Sein Versuch, einen Film anzuschauen, scheiterte.

Er sah einzig Corys hübsches Gesicht vor sich. Besonders ihre großen Augen, die es ihm enorm angetan hatten. Im Nachhinein drängte es ihn, die Hände in ihren braunen Locken zu versenken.

Oder ihre roten Lippen zu küssen.

Leise fluchend griff er zu einer Flasche Scotch und schenkte sich einen Drink ein. Er nahm einen großen Schluck, der das Glas zur Hälfte leerte, doch sein Lieblingswhisky schmeckte ihm nicht. Grimmig stellte er das Glas auf den Couchtisch.

Er griff in die Hosentasche, zog sein Smartphone heraus und drückte eine Kurzwahltaste.

Eine sanfte Frauenstimme meldete sich: „Thore?"

„Ja. Anne, du musst etwas für mich herausbekommen. Ich möchte wissen, wer bei mir die Wohnung putzt. Und wie ich die Person erreichen kann."

„Herrje, ist dir etwas gestohlen worden?"

„Nein", antwortete er brüsk.

„Gut", erwiderte sie erleichtert. "Ich melde mich morgen, sobald ich mehr weiß."

„Erst morgen?", fragte er entsetzt.

„Thore, es ist fast zweiundzwanzig Uhr."

„Also morgen", seufzte er resigniert. „So früh wie möglich, verstanden?"

Seine Assistentin lachte leise und murmelte: „Wie mein Arbeitgeber befiehlt." Sie legte auf.

Leise fluchend schmiss er das Handy auf den Couchtisch. Cory musste hier saubergemacht haben, denn vage erinnerte er sich, ein paar benutzte Gläser dort stehengelassen zu haben.

Er biss die Zähne zusammen und ging ins Schlafzimmer hinüber.

Das Bett war ungemacht und zerwühlt. Demnach hatte sie den Raum nicht betreten.

„*Fuck*", stöhnte er und wünschte sich inständig, sie endlich vergessen zu können.

Das Handtuch warf er achtlos auf den Boden, ehe er sich aufs Bett legte. Er machte sich gar nicht erst die Mühe, sich zuzudecken. Ins Leere starrend blickte er zur Zimmerdecke hoch. Ohne es zu merken, schlief er ein und versank in sinnlichen Träumen.

Sie stand in der Tür, um ihren Mund spielte ein sinnliches Lächeln.

Ihm stockte der Atem bei dem bloßen Anblick.

Mit wiegenden Hüften kam sie auf ihn zu, und sofort beschleunigte sich sein Herzschlag. Ohne es zu wollen, blieb sein Blick an dem Stück Haut kleben, welches zwischen den hohen Stiefeln und dem kurzen Rock sichtbar war.

„Thore ...", seufzte sie.

Der Laut sandte ihm eine Gänsehaut über den Leib. Vage wurde ihm bewusst, dass sein Schwanz hart und bereit war.

„Ich will dich, Thore. Nichts ersehne ich mehr, als deine Berührung ..."

Ihre Hand hob sich, strich über seine Wange, und vergrub sich in seinen Haaren. Sie zog ihn zu sich herunter.

Sein Atem ging schwerer, als ihr Mund sich seinem näherte. Doch sie küsste ihn nicht. Viel schlimmer noch: Sie stieß ihn von sich und lachte. „Glaubst du ernsthaft, ich will dich?"

Er starrte sie an, entsetzt und ungläubig.

„Armer Mann. Sag jetzt nicht, dir passiert es zum ersten Mal, dass eine Frau dich nicht will …"

Fassungslos sah er ihr hinterher, als sie zur Tür schritt.

Dort blieb sie stehen, sah über die Schulter zu ihm zurück. „Ich wünsche dir schöne Träume."

„Geh nicht. Ich will nicht bloß von dir träumen. Ich will dich."

Sie leckte mit der Zungenspitze über ihre Lippen, ein Anblick, der ihm direkt in den Schwanz fuhr.

„Ist das so?" Wieder kam sie auf ihn zu, mit sexy schwingenden Hüften. Von unten herauf sah sie zu ihm hoch, ließ die Finger über seine Brust fahren. Immer dichter kam sie dem Reißverschluss seiner Jeans, was ihn aufkeuchen ließ vor Begierde.

Mit einer langsamen Bewegung trat sie einen Schritt zurück. Beide Hände legte sie auf ihre Brüste, ließ sie nach unten gleiten. „Soll ich dich berühren? An der gleichen Stelle?" Ihre Finger streichelten sinnbildlich über ihre Scham.

„Ja", hauchte er.

Ein perlendes Lachen erklang, und belustigt schüttelte sie den Kopf.

„Es gefällt mir, dass du mich willst. Aber leider ...", hauchte sie mitleidig, *„... beruht das nicht auf Gegenseitigkeit." Ohne ein weiteres Wort wandte sie sich der Wohnungstür zu, entfernte sie sich von ihm.*

Flehend streckte er einen Arm aus, wie um sie aufzuhalten. „Bleib!"

„Für einen Kuss?"

„Ja. Und für mehr."

Seufzend schüttelte sie den Kopf. „Das war die falsche Antwort. Träum etwas Schönes, Thore." Die Tür schloss sich hinter ihr.

Abrupt erwachte er. Das Herz klopfte unnatürlich schnell in seiner Brust.

„Fuck!" Heftig atmend setzte er sich auf, und versuchte, die Bilder des Traums abzuschütteln. Erst jetzt bemerkte er, wie hart sein Schwanz war.

Minuten später war klar, dass es für ihn keine Chance gab, über den Traum oder seine Erregung hinwegzukommen. Tief einatmend legte er die Finger um seine Erektion, und seine Hand begann sich wie von allein zu bewegen.

Er schloss die Augen. Ohne es zu wollen, sah er Cory vor sich, und seine Vorstellungskraft verwob die Realität mit seinem Traumbild.

Kapitel 3

Zweite Chance

Das Klingeln des Handys weckte ihn auf. Es muss-te noch im Wohnzimmer liegen, der gedämpften Lautstärke zufolge. Er ignorierte es, bis ihm ein-fiel, dass Anne die Anruferin sein könnte.

Sofort spurtete er los und riss das Telefon ans Ohr hoch. „Ja?"

„Ich habe mit der Agentur telefoniert. Die letzte der Frauen, die sich bereit erklärt hat, deine Woh-nung zu putzen, heißt Phillipa."

Er runzelte die Stirn. „Bereit erklärt?"

„Wenn du nicht so gut zahlen würdest, dann hät-test du wohl Probleme, jemanden für den Job zu finden."

Kann es sein, dass ich einen amüsierten Unterton in ihrer Stimme höre?

„Sie ist die zwanzigste, die den Job macht. Alle an-deren davor haben das Handtuch geschmissen."

„Aha?" Er war ratlos.

„Ich soll dir von der Leiterin der Agentur Grüße ausrichten. Du hast Aussicht, die verbliebenen vier zu beschäftigen, dann hättest du all ihre Angestell-ten vergrault."

„Wie bitte?", fragte er angesäuert.

„Jede der Frauen hat sich über deine, entschuldige, Schlampigkeit beschwert." Sie ließ ein leises Lachen hören.

Er blickte zu den vielen Klamotten, die auf dem Fußboden lagen. Doch er zuckte desinteressiert die Schultern. „Und wenn schon. Es gibt noch andere Agenturen. Sag mir lieber, ob du die Telefonnummer von dieser Phillipa bekommen hast."

„Leider nein. Telefonnummern werden grundsätzlich nicht herausgegeben. Aber du darfst eine Nachricht für sie hinterlassen."

Thore biss die Zähne zusammen. „Reizend. Dann gib mir die Nummer."

„Ich habe das bereits erledigt und Phillipa in deinem Namen ausrichten lassen, sich schnellstmöglich bei dir zu melden."

Ihm entfuhr ein Seufzer der Erleichterung. „Danke, Anne. Du bist unbezahlbar." Damit war es ihm bitterernst.

Sie lachte hell auf. „Also wäre dies der perfekte Moment, um eine Gehaltserhöhung zu bitten?"

Er grinste. „Wie viel?"

„Oh", kam es überrascht zurück. „Das sollte nur ein Witz sein."

„Du solltest abgebrühter sein. Doch da ich deine Arbeit wirklich zu schätzen weiß, werde ich dir mehr zahlen. Wie viel?"

Es blieb eine Weile still.

Dann kam ein zögerndes: „Danke. Aber das über-
lasse ich dir."

„Gut, ich sage meiner Assistentin Bescheid, dass
sie Anne Harrison zweitausend Dollar mehr im
Monat auszahlen soll."

Ein Keuchen war die erste Reaktion. „Thore, das
ist doch viel z…"

„Anne, du bist es wert, und du weißt das auch.
Bleib bloß bei mir!" Er grinste und legte auf.

Schon fühlte er Ungeduld in sich aufsteigen. Eine
seiner Schwächen, gegen die er oft ankämpfte. Und
bei der er immer wieder versagte …

Hoffentlich meldet sich diese Phillipa bald, dachte
er unruhig, bevor er im Badezimmer in die Dusche
stieg. Heißes Wasser prasselte auf ihn herab, und
gedankenverloren wusch er sich die Haare. Als er
seinen Körper mit Duschgel einseifte, war er kopf-
mäßig längst wieder mit Cory beschäftigt.

Tropfnass stieg er aus der Dusche, als sein Handy
erneut zu klingeln begann.

Nackt lief er hinüber ins Wohnzimmer und hielt es
sich ans Ohr. „Ja?", knurrte er.

„Guten Tag. Mein Name ist Phillipa. Ich …"

„Danke, dass Sie sich so schnell melden."

Ein hartes Husten war ihre Antwort, dann sagte
sie heiser: „Nachdem die Agentur bei mir angerufen hat, habe ich mit Cory telefoniert. Sie hätte
nicht einfach gehen dürfen." Sie räusperte sich.

„Sie wollte mir bloß nicht sagen, warum. Wie auch immer, sie dürfte gleich bei Ihnen sein, um den Job zu beenden. Es tut mir leid, wenn Cory Ihnen Unannehmlichkeiten bereitet hat. Sie hat mir versprochen, die Arbeit zufriedenstellend abzuschließen."

Thore stand der Mund offen, so verblüfft war er. Leise sagte er: „Gut. Dann ist das ja geklärt. Würden Sie mir die Handynummer von Cory geben? Dann brauche ich Sie nicht noch einmal zu belästigen."

Er speicherte die Nummer in seinem Telefon, als sich hinter ihm die Wohnungstür öffnete, und zwang sich, unbewegt stehenzubleiben. „Danke sehr, auch für den Anruf. Und gute Besserung." Er legte auf.

Erst jetzt drehte er sich um und blickte Cory ins Gesicht, die reglos - mit geschlossenen Augen - in der Tür stand. Bestens gelaunt sagte er heiter: „Guten Morgen, Cory."

„Entschuldigung", sagte sie verlegen. „Ich hätte klopfen müssen."

Sie war darauf gefasst gewesen, ihm zu begegnen, aber musste er unbedingt nackt im Wohnzimmer stehen? Wie von selbst hoben sich ihre zitternden Hände und legten sich über die Lider. Dennoch sah sie ihn deutlicher vor ihren inneren Augen, als ihr lieb war.

Sie biss die Zähne zusammen, als sie sein leises Lachen hörte.

„Ich hatte nicht gedacht, du meinst es so *wörtlich*, mich nicht mehr wiedersehen zu wollen." Amüsiert lachte er. „Ich hatte gerade Phillipa am Telefon. Sie hat mir versichert, du erledigst den Job."

„Das werde ich. Sagen Sie mir einfach, wann Sie die Wohnung verlassen. Dann komme ich später wieder."

„In den nächsten fünf Tagen gehe ich nirgendwo hin", sagte er mit sanfter Stimme.

Kalt durchrieselte es sie. Zwischen zusammengebissenen Zähnen presste sie hinaus: „Ziehen Sie sich etwas an." Einen Moment zögerte sie, dann fügte sie ein kaum vernehmbares: „Bitte", hinzu.

Leise lachte er. „Da mir allmählich kalt wird, tue ich dir den Gefallen. Außer, du ..." Er biss sich auf die Zunge.

Fuck! Verderbe es dir nicht, dachte er erschrocken. *Du hast gerade eine zweite Chance bekommen.*

„Ich bin im Schlafzimmer, falls du mich suchen solltest."

„Wohl kaum", murmelte sie deutlich hörbar.

Einen Moment lang sah er sie an und wünschte sich, sie würde die Hände vom Gesicht nehmen. In ihm brannte der Wunsch, in ihre eindrucksvollen Augen zu schauen. Doch sie schien nicht wild darauf zu sein, ihn – nackt, wie er war – anzusehen.

Tief seufzend drehte er sich um, durchquerte das Wohnzimmer, und verschwand hinter der Schlafzimmertür. Rasch schlüpfte er in eine blaue Jeans und zog das erstbeste T-Shirt an, das ihm in die Finger kam.

Annes Worte über seine Schlampigkeit schossen ihm durch den Kopf, als sein Blick auf die Schmutzwäsche am Boden fiel. Er sammelte sie auf und warf sie in die Wäschetonne.

Das Bett sah schlimm aus, bemerkte er. Entschlossen hob er die Decke an, um sie halbwegs ordentlich über das Laken zu breiten, als ihm der muffige Geruch in die Nase stieg.

Cory wird wohl kaum mein Bett frisch beziehen, schoss es ihm durch den Kopf. *Nicht, nachdem ich gestern so niveaulos versucht habe, sie in selbiges zu locken.*

Die Lippen fest zusammenpressend zog er mit einer kraftvollen Bewegung das Laken herunter. Er brauchte geschlagene zehn Minuten, um das Bett frisch zu beziehen.

Da es ihn förmlich trieb, ging er in den Flur, um sich auf die Suche nach Cory machen. Er fand sie im Bad, wo sie dabei war, die Glasscheibe der Dusche zu trocknen.

Ihr Blick hob sich, als er sich in den Türrahmen lehnte.

Sie hat wahrhaft schöne Augen, dachte er.

Misstrauisch sah sie ihn an.

„Ich habe noch nicht gefrühstückt ..."

Sie unterbrach ihn, bevor er weitersprechen konnte: „Ich putze nur, ich koche nicht."

Kurz grinste er. „Schade. Doch ich wollte etwas anderes sagen."

Mit dem Kopf machte sie eine unwillige Bewegung, erwiderte jedoch nichts.

„Möchtest du eine Scheibe Toast mitessen?"

Sie warf ihm einen ungläubigen Blick zu. „Damit er mir im Hals stecken bleibt? Nein, vielen Dank."

Lange sah er sie an, während sie unbeirrt mit ihrer Arbeit fortfuhr.

„Ich sollte mich wohl für gestern entschuldigen."

Gespannt wartete er auf ihre Reaktion.

„Nicht nötig. Immerhin habe ich dadurch die Möglichkeit bekommen, Sie einzuschätzen."

Fuck, die Antwort gefällt mir nicht!

Ein undefinierbares Kältegefühl breitete sich in seinem Magen aus. „Was bedeutet?"

Sie warf ihm einen unterkühlten Blick zu. „Nichts anderes, als gestern schon klar war."

Damit konnte er nichts anfangen. Unbestimmt zuckte er mit der Schulter.

Offenbar war ihr die Geste nicht entgangen, denn sie fügte hinzu: „Ist doch nicht schwer zu verstehen: Ich bin froh, wenn ich hier weg kann und Sie nicht mehr wiedersehen muss."

Seine Augen schlossen sich halb, als er versuchte, seine Enttäuschung zu verbergen. „Daran kann ich nichts ändern?"

„Nein, absolut nichts." Sie wandte ihm den Rücken zu und bearbeitete die andere Glaswand mit dem Tuch.

Einen Moment schwieg er, dann machte er einen weiteren Vorstoß: „Bekomme ich eine zweite Chance? Das mit der Entschuldigung habe ich ernst gemeint."

„Die Entschuldigung, die nur angedeutet, aber nicht ausgesprochen wurde?" Sie lachte, drehte sich aber nicht zu ihm um. „Ich denke, nein."

Eine Weile beobachtete er sie weiter. Wortlos drehte er sich um und ging in die Küche.

Ich muss es irgendwie schaffen, das wieder geradezubiegen, dachte er wütend.

Kapitel 4

Augen zu und durch

Eine Minute später stieg ihr der Duft von geröstetem Toast in die Nase. Noch immer stand sie zitternd in der Dusche, unfähig, sich zu rühren.

Als sie gestern zum Hotel gefahren war, wütend und verwirrt, war es ihr noch nicht bewusst gewesen. Doch in der Nacht, als sie schweißnass aufgewacht war, und noch einmal die Minuten in seiner Wohnung durchlebt hatte, traf sie die Erkenntnis wie ein Hammerschlag: Sie war in ihn verliebt. Unwiderruflich. Und sie konnte nicht das Geringste dagegen tun ...

O Gott, hilf mir, bitte.

Es war, als könnte sie in seiner Gegenwart nicht einmal atmen, ohne seine überwältigende Präsenz in sich aufzunehmen. Jede Sekunde spürte sie ihn stärker in ihrem Inneren, er besetzte ihr Blut, ihre Gedanken, ihr Herz, ihre Seele, einfach alles. Es war mehr als ein bloßes Unter-die-Haut-gehen.

Dabei war er ihr nicht einmal sympathisch. Sein Verhalten ihr gegenüber war dreist, unangemessen und machohaft.

Stöhnend legte sie den Kopf in den Nacken, verachtete sich für ihre Schwäche.

Sie biss die Zähne zusammen, ehe sie wieder mit kreisenden Bewegungen den Putzlappen über die Duschwand rieb.

Keine zehn Minuten später war sie mit dem Bad fertig. Blieben noch Küche, Wohnzimmer und sein Schlafzimmer. Sie besaß kaum den Mut, in die zum Wohnzimmer hin offene Küche zu gehen, zu stark fürchtete sie seine Gegenwart. Somit blieb sein Schlafzimmer übrig. Doch das zu betreten fühlte sie sich noch weniger imstande.

Mit weichen Knien holte sie tief Luft und ging langsam ins Wohnzimmer. Ohne es steuern zu können, fiel ihr Blick geradewegs auf Thore. Er saß am Küchentisch und hielt einen Becher in der Hand.

Sein Blick hob sich, als sie näher kam.

Entschieden steuerte sie auf den Couchtisch zu, nahm das halbvolle Glas hoch. Den Bruchteil einer Sekunde zögerte sie, dann trug sie es in die Küche, wo sie es auskippte und in den Geschirrspüler stellte.

„Kaffee?"

Seine fragende Stimme riss ihren Kopf herum, und sie starrte ihn an. „Nein."

„Magst du keinen, oder willst du keinen?"

„Ich mag Kaffee, aber von Ihnen ich will keinen."

Laut hörbar seufzte er. „Sag wenigstens *du* zu mir, wenn du schon meinen Kaffee nicht willst. Er ist gut, um es mit aller Bescheidenheit zu sagen."

„Lassen Sie sich immer so vertraulich anreden? Von Menschen, die für Sie arbeiten, meine ich?" Die Frage konnte sie nicht unterdrücken, da sie – zugegebenermaßen – neugierig war, mehr über ihn zu erfahren.

„Du selbst hast mir gesagt, dass du nicht für mich arbeitest."

Sofort hörte sie in ihrem Kopf seine gestrigen Worte: *Wenn du schon nicht für mich arbeiten möchtest, willst du dann mit mir ins Bett gehen?*

Stirnrunzelnd sah sie ihn an. „Sie sind seltsam."

Überrascht und gleichsam neugierig erwiderte er den Blick. „Inwiefern?"

„Zum einen, dass sie wildfremden Menschen erlauben, ihre Wohnung einfach so zu betreten. Ich dachte, Schauspieler wahren ihre Privatsphäre etwas besser."

„Das mag auf die Superstar-Liga zutreffen, in der ich noch nicht angekommen bin." Den Satz begleitete ein Schulterzucken. „Du vergisst außerdem den Arbeitsvertrag. Wer mit Informationen jeglicher Art über mich oder meine Wohnsituation an die Öffentlichkeit geht, riskiert eine Klage, die ganz sicher nicht billig wird."

Sie nickte nachdenklich.

Superstar-Liga? In der er noch nicht angekommen ist?

Ist das Bescheidenheit?

Als ihre Freundin vor ein paar Monaten erzählt hatte, sie würde die Wohnung von Thore Borgerson putzen, war Phillipa ganz aufgeregt gewesen.

Cory selbst hatte es kalt gelassen, da sie ihn nicht kannte.

Am Vorabend im Hotel hatte sie erstmals einen seiner Filme angeschaut und war beeindruckt gewesen von seiner Darstellung.

„Zum anderen?"

Seine Frage riss sie in die Realität zurück.

Schulterzuckend deutete sie mit dem Arm umher. „Ihre Wohnung ist vollkommen normal. Ich habe weder irgendwelche Auszeichnungen gesehen, noch sonst etwas Film-bezogenes. Die Wohnung ist nicht *vorzeigbar* ..." Unsicher biss sie sich auf die Lippe, unsicher, ob sie zu weit gegangen war.

Er lachte leise. „Ich will die Wohnung auch gar nicht vorzeigen. Es wird keine Interviews geben, mit Fotos von mir auf meiner Couch oder ähnlichem Blödsinn. Mir ist es wichtiger, dass ich mich hier wohlfühlen und entspannen kann, wenn ich mal zu Hause bin."

Gespannt beobachtete er sie, sah, wie sie errötete. „Ich entspreche also nicht deiner Vorstellung von einem Schauspieler?"

Sie biss sich auf die Lippe. Unschlüssig zuckte sie mit der Schulter und unterdrückte die Worte, die ihr auf der Zunge lagen: *Optisch schon.*

„Ich möchte lieber als *Mann* denn als Schauspieler wahrgenommen werden. Kollidiert das auch mit deiner Vorstellung?"

Interessiert beobachtete er, wie sie tiefer errötete.

„Vielleicht biete ich ja nur denjenigen Frauen das *Du* an, die ich ins Bett bekommen will", raunte er, um noch einmal zu sehen, wie sie rot wurde. Sein Wunsch erfüllte sich prompt.

Zu spät bemerkte er, dass er damit einen Fehler gemacht hatte.

Ihr verächtlicher Blick ließ ihn zusammenzucken. Schlimmer trafen ihn allerdings ihre Worte: „Danke für den Hinweis. Umso lieber bleibe ich beim Sie." Sie ging zum Wandschrank und holte den Staubsauger heraus.

„Cory ..."

Sie rammte den Stecker in die Steckdose und schaltete das Gerät ein, das lärmend zum Leben erwachte und jedes weitere Gespräch unmöglich machte.

Die nächsten fünfzehn Minuten ignorierte sie ihn. Zumindest seine physische Anwesenheit, auch wenn es wahrlich nicht leicht war.

Sie überwand sich sogar und betrat sein Schlafzimmer, um dort den Teppich zu reinigen.

Als ihr Blick auf das Bett fiel, welches eine Sonderanfertigung sein musste aufgrund der schieren Größe, wurde ihr Bild von ihm wieder bestätigt.

Vor ihren inneren Augen sah sie eine ganze Armee von Frauen, die er mit Sicherheit darin gehabt hatte.

Dennoch war sie beeindruckt von seiner Bescheidenheit.

Sofern sie echt ist, dachte sie. *Er könnte mir sonst etwas erzählen. Er hätte keine Jobs als Schauspieler, wenn er nicht das Talent dazu besitzen würde.*

Als sie fertig war, stellte sie den Staubsauger zurück in den Wandschrank und suchte nach einem Staubtuch. Sie erinnerte sich daran, dass Phillipa ihr gesagt hatte, sie würde sie unter der Küchenspüle finden.

Noch immer saß er am Tisch. Seine Augen folgten jeder ihrer Bewegungen, was sie nervös machte.

„Ich werde mich nicht dafür entschuldigen, dass ich dich will."

Entgeistert sah sie ihn an. Sein selbstbewusster Blick verursachte ihr eine Gänsehaut.

Rasch bückte sie sich, um seinem Starren auszuweichen, und suchte unter der Spüle nach den Tüchern. Sie nahm eins aus der Pappschachtel und ging damit ins Wohnzimmer zurück.

„Du würdest es nicht bereuen, mit mir ins Bett zu gehen."

Seine unerschütterliche Selbstsicherheit flößte ihr Bewunderung ein, denn er klang weder übermäßig arrogant noch eingebildet.

Trotzdem! Was bildet er sich eigentlich ein?
Wütend konzentrierte sie sich auf ihre Arbeit. Sie hoffte, er würde nicht bemerken, wie stark ihre Hände zitterten.

„Komm schon, Cory ... Ich will dich. Sag mir: Wie kann ich dich dazu überreden, mit mir ins Bett zu steigen?"

Mit steifem Rücken arbeitete sie weiter und bemühte sich nicht einmal darum, eine passende Antwort zu formulieren.

Sein Seufzen war deutlich hörbar. „Wie alt bist du eigentlich? Mache ich mich strafbar, wenn ich dich verführe?"

„Nicht mal in hundert Jahren werde ich mich von Ihnen verführen lassen." Für die Worte war sie mutig genug, doch sie wagte es nicht, sich zu ihm umzudrehen.

„Abwarten. Sag, wie alt bist du?"

„Das geht Sie nichts an."

„Du reagierst wie ein Teenager."

„Ich bin sechsundzwanzig. Und weit davon entfernt, ein Teenager zu sein." Schon ärgerte sie sich, dass sie sich zu einer Antwort hatte hinreißen lassen.

„Sechsundzwanzig?" Sein Erstaunen war deutlich zu hören. „Du siehst viel jünger aus."

„Das höre ich nicht zum ersten Mal."

„Ich bin zweiunddreißig."

„Danach habe ich nicht gefragt." Sie blickte kurz zu ihm und fügte spöttisch hinzu: „Du wirkst viel älter."

Thore lachte, und es klang ehrlich amüsiert. _Das höre ich zum ersten Mal."_ Seine nächsten Worte versetzten ihr allerdings einen Schock: „Du hast gerade _Du_ gesagt. Ich werte das mal als einen Schritt, der mich näher an mein Ziel bringt."

Verwirrt kaute sie an ihrer Lippe. Dann flüchtete sie sich in verbalen Angriff: „Endlich fertig mit dem Frühstück? Ich muss noch die Küche saubermachen."

„Sie gehört ganz dir. Genauso wie mein Bett und mein Körper." Gespannt beobachtete er sie, um sich ihre Reaktion nicht entgehen zu lassen.

Ihr Gesicht verfinsterte sich.

Er konnte die heiße Wut spüren, die sie mit einem Mal ausstrahlte. Das ließ ihn die unüberlegten Worte bereuen. Bevor er um Verzeihung bitten konnte, lief sie den Flur hinunter.

Er stand auf, um sich zu entschuldigen, und sah sie in seinem Schlafzimmer verschwinden.

Neugierig geworden lief er ihr nach, lehnte sich in den Türrahmen. Zu seinem leisen Bedauern sah er lediglich, wie sie den Staub vom Nachttisch und der Lampe wischte.

„Lass mich raten: Du hast gehofft, mich auf deinem Bett vorzufinden", stichelte sie wütend.

Er grinste. „Es hätte mir überaus gefallen, das kann ich nicht leugnen."

„Dann hoffe ich, dir gefällt die Vorstellung. Denn mehr wird es nie werden."

„Wir werden sehen ...", sagte er kryptisch.

Kapitel 5

Keine Chance

Zwanzig Minuten später lauschte er – wie schon gestern - ihren eiligen Schritten auf der Treppe hinterher, die sie von ihm fortführten.

Stöhnend legte er den Kopf in den Nacken. Er fasste es nicht, dass sie die letzte Viertelstunde nichts mehr gesagt hatte. Kein einziges, verdammtes Wort!

Allen seinen Vorstößen, sie in ein Gespräch zu verwickeln, war sie mit eiskalter Schulter begegnet. Einige Male hatte sie genervt geseufzt und ihm zahlreiche finstere Blicke zugeworfen, doch ihn ansonsten komplett ignoriert.

Ein leises Lachen drängte aus seinem Mund, als ihm die Ironie der Situation bewusst wurde. Denn normalerweise genoss er es, wenn er in Ruhe gelassen wurde. Es kam nicht oft vor, dass jemand ihn erkannte, und ihn *nicht* um ein Autogramm oder Foto bat. Das war ein Teil seiner Arbeit, der ihm etwas gegen den Strich ging.

Was würde er nicht alles dafür geben, wenn Cory empfänglicher für ihn wäre …

Sie war wie ein Buch mit sieben Siegeln, welches er nicht entschlüsseln konnte.

Was ihm jedoch klar war: Wie er mit ihr umgegangen war, hatte ihn keinen Millimeter weit vorangebracht. Dabei hatte er die besten Absichten gehegt, sie nicht mehr so unangemessen zu bedrängen. Doch er konnte seine Art nicht einfach abstreifen wie eine unbequeme Klamotte.

Er war bekannt dafür, seine Gedanken auszusprechen, ohne lange darüber zu grübeln. Was ihn schon öfter in dezente Schwierigkeiten gebracht hatte, vor allem mit aufdringlichen Reportern und Fotografen.

Seine Gedanken kehrten zu Cory zurück.

Sie machte es ihm wahrhaftig nicht einfach. Tatsächlich schien sie mehr Stacheln zu besitzen als ein Igel. Er hätte sogar geschworen, dass ihre Stacheln giftig waren, da ihn ihre Stiche nachhaltig schmerzten.

Zwei Stunden später war er mit den Nerven komplett am Ende.

Cory krallte sich in seinem Kopf fest. Egal, was er machte, er bekam sie nicht hinaus.

Seit einer halben Stunde hielt er sein Smartphone in der Hand und kämpfte dagegen an, sie anzurufen. Garantiert wäre sie nicht erfreut, wenn er es täte. Ein freudloses Lachen entschlüpfte ihm.

Doch er wollte sie.

Die Frage war: Wie konnte er sein Ziel erreichen?

Seine Finger spielten unruhig mit dem Telefon, drehten es unablässig, als wäre er ein Kartenspieler.

Er entschied sich zunächst für den einfachen Weg, um ihre Reaktion anzutesten. Fast fünfzehn Minuten brauchte er, halbwegs zufriedenstellende Worte einzutippen.

Thore

Du hast dich vorhin nicht verabschiedet. Was mich weniger stört als die ungeklärte Frage: Wann sehe ich dich wieder?

Mit klopfendem Herzen saß er da, nachdem er die Nachricht abgeschickt hatte.

Antworte, Cory, dachte er unruhig.

Viel Hoffnung machte er sich nicht, dennoch starrte er unablässig auf das Display. Die Minuten vergingen qualvoll langsam.

Er zuckte zusammen, als es zu klingeln begann.

Annes Name wurde angezeigt. Er schüttelte über sich und seine Enttäuschung den Kopf. „Ja?"

„Hey. Ich vergaß, es zu erwähnen: Vor zwei Tagen kam ein Drehbuch herein. Ich habe es gerade zu Ende gelesen, und denke, die Rolle könnte dich interessieren."

Seine Stirn zerfurchte sich. „Wann wäre der Drehbeginn?" Ihm war nicht nach Arbeit zumute. Dennoch würde er am Wochenende einige Interviews abreißen müssen.

„In September. Im Begleitbrief stand, du bist die Wunschbesetzung. Eine kleine, unabhängige Produktionsfirma, mit recht kleinem Budget. Sie bieten dir lediglich eine Gage von einer Viertelmillion an, bitten dich aber, das Angebot in Betracht zu ziehen."

„Welche Rolle in was für einem Film? Kino oder Fernsehen? Wo soll gedreht werden?"

„Kino. Soldatenrolle, Kriegsschauplatz im Nahen Osten. Du dürftest die Rolle des Bösewichts spielen, der am Ende die Geliebte des Helden ermordet. Drehorte: Hollywood für die Studioaufnahmen, Außenaufnahmen in Ungarn."

Er zögerte, sagte dann leise: „Bring mir die Tage das Skript, dann lese ich mich mal rein. Wer macht die Regie?"

„Ein mir unbekannter Name. Darran McCoy. Sagt dir das etwas?"

„Nein, nicht wirklich."

„Lese erst einmal das Skript. Ich könnte es dir in einigen Minuten vorbeibringen. Außerdem noch die Liste mit deinen Terminen und Orten für das Wochenende."

„In Ordnung, bis gleich." Er legte auf und seufzte.

Er klickte sich in den Chat zurück, doch noch immer war die Nachricht ungelesen.

Frustriert warf er das Telefon auf den Couchtisch.

Doch schon zog er es wieder zu sich heran. Er drückte eine Kurzwahltaste und bestellte zwei Mal Ente mit Reis und einem Dutzend Frühlingsrollen.

Wie er Anne kannte, hatte sie noch nichts gegessen, und sie liebte chinesisches Essen.

Einen Moment später sah er, dass Cory die Nachricht gelesen hatte. Sein Herz schlug schneller, und verblüfft bemerkte er, dass seine Hand zitterte.

Die Minuten verstrichen.

Zähflüssig.

Von Sekunde zu Sekunde wurde Thore nervöser.

Doch sie antwortete nicht.

Kurzentschlossen rief er sie an. Der Laut des Freizeichens verhöhnte ihn. Sie würde nicht rangehen, das wurde ihm klar, als er es drei Mal vergeblich versuchte.

Mit Wut und Frustration im Bauch schickte er ihr eine weitere Nachricht.

Thore
Sehr unhöflich ... Wie gut, dass ich nicht auf oberflächliches Geplauder stehe. Dennoch hätte ich gern eine Antwort auf meine Frage.

Verblüfft hielt er die Luft an, als er die Punkte sah.

Das bedeutete, sie war dabei, ihm zu schreiben ...
Sein Fuß wippte vor lauter Nervosität.

Cory
Mein Nicht-Antworten war eine klare Ansage, die ich bewusst gewählt habe: Lass mich in Ruhe.

Thore
Keine Chance, mein Schatz. Ich will dich, also bekomme ich dich auch. Mach es uns beiden einfach, und sag mir, wo und wann wir uns wiedersehen.

Cory
Nirgendwo und nie.

Thore
Inakzeptabel. Geh ans Telefon.

Wieder rief er sie an, doch sie nahm nicht ab.

Thore
Ich muss dich wiedersehen!

Doch nicht einmal mehr auf seine Nachrichten reagierte sie.
Ein Klingeln an der Tür lenkte ihn ab.

Kapitel 6

Zermürbend

Der Privatdetektiv hatte ihn eine hübsche Summe gekostet, doch ihm war es das wert gewesen.

Soeben bremste er den Wagen vor einem einsam gelegenen alten Farmhaus ab, dessen weiße Farbe überall abblätterte.

Etwas über eine Stunde hatte die Fahrt gedauert. Nun hoffte er, sie würde wenigstens zu Hause sein.

Entschlossen stieg er aus, ging die vier knarzenden Stufen hinauf, und klopfte hart an die Tür.

Er warf einen Blick nach oben. Sogar die Decke der Veranda benötigte einen frischen Anstrich.

Tief atmete er durch, als er Schritte hörte, die sich näherten. Die Tür wurde nach innen aufgezogen, und er sah durch die Fliegentür, wie Corys Augen vor Überraschung groß wurden.

Er lächelte.

„Was, zur Hölle ...?"

„Ich habe dir gesagt, dass ich nicht aufgebe. Darf ich reinkommen?" Keine Sekunde lang hegte er Zweifel, dass sie sich zumindest in dieser Situation als höflich erweisen würde.

Doch wieder einmal überraschte sie ihn, als sie vehement den Kopf schüttelte.

„Nein. Du bist hier nicht willkommen. Verschwinde wieder!"

„Komm schon, Cory. Du weißt, ich will dich. Gib mir eine Chance."

„Deine Chance besteht in einer ganz leicht zu bewältigenden Aufgabe: Such dir eine Andere."

Sie knallte die Tür zu, und er hörte, wie sie sich von ihm entfernte.

Doch so einfach würde er sich nicht wegschicken lassen ...

Etwas mehr als drei Monate waren ins Land gegangen. Es fehlte nicht mehr viel, und sie wäre reif für die psychiatrische Klinik.

Mehrmals täglich meldete sich Thore bei ihr. Er schrieb ihr Nachrichten, rief sie an. Und was noch schlimmer war: Mindestens einmal die Woche tauchte er an ihrer Haustür auf, sofern er in New York war. Ganz ohne nachvollziehbares Muster.

Ihre – allmählich mürbe werdende - Abwehr war ungebrochen.

Leider schien sein beharrlicher Wille mindestens genauso ausgeprägt zu sein.

Erstmals standen sie sich gegenüber ohne die Fliegentür zwischen ihnen. Er hatte sie vor dem Haus abgepasst.

Sie ärgerte sich, dass sie ihn nicht eher bemerkt hatte.

„Ich will dich ficken. Was muss ich tun, damit du mich lässt?"

Mittlerweile war sie an seine Direktheit gewöhnt. Aber diese derbe Formulierung war neu. Entschieden weigerte sie sich, darauf einzugehen.

„Komm schon, Cory. Gib mir eine Antwort", sagte er in drängendem Ton.

„Fahr wieder nach Hause. Lass mich endlich in Frieden", erwiderte sie seufzend.

„Nein."

„Wann begreifst du es endlich? Ich will dich nicht, ganz egal, wie arrogant und überheblich du daher kommst. Meine Antwort bleibt *Nein*."

„*Fuck it!* Du bist nicht so uninteressiert, wie du mir weismachen willst."

Sie lachte, laut und bitter. „Ach ja? Deinem übersteigertem Ego kannst du es ja gerne einreden. Es entspricht aber nicht den Tatsachen. Und ich werde es dir jetzt ganz deutlich sagen: Wenn du nicht in einer Minute in deinem teuren Auto sitzt und von hier verschwindest, dann rufe ich die Polizei. Ich werde dich anzeigen und eine einmalige Verfügung gegen dich anstreben."

Seine Antwort war ein lautes Lachen.

Entnervt schloss sie die Haustür auf.

Schon kam er einen Schritt näher.

„Ich warne dich. Du bist hier nicht willkommen, und selbst dein Dickschädel sollte das mittlerweile begriffen haben."

„Lass uns endlich aufhören mit dem Rumspielen. Es wird Zeit ..."

Sie unterbrach ihn: „Zeit für dich, mich in Ruhe zu lassen, genau."

Er legte eine Hand auf ihre Schulter, als sie ihm den Rücken zudrehte, um die Tür zu öffnen.

Sofort wich sie zur Seite, sich leicht duckend. „Fass mich ja nicht an", fauchte sie atemlos. Sie hasste das Prickeln, welches seine Berührung in ihr auslöste, weil es sie nach mehr sehnen ließ.

„Ich bin nicht blind, mein Schatz. Dein Körper will mich. Ich weiß genau, dass du mich ebenso heftig begehrst, wie ich dich."

„Weil ich vor dir zurückweiche, glaubst du, ich will dich? Irgendetwas in deinem Gehirn ist völlig falsch gepolt." Ihr Unterkiefer bekam fast einen Krampf, so fest biss sie die Zähne zusammen.

Wieder griff er nach ihr, dieses Mal mit beiden Händen. Fest umschlossen seine Finger ihre Arme und drehte sie zu sich um.

Es war ihr unmöglich, ihm zu entkommen.

Ganz dicht kam er, ihre Körper trennten höchstens zwei Zentimeter Luft.

Ein starkes Zittern erfasste sie. Sie hasste es, dass er mit solch unfairen Mitteln spielte.

Vielsagend lächelte er. „Ganz genau, mein Schatz. Dein Körper reagiert auf meinen. Ich könnte dir einen ganz bestimmen Körperteil nennen, der ganz eindeutig auf *deine* Nähe reagiert."

„Reine Abwehr, nichts weiter. Und deine Körperteile interessieren mich einen Dreck." Ihre mutigen Worte wurden etwas abgeschwächt durch ihre kurzatmige Stimme.

Geschockt ließ sie es geschehen, dass er seine Hand hob und ihre Wange streichelte. Sie konnte nicht verhindern, dass sie nach Luft schnappte.

„Komm schon, Cory. Gib endlich nach. Wie lange willst du mich noch hinhalten?"

„Bis in alle Ewigkeit?"

Ihre ironische Antwort ließ ihn grinsen. „Inakzeptabel. Ich will dich, also bekomme ich dich auch. Gib mir einen Hinweis, wie ich mein Ziel erreichen kann."

„Verschwinde endlich!" Hart stieß sie ihm die Hände vor die Brust, und ihr war, als hätte sie gegen eine Wand geschlagen.

Überrascht bemerkte sie, dass er dennoch einen Schritt nach hinten tat. Mit einem Gesichtsausdruck, der ihr Herz zum Stolpern brachte, sah er sie an. Irgendetwas, was sie nicht deuten konnte, schwelte in seinen Augen.

„Ich gebe nicht auf, lass dir das sagen." Er blickte sie ernst an. „Niemals."

„Du solltest mehr Filme drehen. Die letzten vier Wochen waren herrlich. Ich habe es unendlich genossen, dich weit weg zu wissen, von deinen ewigen Textnachrichten einmal abgesehen."

„Ich habe eine ganze Woche lang keine Termine." Sein Grinsen war diabolisch. „Und ich werde dir mit Freuden meine gesamte freie Zeit widmen."

„Du kannst unter tausenden von Frauen frei wählen. Geh und such dir eine, die dich haben will."

„Ich habe längst gewählt." Bedeutungsvoll starrte er sie an.

„Du hast dich in etwas verrannt. Aussichtslos verrannt, um es klar zu sagen."

Mit besonderer Betonung sagte er: „Ich werde niemals aufgeben. Hör auf, gegen mich anzukämpfen." Er blickte ihr tief in die Augen. „Ich will dich ficken. Ahnst du eigentlich, wie heftig ich mir das wünsche? Lass mich dich küssen. Ich weiß, du willst es auch. Du traust dich nur nicht." Er neigte ihr das Gesicht entgegen.

Abwehrend verschränkte sie die Arme vor der Brust und drehte den Kopf zur Seite.

„Ich werde dich nicht zwingen, das ist nicht meine Art. Aber eines weiß ich ohne jeden Zweifel: Wenn ich dich jetzt küssen würde, dann würden alle Gedanken an Widerstand in dir erlöschen."

Sein warmer Atem kitzelte ihr Ohr, als er die Worte hinein flüsterte. Ein Schauder überlief sie.

Ohne ein weiteres Wort drehte er sich um und ging zu seinem Wagen. Seine geschmeidigen Bewegungen erregten ihre Bewunderung.

Als er ins Auto einstieg, trafen sich ihre Blicke. Sie konnte die Augen nicht abwenden.

Ernst starrte er sie durch die Scheibe an.

Erst, nachdem er fort war, lehnte sie sich – nach Luft schnappend - an den Türrahmen. Ihr gesamter Körper zitterte, und sie fühlte sich wie aufgerieben.

Ich halte das nicht mehr viel länger aus, dachte sie.

Natürlich wollte sie ihm nicht nachgeben. Doch sie zweifelte nicht mehr an seiner Beharrlichkeit, die er wieder und wieder unter Beweis stellte.

Seine Worte ... Sie hatten eine heftige Sehnsucht in ihr geweckt.

Ja, er hat recht.

Ich will ihn.

Ich begehre ihn.

Ich will von ihm geküsst werden.

Ich will von ihm, hier stockten ihre Gedanken, und ganz zaghaft probierte sie das Wort aus, *gefickt werden.*

„Wenn ich so viel Müll essen würde, wäre ich fett wie ein Schwein."

Erschrocken fuhr sie zusammen. Langsam drehte sie den Kopf.

Seine Augen versteckte er hinter einer großen Sonnenbrille, dazu trug er eine schwarze Strickmütze. Doch das Grinsen um seinen Mund war nicht zu übersehen.

Ihr fiel auf, wie sinnlich seine Lippen wirkten, besonders die volle Unterlippe. Rasch sah sie weg.

Tief einatmend wartete sie auf weitere Kommentare, doch er blieb stumm.

Ist das seine neueste Masche? Nichts zu sagen, um mich zu unüberlegten Worten zu verleiten?

„Das macht sechzehn dreiundvierzig", sagte die Kassiererin mit gelangweilter Stimme.

Cory gab ihr zwanzig Dollar und steckte das Wechselgeld in eine Acryldose, die laut Aufschrift um Geld bat für Kinder in Not. „Keine Tüte, bitte, ich nehme die Sachen so."

Die Frau nickte, und Cory lud sich die Kekse und Süßigkeiten auf ihre Arme.

„Pro Umwelt und Spenden für Kinder? Willst du mich beeindrucken?"

Sie beließ es bei einem Kopfschütteln und strebte dem Ausgang entgegen. Ihr fiel eine Gruppe Mädchen auf, die auf Thore deuteten und aufgeregt miteinander tuschelten.

„Soll ich dir tragen helfen?"

„Nein, vielen Dank, Thore", sagte sie laut.

Eines der Mädchen gab einen schrillen Laut von sich.

Ihr Plan ging auf, da sich die Teenager sofort auf ihn stürzten und ihn um Autogramme baten.

Er riss sich die Brille vom Gesicht, um ihr einen vorwurfsvollen Blick zuzuwerfen.

Cory grinste und setzte unbehelligt ihren Weg fort, während die Mädchen ihn umringten, und mit ihren Handys Fotos von ihm schossen.

Eine Viertelstunde später klopfte es hart an ihrer Tür, was sie zu ignorieren versuchte. Nach einem weiteren Klopfen hörte sie Thores laute Stimme: „Mach endlich auf, Cory."

Tief atmete sie durch. Dann öffnete sie, da sie genau wusste, er würde nicht aufhören zu rufen und zu klopfen.

„Ein ganz fieser Trick, mein Schatz."

Krampfhaft versuchte sie ein Grinsen zu unterdrücken, doch als sie seinem vorwurfsvollen Blick begegnete, platzte ein lautes Lachen aus ihr heraus.

Er starrte sie an und berauschte sich daran, wie verflixt schön sie war, wenn sie lachte. Fast unmerklich schüttelte er den Kopf.

Das Leuchten in seinen Augen verwirrte sie, und ihr Lachen erstarb.

„Du solltest viel öfter lachen. Es steht dir", sagte er mit rauer Stimme.

Sie zog eine Augenbraue nach oben. „Sag das meinem Stalker, vielleicht hat er ja Erbarmen und lässt mich zukünftig in Ruhe. Dann habe ich wieder mehr Grund dazu."

Ihre Worte ernüchterten ihn. Er blickte nach oben, als suche er etwas in der Luft. „Ich will nicht dein Stalker sein. Befördere mich zu deinem Liebhaber, dann haben wir beide mehr zu lachen."

Schweigend erwiderte sie seinen Blick und schüttelte den Kopf.

Laut seufzend verzog er den Mund. „Wie lange muss ich noch betteln?"

Ihre Stirn runzelte sich. „Betteln? Das Einzige, was du tust, ist fordern."

„Das sehe ich anders."

„Dann haben wir wohl unterschiedliche Ansichten. Ich denke, das nennt man eine Pattsituation." Ein lautes Knurren seines Magens lenkte ihren Blick auf seinen Bauch.

Grinsend sagte er: „Und *das* nennt man Hunger. Wenn du schon nicht bereit bist, meinen sexuellen Hunger zu stillen, wie sieht es mit einem Abendessen aus? Ich lade dich ein."

Ihre Verblüffung stand deutlich lesbar in ihrem Gesicht, und er lachte leise. „Mir ist im Dorf ein nettes Restaurant aufgefallen. Was sagst du? Besser als Kekse und Bonbons …"

„Überrascht es dich, wenn ich ablehne?"

Lange blieb es still zwischen ihnen.

Dann murmelte er, die Augen fest auf sie gerichtet: „Ich kann mich von Sekunde zu Sekunde mehr mit Keksen und Zuckerzeug anfreunden ..."

Sie starrte ihn sprachlos an, und der Mund klappte ihr auf. Aber sie brachte kein einziges Wort hervor.

„Das sieht mehr als sexy aus. Wenn du runter auf die Knie gehen möchtest, dann wüsste ich, was ich dir nur zu gerne in den Mund schieben würde." Er grinste, als sie hastig die Lippen schloss.

Bevor sie dazu in der Lage war, sprach er weiter: „Aber wenn das mit deinem Mund nichts wird, wie sieht es mit deiner Hand aus? Es wird langsam öde, es mir immer selbst zu machen." Herausfordernd blickte er sie an, während sein harter Schwanz unangenehm gegen den festen Stoff der Jeans drückte.

„Fahr nach Hause", sagte sie leise und schloss die Tür.

Kapitel 7

Deal or no deal

„Wie wäre es mit einem Quickie? Gleich hier und jetzt? Danach lässt du mich für alle Zeiten in Ruhe."

Fassungslos drehte er sich zu ihr um. „So billig kommst du mir nicht davon." Finster sah er sie an.

„Ich biete dir Sex an. Was ist daran billig? Angeblich ist es das, was du von Anfang an von mir wolltest, zumindest deiner Behauptung nach."

„Du bietest mir einen lausigen Quickie, und ich soll dich danach für immer in Ruhe lassen? Vergiss es!"

Warum geht er nicht darauf ein?

Sie fasste es nicht, dass er ihr Angebot ablehnte. „Ich kann nicht mehr. Du musst mich endlich in Ruhe lassen."

Er lachte humorlos auf. „Und du glaubst, mit einem Quickie kannst du dir das erkaufen? Dass ich nicht lache."

Die Augen fest auf ihn gerichtet holte sie tief Atem. „Es muss einen Weg geben."

„Mach mir ein besseres Angebot, dann überlege ich es mir", sagte er. „Aber vorher küss mich." Mit zwei Fingern winkte er sie zu sich.

„Bist du bescheuert?" Entgeistert sah sie ihn an.

„Wie kann ich wissen, ob ich dein Angebot in Erwägung ziehen soll, wenn ich nicht einmal weiß, ob die Chemie zwischen uns stimmt?"

Mit weit geöffneten Augen starrte sie zu ihm hoch. „Das ist doch lächerlich. Ich werde dich bestimmt nicht küssen ..."

Laut lachte er. „Wenn du einen Deal aushandeln willst, dann wirst du etwas mehr bieten müssen, mein Schatz. Und Küssen wird definitiv mit auf der Liste stehen."

„Sag mir, auf was für einen Deal du dich einlassen würdest. Meine Bedingung steht: Du lässt mich danach in Ruhe. Und zwar vollständig. Keine Anrufe, keine Nachrichten, kein Stalken, keine Besuche. Du wirst dich für immer aus meinem Leben heraushalten."

Ihre Worte ließen sein Herz zu Eis erstarren. Ihm wurde mit einem Mal schmerzhaft bewusst: Sie wollte *wirklich*, dass er aus ihrem Leben verschwand, endgültig. Egal, wie sehnsüchtig er sich wünschte, sie würde sich ihm in die Arme werfen, ihm gestehen, dass ...

Fuck, Alter. Träume, die sich nie erfüllen werden ...
Sie will dich nicht! Begreife es endlich.

Abschätzend sah er sie an. Er würde es ihr gegenüber nicht zugeben, aber ihr verlockendes Angebot hatte eine Flamme in ihm entzündet, die sich buchstäblich durch seine Eingeweide fraß.

Er sah keine Chance, sich dem zu entziehen.

Seine Gedanken jagten sich im Kreis. Er musste die Hände in die Hosentaschen stecken, weil sie zu stark zitterten.

Ohne darüber nachzudenken sagte er: „Du stellst dich mir eine Woche lang zur Verfügung."

„Niemals!"

Er zuckte die Schulter. „Tja, no deal. Also geht es weiter wie gehabt."

Entsetzt riss sie die Augen auf. „Nein! Es muss enden, sonst begehe ich bald einen Mord!"

Das ließ ihn bitter auflachen. Doch in seinem Inneren züngelte die Flamme immer heißer.

„Eine Nacht." Die zwei Worte kamen fast flüsternd über ihre Lippen, und sie sah ihn dabei nicht an.

Eine Nacht? Das reicht mir nicht, dachte er wütend. „Drei Nächte."

„Eine Nacht. Mehr bekommst du nicht." Sie sah zu ihm hoch.

Seine Augen loderten. „Küss mich. Ich will erst wissen, ob sich dein Angebot lohnt."

Die Erfüllung ihres Wunsches schien in greifbare Nähe zu rücken. „Okay", sagte sie leise.

Misstrauisch sah er sie an. „Nur um das klarzustellen: Ich will einen richtigen Kuss. Gib dir Mühe, mich zu überzeugen."

Ein Zittern bemächtigte sich ihrer Arme, und ihr Herz krampfte sich kalt zusammen.

Wild entschlossen nickte sie.

Sie hob die Hände und griff nach seinem Hemd. Tief durchatmend zog sie ihn ein Stück weit zu sich herunter, ließ die Hände um seinen Hals gleiten, und verschränkte sie dahinter.

Ihr Blick tauchte tiefer in seinen, sie reckte sich zu ihm hoch. Unbewusst befeuchtete sie ihre Lippen mit der Zunge.

Scharf sog Thore die Luft ein, die ihm knapp zu werden schien. Er spürte, dass ihre kalten Hände zitterten. Doch seine Gedanken erstarben, als ihr Mund sich auf seinen drückte.

Er wollte schon sagen, dass sie jeden Handel vergessen konnte, als er spürte, wie sie die Lippen öffnete und mit der Zungenspitze über die Konturen seines Mundes strich.

Er riss sie an sich, legte die Arme fest um ihren weichen Körper. Sie stöhnte, und das war sein Untergang. Er stand in Flammen, als er sie fester an sich presste.

Sie lehnte sich an ihn, drängte mit der Zunge gegen seinen Mund.

Keuchend öffnete er ihn und musste sich zwingen, nicht über sie herzufallen. Als ihre Zungenspitze seine umspielte, wurde sein Schwanz hart.

Endlich, dachte er. Er drängte sie rückwärts, bis sie mit dem Rücken gegen die Hauswand stieß.

Erschrocken keuchte sie auf.

Er lehnte sich zurück, sah sie schwer atmend an. „Wenn du den Deal willst, dann musst du mehr bieten, als unschuldige Küsse."

„Dann zeig mir, wie ich dich küssen muss, damit daraus etwas wird."

Mit einem dunklen Laut verschloss er ihre Lippen, begann sie heiß und heftig zu küssen.

Ein Stöhnen kam tief aus ihrer Kehle, und sie imitierte die Bewegungen seiner Zunge.

Abrupt beendete er den Kuss, drückte sie aber weiterhin mit seinem Körper gegen die Wand. „Eine ganze Nacht. In der ich mit dir alles machen kann, ohne Einschränkungen. Du wirst dich fügen und mir gehorchen. Ich werde dich ficken, *wann* und *wie* ich es will. Das ist der Deal."

Sie starrte ihm in die Augen und schluckte schwer. „Wirst du mir weh tun?", kam es zögerlich von ihren Lippen.

Lange sah er sie an. „Es wird intensiv. Du wirst mich vielleicht heftiger spüren, als du es dir vorstellst. Doch ich habe nicht die Absicht, dich zu schlagen, falls du das befürchtest."

Forschend musterte sie ihn. „Eine Nacht, zu den von dir genannten Bedingungen. Ich verspreche, mich allem zu unterwerfen, was du mit mir machen willst. Dafür bekomme ich dein Versprechen, mich danach für immer in Ruhe zu lassen."

Lass dich nicht auf diesen Wahnsinn ein, dachte er.

Aber sein heftig pochender Schwanz fegte den Gedanken zur Seite. „Du wirst mein Versprechen bekommen, wenn du diesen Test hier bestehst." Sein Mund bemächtigte sich ihrer Lippen, presste sich schmerzhaft darauf. Wild küsste er sie, und entschlossen erwiderte sie den Kuss.

Erschrocken stieß sie ihn von sich, als sie seine Hände spürte, die ihren Rock nach unten schoben. „Was ...?"

„Du hast mich mit einem Quickie locken wollen, jetzt erfülle dein Versprechen. Du hast mir Unterwerfung angeboten, beweise sie." Er trat einen Schritt zurück. Musterte ihr blasses Gesicht, während er provozierend den Knopf an seiner Jeans öffnete. Er war sich sicher, sie würde kneifen.

Sie schluckte.

Er erstarrte, als sie zu ihm trat, um den Reißverschluss seiner Hose nach unten zu ziehen. Mit zitternden Fingern griff er nach ihr, drückte sie wieder an seinen Körper. „Oh ja, ich will dich ficken", murmelte er. Wild riss er ihren Rock nach unten. Die Zähne fest zusammengebissen ging er in die Knie, um auch ihren Slip nach unten zu streifen.

Geschmeidig stand er auf, und seine Augen tasteten gierig über ihre nackten Beine und blieben an ihrem Venushügel hängen. Unfähig, sich zu bewegen, stand er da. In ihm brannte einzig der Wunsch, sich in ihr zu versenken.

Doch etwas hielt ihn zurück.

Mit bebenden Fingern zog sie seine Jeans nach unten, presste die Hand auf seinen Slip, erspürte ihn, und riss die Augen zu ihm hoch. „Oh", machte sie, ihr überraschter Ton verblüffte ihn. „Offensichtlich willst du mich. Warum tust du es nicht endlich?"

„Ich traue dir nicht."

Mit hochgezogenen Brauen stand sie vor ihm. „Du traust *mir* nicht? Du schlägst mehr aus dem Handel heraus, als abgesprochen, da du auf der Nacht *und* dem Quickie bestehst. Mein Versprechen gilt. Ich will den Handel, also fick mich."

„Ich werde dich ficken. Doch zuerst, mein Schatz, will ich einen Beweis, dass du es ernst meinst."

„Welcher Art?"

„Geh runter auf die Knie."

Tief sog sie die Luft ein. „Weißt du eigentlich, was das Wort Quickie bedeutet?"

Amüsiert lachte er. „Ja, sogar ziemlich genau, da ich schon etliche hatte." Unvermittelt wurde er ernst. „Aber von dir erwarte ich einiges mehr. Speziell in der Nacht, in der du mir gehören wirst. Und zwar mit Haut und Haaren." Fest blickte er sie an. „Traust du dich? Oder *blasen* wir es gleich hier ab?"

„Was immer du möchtest."

„Dann tu es. Lass mich deinen Mund spüren."

Sie ging in die Knie, bedächtig und provozierend.

Thore hielt den Atem an, als sie ihn von unten herauf anschaute. Sofort spannten sich seine Muskeln an, als sie beide Hände auf seinen Bauch legte.

Betont langsam zog sie seinen Slip nach unten, und sein Schwanz schnellte hervor wie ein Katapult.

Er beobachtete, wie sie die Augen schloss, blind nach ihm griff und ihn mit den Fingern umschloss. Jetzt zielte sein Schwanz genau auf ihren Mund.

Fast glaubte er, die Besinnung zu verlieren, als sie den Mund öffnete und mit der Zunge über seine nasse Spitze leckte. Kurz stutzte sie, als sie das Piercing an seinem Hodensack ertastete.

Ein raues Stöhnen stieg in seiner Kehle empor, als sie ihn in den Mund nahm. Er wollte die Augen schließen, es genießen, doch er konnte es nicht.

Fuck, wie lange träume ich schon davon?

Er studierte ihr Gesicht, doch er konnte nicht sagen, ob es ihr Spaß machte oder nicht. Ungeachtet dessen war sie gut. Ihre Zunge spielte geschickt mit seinem Schwanz, und als sie ihn tief in ihre Mundhöhle aufnahm und zu saugen begann, riss er sich aus ihrem nassen Mund.

Entschlossen packte er Cory, hob sie hoch, und setzte sie sich auf die Hüften. Er drückte sie gegen die Hauswand, während seine Finger nach unten griffen, seinen Schwanz umfassten, und auf das ersehnte Ziel zusteuerte.

Ohne jede Vorsicht drang er hart in sein ein, getrieben von der Gier, sie endlich in Besitz zu nehmen.

Er hörte ihren Schrei, spürte ihr Zusammenzucken. Erstarrt in der Bewegung riss er die Augen weit auf. Sein fassungsloser Blick suchte ihren. „Cory?", fragte er heiser.

Doch sie kniff die Augen fest zusammen, schüttelte matt den Kopf.

Stoßweise ging sein Atem, doch er war zu keiner Bewegung fähig. „Cory?", fragte er noch einmal mit viel sanfterer Stimme.

„Tu es. Du wolltest mich doch. Jetzt hast du mich. Also fick mich."

„Sieh mich an."

„Nein."

„Denk an dein Verpr..."

Sie öffnete die Augen, schnitt ihm damit das Wort ab.

Er sah den Schmerz in ihnen. *„Fuck!* Was soll die Scheiße?"

„Entweder du willst mich, oder nicht. Also mach weiter, oder hör auf. So einfach ist es."

Sein harter Schwanz zuckte in ihr. Ohne Frage kam nur weitermachen in Frage, doch er wollte ihr nicht noch einmal wehtun. „Was willst *du*, Cory?"

„Ich will den Deal. Und ich werde alles dafür tun, um dein Versprechen zu bekommen."

Das war nicht die Antwort, auf die er törichterweise gehofft hatte. Doch sei es drum.

Mit grimmig verkniffenen Augen starrte er sie an. „Ich ficke dich, und du wirst mich dabei ansehen. Hast du das verstanden?"

„Ja", flüsterte sie und hielt ängstlich den Atem an. Zitternd keuchte sie auf, als er sich aus ihr zurückzog und sofort wieder hart in sie stieß. Ihre Augen schlossen sich.

„Sieh mich an. Sonst platzt unser Handel." Er hasste sich dafür, sie zu zwingen. Doch er hatte das Gefühl, sein Leben hinge davon ab, ihre Augen zu sehen. Er musste wissen, ob sie es zumindest ein wenig genoss, ihn in sich zu haben.

Mühsam richtete sie den Blick auf ihn, und dieses Mal schaffte sie es, die Lider offen zu halten.

Und endlich sah er es: Ein Leuchten, tief in ihren Augen. Erleichterung durchströmte ihn. Er stieß wieder und wieder in sie hinein, konzentrierte sich einzig auf ihre körperlichen Signale. Und sie gab ihm viele, auch wenn sie sich dessen nicht bewusst war.

Er registrierte jedes Stöhnen, ihre kalten, zitternden Finger, mit denen sie seine Schultern umklammerte. Ihr Herz schlug genauso unregelmäßig und schnell wie seines. Er konnte es an ihrer Halsschlagader spüren, als er sie dort küsste. Ja, sie wollte ihn, das stand außer Frage.

Die Zunge über ihren Hals gleiten lassend, pumpte er seine Hüften vor und zurück. Ein befriedigendes Gefühl erfasste ihn, als er dem schmatzenden Geräusch lauschte, das ihre Leiber erzeugten, während er sie gierig nahm.

„Gefällt dir das, Cory?" In der gleichen Sekunde wünschte er sich, er hätte es nicht getan.

Warum musst du sie fragen, du Idiot?

Er fühlte sich außerstande, eine abwertende Antwort zu verkraften, zumindest nicht jetzt, wo er endlich in ihr war.

„Ja", seufzte sie und schloss die Augen.

Thore legte den Kopf in den Nacken, um seine Erleichterung zu verbergen. „Sieh mich an. Bist du bereit für mehr?"

Erschrocken riss sie die Augen auf. „Mehr?", stammelte sie.

Ganz kurz lachte er, dann presste er den Mund auf ihren, küsste sie mit versengender Leidenschaft. Sein Herz pochte voller Glück, als sie den Kuss in derselben Weise erwiderte. Er tauchte die Zunge tief in ihren Mund, kostete ihren Geschmack aus. Dann trat er von der Wand weg. Mit stoischer Miene trug er ihr volles Gewicht, seinen pulsierenden Schaft tief in ihr vergraben.

Suchend sah er sich um und trug sie zur Treppe der hölzernen Terrasse. Er zog sich komplett aus ihr heraus, ehe er sie auf die Füße stellte.

„Okay, mein Schatz. Bereit?"

Kaum nickte sie, als er sie umdrehte, ihren Oberkörper herunterdrückte. „Stütze dich ab."

Mit zitternden Händen hielt sie sich an einer der Holzstufen fest.

„Jetzt stell deine Beine weiter auseinander."

Zitternd holte sie Luft.

Er spürte, wie sehr es ihr missfiel.

Doch sie tat es.

Mit einem lauten Keuchen trat er dicht hinter sie, liebkoste mit den Händen ihre Pobacken. Dies hier musste er tun, er wollte es, seit er sie kannte. Seine Finger strebten zwischen ihre Schenkel, zwei davon rutschten in sie hinein.

„O Gott", hauchte sie und warf den Kopf in den Nacken, sodass ihre Haare auf den Rücken peitschten.

„So feucht, so willig ...", murmelte er. Mit einer bewusst gesteuerten Bewegung stieß er die Finger hart in sie.

„Ah", stöhnte sie laut, und er war ihr ausgeliefert.

Ruckartig trieb er die Finger in sie, erneut und immer schneller werdend. „Komm für mich", flüsterte er.

Ihr ganzer Körper bebte, als sie sich ihm hingab. Nie zuvor hatte jemand sie so berührt. Es war erregender, als sie es sich je hätte vorstellen können.

„Ich will dich ficken, Cory. Komm für mich, jetzt."

Erbarmungslos fuhren seine Finger in sie, und er wusste, dass sie nicht mehr lange brauchen würde. Sein Schwanz zuckte und pochte drängend, er konnte es kaum noch abwarten, wieder in sie zu stoßen. Doch er untersagte es sich. Erst wollte er sie zum Höhepunkt führen.

Ihr keuchender Atem veränderte sich, signalisierte ihm den Moment, in dem sie knapp davor stand. Er riss seine Finger zurück und stieß seinen Schwanz tief in sie, im genau dem Moment, als sie auf-schrie. Er bewegte sich nicht, spürte nur, wie sich ihr Fleisch zuckend um ihn krampfte.

„Wahnsinn", flüsterte er und verging fast vor Gier nach ihr. Ihr Atem beruhigte sich fast unmerklich. Endlich gab er dem Drang nach, rammte sich hef-tig in ihr geschwollenes Fleisch.

Beinahe fiel sie kopfüber auf die Stufen, doch er schaffte es, sie aufzufangen.

Er schnalzte mit der Zunge, sagte mühselig: „Halt dich fest, mein Schatz. Jetzt bin ich dran."

Die Hände wieder fest gegen die Stufen drückend, stemmte sie sich seinen Stößen entgegen.

Unerbittlich nahm er sie, ausdauernd, fordernd. Jäh spürte er, wie es ihn packte, ihn fortriss. Ein heiserer Laut verkündete den Beginn, ein leises Seufzen das Verklingen seines Höhepunktes.

Er legte die Arme um ihre Mitte und hielt sich an ihr fest.

Sein Oberkörper lag bebend auf ihrem Rücken. Schwer atmend versuchte er, das Zittern unter Kontrolle zu bekommen, da ihm klar war, wie unbequem es für sie sein musste.

Nach einigen Augenblicken stemmte er sich hoch. Er drehte sie herum und wollte sie in die Arme schließen, aber sie wich einen Schritt zurück.

„Also? Gilt der Deal?"

Erzürnt starrte er sie an. Doch ihm war klar, dass er sie wieder besitzen musste. Verblüfft bemerkte er, wie sein Schwanz bei der Vorstellung, sie ein weiteres Mal zu nehmen, hart wurde. Er zwang sich zum Denken.

Kann ich es schaffen, sie zu verlassen?

Tief in Gedanken versunken zog er den Slip hoch, drückte seine unbequeme Erektion hinein. Die Jeans zu schließen war fast ein Ding der Unmöglichkeit.

In ihrer Nähe zu sein war wie ein Zwang für ihn. Konnte er diesem Drang widerstehen, ihn bezwingen?

Sie bot ihm eine ganze Nacht an. Kurz erinnerte er sich an eine seiner Geliebten, die er drei Mal gefickt hatte in einer Nacht.

Reicht mir das? Sie dreimal zu ficken, sie aber danach nie mehr zu sehen?

Er wandte ihr den Rücken zu. In ihm herrschte ein erbitterter Kampf.

Wenn er ehrlich war, blieb ihm gar keine Wahl. Sie hatte seinen Test mehr als bestanden.

Mit einem Mal spürte er ihre Hand - weich und warm - auf seinem Schulterblatt, und er sog heftig die Luft ein.

„Ich wünsche mir so sehr, du sagst *Ja*."

Bitter schluckte er, da sie sich auf etwas anderes bezog, als was er sich im tiefsten Herzen erträumte. *Der Deal*.

Vielleicht sollte er dankbar sein für die Chance, über sie hinwegkommen zu können. Würde die Sehnsucht nach ihr kleiner werden, vielleicht sogar verschwinden, wenn er sie nicht mehr sah?

Er biss die Zähne zusammen, dann zwang er sich zu sagen: „Ja, der Deal gilt." Seine Stimme klang vollkommen tonlos.

„Gut", sagte sie erleichtert, und er bemerkte, das keinerlei Freude in ihrem Ton lag.

Sie schaute auf ihre Armbanduhr. „Es ist fast zehn. Ein paar Stunden bleiben dir noch."

Er fuhr herum, starrte sie böse an. Unter seinem Blick zuckte sie zusammen und wurde blass.

„Träum weiter, mein Schatz. *Die* Nacht wirst du bei mir verbringen. Ich erwarte dich Samstag in zwei Wochen in meinem Apartment. Und zwar in Reizwäsche und einem hübschen Kleid. Du wirst vorher baden und dich rasieren. Vergiss nicht, deine Haut einzucremen."

„Noch weitere Wünsche?", fragte sie in herablassendem Tonfall, da seine Worte sie schockierten.

Er trat so dicht an sie heran, dass sein Duft ihr in die Nase stieg. „Ja. Du wirst deine Haare hochstecken. Und ich will dich ganz ohne Make-up. Hast du das verstanden?"

Irritiert sah sie zu ihm auf, doch sie nickte knapp.

„Ein Letztes noch: Bring deinen Vibrator mit."

Entsetzt schnappte sie nach Luft. „Ich habe keinen, du arrogan..."

„Mäßige deine Sprache, oder der Handel platzt. Ich werde dir einen besorgen."

„Toll", murmelte sie rebellisch.

Er hörte die Verachtung in ihrer Stimme. Knurrend riss er sie an sich und presste hart seine Lippen auf ihren Mund. „Widersetze dich mir nicht, hörst du?", flüsterte er kalt, als er merkte, wie steif sie sich machte. „Ich *werde* dir wehtun, wenn du dich mir verweigerst."

Wie um seinen Worten Gewicht zu verleihen, drängte er die Hand zwischen ihre Schenkel.

Ein protestierender Laut entfuhr ihr.

Schon waren seine Finger bis zum Anschlag in ihr drin. „Noch feucht von eben, mein Schatz? Oder bist du schon wieder in Stimmung?"

Sie antwortete nicht.

Ihr schneller Atem berauschte sein Blut, denn er sprach eine deutliche Sprache.

Ohne nachzudenken, öffnete er den Knopf seiner Hose.

Ihre leise Stimme ließ ihn erstarren: „Wenn du mich noch einmal nimmst, wird *diese* Nacht alles beenden."

Er ließ von der Jeans ab, doch seine Finger begannen, hart in sie zu stoßen. „Verstanden, du hast gewonnen."

„Dann nimm deine Finger weg." Jedoch konnte sie ein Stöhnen nicht unterdrücken.

„Nein. Ich darf dich nicht noch einmal ficken, aber du hast mir nicht verboten, dich anzufassen."

Fassungslos sah sie ihn an.

„Oh ja, mein Schatz. Du gehörst mir, und zwar bis du dich mir eine ganze Nacht lang hingegeben hast. Dies hier ..." Besonders hart stieß er seine Finger in sie, sodass seine Knöchel schmerzten, und sie aufschrie. „... soll dir einen kleinen Vorgeschmack geben, was ich alles von dir verlangen werde."

Seine Worte machten ihr Angst, aber sie weigerte sich, es ihm zu zeigen.

„Leg dich auf den Boden."

„Nein! Nimm die Finger weg, oder der Deal platzt."

„Ganz sicher nicht, da du deutlich gemacht hast, wie dringend du den Handel willst. Ich will einzig den Sex." Er drückte sie auf den Boden und spreizte fast gewaltsam ihre Beine.

„Und jetzt, mein Schatz, wirst du ein weiteres Mal für mich kommen." Seine Hand nahm sie gnadenlos in Besitz, und die Hose war ein quälendes Gefängnis für seine Erektion.

Er hatte sie gerade gefickt, jetzt begehrte er sie noch heftiger. Leider durfte er sie nicht haben. Also konzentrierte er sich auf ihren Duft, beobachtete sie. Sich an ihre Seite legend, ließ er ihr Gesicht nicht aus den Augen. Ihre Wangen waren rot und heiß, der Atem ging flach und keuchend.

Gott, wie sie mich erregt ...

Der Drang, zumindest die Zunge in sie zu stoßen, war mächtig. Doch er widerstand, weil er es musste. Für einen Moment zog er die Finger aus ihr heraus, hob die Hand an seine Nase, und sog tief ihren Duft ein.

Mit weit aufgerissenen Augen sah sie ihn an.

Als er die Finger in den Mund steckte und sie ableckte, schaute sie ihn entsetzt an.

„Du schmeckst herrlich", flüsterte er atemlos. „Ich habe nichts anderes erwartet." Schon versenkte er die Finger von neuem in ihr.

Stöhnend schloss sie die Augen, warf den Kopf nach hinten, während ihr Atem ungebändigt stolperte.

Er presste den Mund auf ihre Kehle.

Sie schrie. Ihre Beine hielten seine Hand krampfhaft fest, als sie zuckend der Leidenschaft erlag.

Hingerissen - und gleichsam fasziniert - spürte er ihre Kontraktionen. Sein gieriger Blick war unverändert auf ihr Gesicht gerichtet.

Mit einem matten Stöhnen verlor ihr Körper alle Spannung. Schwer atmend lag sie im Gras.

Thore verspürte das unangenehme Gefühl, seine Jeans würde jede Sekunde aufplatzen. Sich mit dem Zweitbesten begnügend, nahm er die Finger zum Mund hoch und leckte sie ab.

„Du bist pervers."

Corys entsetzte Stimme brachte ihn zum Lachen. „Ach ja? Dann warte ab, bis ich meine Zunge in dich stecke und dich lecke, bis du kommst."

Ihren Blick konnte er nur als schockiert bezeichnen.

Kapitel 8

Die Nacht bricht an

Ihr Herz klopfte rasend schnell in der Brust. Es kam ihr wie ein Witz vor, dass das Klopfen an der Tür - zu dem sie sich überwinden musste - viel lauter war als ihr Herzschlag, der regelrecht in ihren Ohren dröhnte.

Sie wartete und biss sich unsicher auf die Lippe.

Unleugbar war sie von Angst ergriffen. Ihr war vollkommen schleierhaft, was sie erwartete. Doch es war die Furcht um ihr Herz, die ihr zu schaffen machte, nicht das, was ihr körperlich bevorstand.

Allmählich wunderte sie sich, dass ihr nicht geöffnet wurde.

Thore lehnte von innen an der Tür. Wie hatte er diesen Tag herbeigesehnt und ihn zugleich verflucht. Der in ihm tobende Kampf lähmte ihn, da er es kaum erwarten konnte, sie in die Arme zu schließen. Doch ihm graute vor dem Morgen.

Mühsam rang er nach Atem. Es kostete ihn unglaublich viel Kraft, sich schlicht umzudrehen und die Tür zu öffnen.

Sein Blick fiel in ihren. Schon war das beklemmende Gefühl zurück, welches sein Herz in die Zange nahm.

Langsam ließ er die Augen tiefer wandern.

Er schluckte, beeindruckt von ihrer Schönheit, die durch das kirschrote Kleid noch unterstrichen wurde. „Hübsch", murmelte er, da er seiner Stimme nicht traute.

Sie beschränkte sich auf ein Kopfnicken.

Sein Blick blieb sekundenlang an ihren Beinen kleben, die ihm ausnehmend gut gefielen. Die Füße steckten in schwarzen, hochhackigen Schuhen.

Seine Augen schweiften hoch, streiften die funkelnden Ohrringe. Ihre Haare waren hochgesteckt, wie er es gefordert hatte. Über ihrem rechten Ohr löste sich bereits eine Locke. Endlich gestattete er sich, ihr Gesicht zu betrachten.

Sie sah blasser aus, als er es von ihr gewohnt war. Und das war nicht dem Fehlen jeglicher Schminke geschuldet. Ihre Augen schienen dadurch noch heller zu strahlen. Außerdem sah er Unsicherheit in ihnen flackern.

An ihrem Mund blieb sein Blick hängen. Die Unterlippe zeigte Spuren, die ihre Zähne hinterlassen hatten.

Sein Mund verzog sich zu einem Lächeln, als er ihr die Hand entgegenstreckte. „Offensichtlich hast du meine Anweisungen befolgt. Ich bin gespannt, ob du dich allen Forderungen gefügt hast ..."

Kurz blickte sie die Hand an, holte einmal tief Luft, und nahm sie.

„Eiskalte Finger", murmelte er. „Ich denke, über mangelnde Hitze wirst du dich am Ende der Nacht nicht beklagen können. Komm rein, mein Schatz."

Fast hätte sie die Augen verdreht, wegen seiner Worte und dem Kosenamen. Sie hasste es, dass er sie so nannte, da es jeder Grundlage entbehrte.

Sie trat ein, und Thore schloss die Tür.

Seine Gegenwart machte sie nervös, was sie zu verbergen suchte. Die Vorstellung, dass sie in Kürze in seinen Armen liegen würde, ließ sie innerlich erbeben. Unleugbar war sie jetzt schon für ihn bereit. Nun, wenn sie ehrlich war, dann war sie es schon, seit sie am Morgen erwacht war …

Sanft zog er sie an der Hand in Richtung Schlafzimmer, die Augen unverwandt auf sie gerichtet. Am Morgen hatte er frische Bettwäsche aufgezogen, doch bewusst hatte er noch kein Licht eingeschaltet. Draußen vor dem Fenster wurde es bereits dunkel.

Zwei Meter vom Bett entfernt ließ er sie anhalten, indem er stehenblieb. Er trat zwei Schritte nach hinten, drehte sich leicht, und schaltete die Nachttischlampe ein. Jetzt lag der Raum in weichem, gedämpften Licht. Mit einem Seufzer setzte er sich auf die Bettkante.

Wieder ließ er den Blick über ihre Gestalt wandern. „Ausnehmend hübsch." Er ruckte mit dem Kinn. „Dreh dich. Langsam."

Der Abend begann, wie sie es sich vorgestellt hatte. Sie war sich sicher, dass er einen Striptease von ihr fordern würde, und wollte ihm zuvorkommen. Betont verhalten drehte sie sich um sich selbst, warf ihm über die Schulter einen Blick zu.

Seine Augen schienen zu lodern, ihren Anblick einzusaugen. Ihr war bewusst, dass sie ihm gefiel, und ihre Kleiderwahl schien genau die Richtige gewesen zu sein, wie sein Blick ihr verriet.

Kurz davor, die Drehung zu beenden, griff sie mit den Händen nach hinten, und zog gemächlich den Reißverschluss nach unten.

Sein Kinn hob sich, und sein Atem wurde lauter und schneller.

Den Blick fest auf ihn gerichtet, schob sie einen Träger über die Schulter nach unten, drehte ihm wieder den Rücken zu, und tat dasselbe mit dem anderen. Langsam zog sie die Arme hindurch, wobei sie das Kleid vor der Brust festhielt.

Sie drehte sich zu ihm, nahm die Hände herunter, und mit einer geübten Bewegung schüttelte sie das Kleid herunter, welches leise raschelnd auf den Boden sank.

Thore atmete scharf ein, als seine Augen gierig über ihren Körper wanderten.

Sie trug schwarze Seidenwäsche, mit rotem Spitzenbesatz, die ihren Leib ungemein sexy aussehen ließ.

Doch es war der Hüftgürtel mit den Strapsen, der ihm den Atem stocken ließ. Dazu steckten ihre Beine in hohen Seidenstrümpfen.

Schweigend nickte er anerkennend, da er seiner Stimme nicht traute.

Zunehmend nervöser werdend hob sie beide Hände hinter den Rücken, um mit dem BH das gleiche Spiel zu beginnen, wie mit dem Kleid. Etwa eine Minute später fiel er zu Boden, die Hände verdeckten ihre Brüste.

Er warf ihr von unten herauf einen auffordernden Blick zu.

Spielerisch ließ sie die Hände wie in Zeitlupe nach unten gleiten, über den Bauch, auf die Rundungen ihrer Hüfte zu. Ohne die fließende Bewegung zu stoppen, strich sie den hauchdünnen Slip herunter, ihm den Rücken zuwendend. Sie stieg aus dem Höschen und drehte sich zu ihm, die Beine betont gespreizt.

Thore schaffte es kaum, seine Atmung zu kontrollieren. Was keinerlei mildernden Effekt auf seinen Schwanz hatte, der mittlerweile hart wie Beton war. Mit rauer Stimme sagte er: „Lass die Strümpfe und den Halter an."

Sie schlüpfte aus den Schuhen, leckte sich über die Lippen, und ging mit wiegenden Hüften auf ihn zu. Etwa zwanzig Zentimeter von ihm entfernt blieb sie stehen.

Ohne es bewusst zu steuern, hob er die rechte Hand, um mit den Fingern an dem Hüftgurt entlangzufahren.

Sofort begann ihre Haut zu kribbeln, wo immer er sie berührte.

Er strich ihr Bein hinab, fuhr an der Vorderseite der Schenkel wieder nach oben. Noch berührte er sie nicht zwischen den Beinen, doch sein Daumen strich über die rasierte Haut ihres Venushügels. „Seidenweich", flüsterte er heiser. Sich nach vorne beugend drückte er einen Kuss auf ihren nackten Bauch, knapp unterhalb des Gürtels.

Sie schnappte hörbar nach Luft, und er riss die Augen zu ihr hoch. Ihre Blicke trafen sich, versanken ineinander. Ungewollt durchfuhr sie ein Schauder.

„Küss mich, Cory", flüsterte er rau.

Sie hob beide Hände, legte sie an seine Wangen. Der Daumen ihrer rechten Hand strich über seine Unterlippe, was ihm ein Keuchen entlockte.

Innerlich vor Erregung zitternd beugte sie sich zu ihm, neigte den Kopf. Sie sah ihm tief in die Augen, die geradezu glühten.

Dicht vor seinem Mund verharrte sie, als ihr sein Geruch in die Nase stieg. Tief einatmend überwand sie die letzten Zentimeter, ehe sie den Mund auf seinen legte.

Ohne ihn zu küssen, wischte sie mit der Zunge über den Spalt seiner Lippen.

Ein Stöhnen, tief und dunkel, entfuhr ihm. Mit den Händen umklammerte er ihre Hüften. Das Gefühl auskostend ließ er den Mund geschlossen, wartete auf den Kuss, den er gefordert hatte. Doch als ihre Zunge sich vortastete, öffnete er die Lippen, sie streifte seine Zähne, ehe sie auf seine traf.

Er keuchte auf, und seine Erregung steigerte sich sprunghaft. Ungewollt vergruben sich seine Finger in ihren Hüften, und sie keuchte schmerzlich auf.

Sofort lockerte er den Griff, ließ die Hände zu ihrem Rücken gleiten. Für einen kurzen Moment staunte er über das samtige Gefühl ihrer Haut, doch schon lenkte sie seine Aufmerksamkeit auf ihren Mund, als ihre Zunge mit seiner zu spielen begann.

Überrascht fiel er auf das Bett, als sie ihn nach hinten stieß.

Einen Augenblick später schwang sie ein Bein über ihn und setzte sich auf seinen Bauch.

Die Stirn gerunzelt, versuchte er sich darüber klar zu werden, ob ihm das gefiel oder eher nicht. Denn *sie* war es, die *ihn* gerade verführte ...

Doch er war zugleich gespannt, wie weit sie gehen würde.

Sie beugte sich vor, ihre Lippen pressten sich auf seinen Mund. Unterdessen strichen ihre Hände über sein Hemd. Geschickt, und gewollt langsam, öffnete sie die obersten fünf Knöpfe.

Ihre Finger schoben den Stoff auseinander und fuhren neckend über seine nackte Brust.

Federleicht reizte sie seine Brustwarzen, was ihn scharf nach Atem ringen ließ. Keuchend stieß er die Luft aus, als sie nach hinten rutschte.

Sie presste sich gegen seine Erektion, rieb sich an seiner Hose.

In diesem Moment war es ihr nicht peinlich, doch sie wusste, am nächsten Morgen würden Spuren von ihr auf seiner Hose zu sehen sein.

Deutlich spürte sie, wie stark er sie begehrte. Es ließ sie noch feuchter werden. Mit der Zunge leckte sie sich über die Lippen, dann beugte sie sich vor, um mit der Zunge über seine Brustwarze zu fahren.

„Du machst mich verrückt", hauchte er verzweifelt, während die Lust den Siedepunkt überschritt. Entschlossen packte er ihre Taille, hob sie von sich runter, was ihr einen überraschten Laut entlockte.

„Auch wenn ich es genieße, wenn du mich verführst, bin ich derjenige, der den Ton angibt. Ich habe nur diese eine Nacht, mein Schatz ..." Amüsiert beobachtete er, wie ihre Wangen erröteten.

Er setzte sich auf. Ohne jede Finesse zog er seine Hose aus, warf sie auf den Boden. Für das Hemd nahm er sich gar nicht erst die Zeit.

Ihre Augen waren weit geöffnet, als sie atemlos verfolgte, was er tat.

Mit einen Lächeln kauerte er sich über sie, sodass sie unter ihm lag wie in einem Käfig gefangen.

Sein Blick glitt über ihr Gesicht, registrierte ihre heißen Wangen, die schnelle, unregelmäßige Atmung. Sah ihre Zunge über die Lippen lecken, was ihm ein lustvolles Seufzen entriss. Er hob die rechte Hand, strich zart über ihre Wange.

Oh ja, ihre Atmung beschleunigt sich, wenn ich sie berühre. Ohne jeden Zweifel begehrt sie mich genauso heftig, wie ich sie.

Mit dem Oberkörper beugte er sich nach unten, um sie zu küssen, und seine Gier nach ihr unter Beweis stellen. Er stützte sich auf seine Unterarme, umrahmte ihr Gesicht mit den Händen, und presste den Mund hart auf ihren. Begierig küsste er sie, und voller Leidenschaft erwiderte sie den Kuss. Ihr Stöhnen bewirkte, dass etwas sich in ihm zusammenzog, was er nicht benennen konnte.

„*Fuck!* Ich begehre dich so sehr", murmelte er.

Ihr stockte der Atem, als sie die Worte hörte, und sie spürte, wie ihr Herzschlag sich beschleunigte. Sie gestand sich ein, wie glücklich seine Worte sie machten, auch wenn es idiotisch von ihr war.

Sein Mund folgte einem unsichtbaren Pfad ihren Hals hinab, seine Zunge stimulierte einen Punkt, der sie wahrhaft willenlos machte.

Ihr Körper vibrierte nachgerade unter seiner Berührung.

Nichts sehnte sie stärker herbei, als dass er sie endlich nehmen würde. Inbrünstig wünschte sie sich, er würde mehr tun, als bloß seine Zunge zu benutzen.

Kapitel 9

Gezügelte Lust

Wortlos küsste er die andere Seite ihres Halses, und das hektische Schlagen ihres Pulses kostete ihn fast den Verstand.

Er verlagerte das Gewicht auf seine Beine. Wie unabsichtlich legte er die Handflächen auf ihre Brüste, die sich voll und fest anfühlten unter seiner Berührung. Mit den blanken Flächen rieb er über ihre Brustwarzen, die sich versteiften, ihn damit noch tiefer in seine Erregung stießen.

„Ich will dich. Am liebsten sofort", murmelte er, während er mit den Augen verfolgte, wie schnell sich ihr Brustkorb hob und senkte.

Sie stieß einen Laut aus, der wie eine Zustimmung klang.

„Doch wir werden uns viel Zeit lassen ...", fügte er flüsternd hinzu.

Ihre Augen weiteten sich, fingen seinen beobachtenden Blick ein.

Bilde ich mir ein, dass sie enttäuscht ist?

Tief rang er nach Atem. Ohne es bewusst zu steuern, forderte er: „Sag es." Ihm war nicht klar, was er sich von ihr erhoffte, doch ihre Worte waren ein positiver Schock für ihn.

„Bitte, lass mich nicht warten. Ich will dich in mir spüren." Ihre lodernden Augen trugen einen flehenden Ausdruck.

„Fuck", stieß er keuchend aus, da das, was sie sagte, ihm direkt in den Schwanz schoss. Dabei war er schon so hart, dass eine Steigerung ausgeschlossen war. Der Drang, sich in sie zu rammen, wurde unerträglich brennend.

Um Beherrschung ringend schöpfte er tief Atem, und fluchte leise, da er unabsichtlich ihren Duft in sich aufnahm.

Ein abgehacktes Lachen entfuhr ihm, da dieser Fehler seine Chancen, es langsam anzugehen zu können, auf glatte null Prozent sinken ließ.

„Willst du mich?" Er musste es noch einmal hören.

Sie schluckte schwer und flüsterte rau: „Ja."

„Sag es. Was willst du, dass ich mit dir tue?"

Ohne zu zögern hauchte sie: „Fick mich."

„Wie willst du mich?"

Überrascht blickte sie ihn an. „Wie ... Wie meinst du das?", stotterte sie verwirrt.

„Auf welche Art soll ich dich ficken?"

Verdammt, warum rede ich so viel?

Doch in seinen Inneren wusste er es. Er versuchte sich abzulenken, die Begierde abzukühlen, die ihn fast um den Verstand brachte.

Doch es schien aussichtslos, als sie den Kopf schief legte, und ihn fest ansah.

Sie flüsterte die Worte lediglich, doch sie dröhnten in seinen Ohren, laut und eindringlich: „Wie immer es dir beliebt. Wenn es meine Wahl wäre, dann fick mich von hinten."

„Eine meiner Lieblingsstellungen." Brennend blickte er sie an, als eine feine Röte in ihre Wangen stieg. „Wie soll ich es tun?"

Wieder traf ihn ihr ratloser Blick.

„Willst du es sanft? Oder soll ich dich so hart ficken, wie ich nur kann?"

Ihre Zungenspitze fuhr über ihre Lippen, und er konnte sich nicht helfen. Er musste sich zu ihr herunterbeugen, sie versengend küssen. Ihr Stöhnen war berauschend, entfachte die Glut in seinem Inneren um ein Vielfaches. „Sag es mir, Cory", befahl er drängend, ließ sie nicht aus den Augen.

Kurz biss sie sich auf die Lippe, dann stieß sie laut keuchend ein einziges Wort heraus: „Hart."

Er lächelte, und es bereitete ihm Vergnügen, sie noch etwas mehr zu foltern: „Sprich es laut aus, im ganzen Satz."

Um Atem ringend, schloss sie die Augen und setzte zum Sprechen an.

Doch er fuhr sie an: „Sieh mich an. Das ist eine der Grundregeln, denen du in dieser Nacht folgen wirst. Ich will jederzeit deine Augen sehen."

Sie öffnete die Lider und nickte wortlos.

„Und jetzt lass es mich hören. Was soll ich tun?"

Sie sammelte sich für einige Sekunden. Krampfhaft darum bemüht, den Kloß in ihrem Hals verschwinden zu lassen, schluckte sie schwer. „Fick mich, so hart, wie du kannst."

Einen Moment schloss er die Augen, nahm ihre Worte in sich auf, als wären sie sein heiliger Gral. Ein leises Lächeln umspielte seinen Mund. „Da fehlt noch der Teil mit dem Doggy-Style."

Sie hasste es, wie sie - mit jedem Mal, die er sie zwang, die entwürdigenden Worte auszusprechen - feuchter zwischen den Schenkeln wurde. Doch unleugbar machte es sie an. „Fick mich von hinten, so hart, wie du kannst."

Sein Lächeln verschwand, der Atem ging schwerer. Mit einem ernsten Ausdruck in den Augen sah er sie an, als er mit den Händen ihre Beine spreizte.

Überrascht riss sie die Augen weit auf. Und warf den Kopf in den Nacken, als sie seine Finger spürte, sie sich in sie schoben.

Eine kleine Weile fickte er sie so, genoss ihr Aufstöhnen, das ihn fast wild machte. Er lehnte sich nach vorn und flüsterte in ihr Ohr: „Ich werde dich ficken, so wie du es möchtest. Aber zuerst machen wir es so, wie *ich* es will."

Als er die Finger wegzog, und sich ohne Vorwarnung in sie rammte, schrie sie auf.

Ganz tief in ihr vergraben, verharrte er unbeweglich, und frustriert stöhnte sie auf.

„Wie fühlt sich das an? Du hattest mich bisher nur im Stehen und von hinten. Dies hier fühlt sich anders an, nicht wahr?"

„Ja", hauchte sie und wünschte sich zutiefst, er würde sich endlich bewegen, ihrer Qual ein Ende bereiten.

Nichts auf der Welt fühlt sich besser an, als tief in ihr zu sein, dachte er und stöhnte laut.

Er stützte sich auf die angewinkelten Unterarme, legte sich mit vollem Körperkontakt auf sie. Hörte, wie ihre Atmung sich beschleunigte.

Eine Sekunde später rammte er sich hart in sie, als er spürte, wie ihre Hände über seinen Rücken strichen, und dabei die Fingernägel über sein Hemd zogen. *„Fuck!* Du bringst mich um den Verstand", keuchte er fast unhörbar.

Eine kurze Zeit lang erlaubte er sich, sie wie rasend zu nehmen, dann bezwang er den Drang, da er noch lange nicht kommen wollte. Er schloss die Augen, um es intensiver zu genießen.

Cory fragte sich, ob er sie absichtlich quälte. Sie verging fast vor Gier, sehnte die Erlösung herbei, von der sie wusste, er würde sie ihr schenken.

Doch sie hatte ihm Unterwerfung versprochen, deshalb nahm sie es kommentarlos hin. Sie vertraute darauf, dass er wusste, was er tat.

Außerdem besaß sie keinerlei Erfahrung. Was wusste sie schon von Sex, außer Theorie?

Sie schloss ebenfalls die Augen.

„Sieh mich an, Cory."

Verflixt, besitzt er einen Radar dafür, wenn ich die Augen schließe?

Seufzend öffnete sie Lider, versank in seinen ungewöhnlichen Augen, die voller Begierde auf sie hernieder schauten.

Er neigte den Kopf und flüsterte vor ihrem Mund: „Küss mich."

Ohne Zögern tat sie es, während er sie peinigend langsam nahm. Ihre Zungen trafen sich in einem leidenschaftlichen Tanz, in den sie ihren Wunsch legte, er würde ein anderes Körperteil ebenso eifrig bewegen.

Er keuchte seinen heißen Atem in ihren Mund.

Gott, sie bringt mich wirklich um den Verstand ...

Alles in ihm gierte danach, sie hart zu ficken. Er wollte sie schreien hören vor Leidenschaft.

Aber die Nacht begann erst.

Dennoch bewegte er sich etwas fordernder, um eine Reaktion von ihr zu bekommen.

Ohne es zu bemerken, schloss sie die Lider, um ihn intensiver zu spüren. „Oh, ja", seufzte sie fast unhörbar.

Sofort kletterte sein inneres Thermometer ein paar Grad nach oben. Sein Körper reagierte von allein, als hätte sie ihm einen Befehl gegeben. Seine Stöße wurden drängender.

„O Gott, ja ...", rief sie, ohne es zu bemerken.

Thore hörte die Worte und reagierte mit noch festeren Stößen darauf.

Überrascht verharrte er, als er spürte, wie sie zum Höhepunkt kam. Sie umschloss ihn krampfend, während ihr Atem sich fast überschlug.

Darum kämpfend, nicht selbst zu kommen, hielt er die Luft an. Endlich spürte er, wie ihr Körper erschlaffte. Erst jetzt konnte er wieder atmen. „Öffne die Augen."

Sie sah ihn an, die Pupillen groß und dunkel, saugten seinen Blick förmlich ein. Das Grün ihrer Augen schimmerte wie ein Meer bei Sturm. Sie changierten, glitzerten, übten eine Faszination auf ihn aus, der er sich nicht entziehen konnte.

Schon bald hielt er ihrem Blick nicht mehr stand. Er schloss die Lider, beugte sich zu ihr, und küsste sie begierig. Gleichzeitig ließ er alle Vernunft fahren und nahm sie so hart und gnadenlos, dass er fast unmittelbar darauf in ihr explodierte.

Gerade noch rechtzeitig biss er sich auf die Lippe, ansonsten hätte er ihren Namen herausgeschrien.

So, wie er sich in diesem Moment fühlte, hätte er ihr damit todsicher verraten, dass er sie liebte. Und keine Macht der Welt würde ihn dazu bringen, sich vor ihr derart zu erniedrigen.

Sie mit seinem vollen Gesicht belastend, blieb er heftig atmend auf ihr liegen.

Kapitel 10

Chinesisch

Sie fand es wundervoll, ihn auf sich zu spüren, sein Gewicht zu tragen. Die Augen fest geschlossen kostete sie das Gefühl aus.

Lächelnd nahm sie zur Kenntnis, wie sein Atem sich sukzessive beruhigte.

Als ihr Magen knurrte, hob er den Kopf, und ihre Blicke trafen sich.

„Klingt, als wärst du hungrig."

Verlegen schüttelte sie den Kopf. „Nicht wichtig, ignoriere es einfach."

Er stemmte sich hoch. „Nein. Ich werde dich jetzt mit Toast füttern. Dieses Mal kannst du nicht ablehnen", erwiderte er mit einem Grinsen.

„Wie bitte?"

Geschmeidig sprang er vom Bett, griff nach ihrer Hand, und zog sie hoch. „Komm mit in die Küche."

„Gehört das zu meinen Aufgaben?"

„Technisch gesehen, ja, da du mir Unterwerfung versprochen hast."

Sie folgte ihm, als er in den Flur trat. Gedanklich mit dem Deal und der bevorstehenden Trennung beschäftigt. Ein Schmerz im Herzen machte ihr bewusst, wie wenig sie sich darauf freute.

Das lag zu einem großen Teil daran, dass er sich an diesem Abend so anders verhielt, als sie es erwartet hatte, speziell in diesem Moment ...

Vor dem Kühlschrank blieb er stehen und öffnete die Tür, ehe er den Inhalt inspizierte. „Was darf es sein? Außer Toast, meine ich?" Er zwinkerte ihr zu.

Verblüfft starrte sie ihn an. Beinahe hätte sie gefragt: *„Wer bist du?"*, doch sie verkniff es sich im letzten Moment.

Dieser Mann, der ihr verschiedene Sachen zum Essen unter die Nase hielt, konnte nicht der gleiche Thore sein, den sie kennengelernt hatte ...

Sein Gesicht leuchtete auf, als er eine Pappschachtel hervorkramte. „Magst du chinesisches Essen?"

Sie antwortete nicht, da sie zu sehr mit ihren verwirrenden Gedanken beschäftigt war. Sein Lächeln machte es nicht einfacher ...

„Komm schon, mein Schatz. Du musst etwas essen. Dir steht eine lange Nacht bevor, also brauchst du entsprechende Energie. Chinesisch?"

Mühsam riss sie sich zusammen, zuckte gleichgültig mit der Schulter. „Meinetwegen ..."

Seine Finger öffneten die Schachtel, und enttäuscht verzog er den Mund. „Mist, fast leer." Entschlossen ging er zum Couchtisch, nahm sein Handy und drückte eine Taste.

Als am anderen Ende eine freundliche Stimme nach seinen Wünschen fragte, sagte er: „Zwei Mal das Übliche. Und so schnell, wie es möglich ist. Danke." Er lauschte kurz, legte kommentarlos auf, und steckte das Smartphone in die Brusttasche seines Hemdes.

Langsam ging er auf Cory zu, seine Augen saugten sich an ihrer Gestalt fest. „Ein höllisch scharfer Anblick, wenn ich das so sagen darf."

Ihr Blick glitt über seinen Körper, und sie bedauerte für einen Moment, dass er noch immer sein Hemd trug. Es sah arg zerknittert aus, stellte sie fest, und es bedeckte seine Blöße. Er hätte einen Slip anhaben können, doch sie wusste es natürlich besser. Der Gedanke allein ließ sie heiß erröten.

„Einen Penny für deine Gedanken", sagte er mit einem leichten Lächeln.

Abwehrend schüttelte sie den Kopf.

„Nein? Sollen wir stattdessen die Frage erörtern, wo wir deinen Wunsch umsetzen?"

Sie biss sich auf die Lippe, atmete tief ein.

Mit einem lasziven Grinsen sprach er es aus: „Den harten Fick von hinten." Das reichte, um Leben zurückzubringen in seinen Schwanz. Er betrachtete Corys Gesicht, das einen deutlichen Ausdruck von Verlegenheit trug.

Um sich abzulenken, holte er zwei Teller aus einem Hängeschrank und stellte sie auf den Esstisch.

Gläser und Besteck folgten, dann zog er einen Stuhl für sie nach hinten. „Setz dich. Was möchtest du gleich trinken? Wein?"

Abwehrend schüttelte sie den Kopf. „Ich muss morgen arbeiten. Definitiv keinen Alkohol für mich."

„Wasser?"

„Ja, bitte."

Er holte zwei Flaschen aus dem Kühlschrank und stellte sie auf den Tisch.

Es klingelte. Ohne Zögern ging er zur Wohnungstür und öffnete sie weit.

Ein junges Mädchen stand davor, eine Papiertüte in der Hand.

Cory war froh über den hohen Küchentresen, der ihre Nacktheit vor unerwünschten Blicken verbarg.

„Das ging ja schnell, danke. Warte kurz." Er hob den Arm und nahm zwei Geldscheine aus dem Schlüsselkasten, der neben dem Eingang an der Wand hing.

Corys Augen – und auch die des Mädchens – wurden groß, als sich dabei der Hemdsaum anhob, und für einen kurzen Moment seine Männlichkeit entblößte.

„Hier, der Rest ist für dich." Er streckte ihr das Geld hin.

Das Mädchen nahm es mit bebenden Fingern und tiefroten Wangen entgegen. „Ähm ..."

Thore legte den Kopf schief, sah sie fragend an.

Offenbar rang sie mit sich, dann platzte es aus ihr heraus. „Ich habe meinem Chef versprochen, Sie nicht darum zu bitten. Aber würden Sie ..." Sie biss sich auf die Lippen und senkte den Blick. „Es tut mir leid, ich sollte nicht fragen."

Er seufzte. „Schon okay. Was möchtest du?"

„Ein Autogramm." Ihre Worte klangen eher wie eine Frage.

„Hast du etwas zum Schreiben?"

„Einen Kugelschreiber, aber sonst nichts."

Mit einer raschen Bewegung riss er ein Stück aus der Tüte heraus, nahm den Stift, und fragte sanft: „Wie heißt du?"

„Angelina." Offenbar fiel es ihr schwer, den Blick auf sein Gesicht gerichtet zu halten, immer wieder rutschte er verdächtig weit nach unten.

Thore kritzelte eilig seinen Namen auf das feste Papier, schrieb *Für Angelina* darüber, und reichte es ihr mitsamt dem Stift.

„Danke sehr. Und bitte, verraten Sie es nicht meinem Chef. Er bringt es fertig und feuert mich deswegen. Damit hat er zumindest gedroht."

Er schürzte die Lippen. „Für dieses Mal", sagte er bedeutungsvoll und schloss die Tür.

Die halb zerrissene Tüte trug er in die Küche, wo Cory ihn mit einem unterdrückten Kichern empfing.

„Lach du nur", murmelte er angesäuert. „Schön, dass wenigstens du Spaß daran hattest."

Sie zuckte mit der Schulter. „Die Kleine auch. Hast du nicht bemerkt, dass du dich ihr gezeigt hast, als du den Arm nach dem Geld ausgestreckt hast?"

Entsetzt riss er die Augen auf und glotzte sie an. „Ernsthaft?"

Sie nickte nur.

Unhörbar murmelte er: *„Fuck!"*

Sie verstand es - aufgrund der Lippenbewegung – dennoch. Er legte jedes Mal die Zähne auf die eingezogene Unterlippe, bevor er es aussprach. Und das tat er praktisch pausenlos ...

„Hoffentlich steht morgen nichts davon in der Zeitung ...", murmelte er gereizt.

Als würde er seine Gedanken abschütteln, bewegte er den Kopf unwirsch. „Essen wir, bevor alles kalt wird."

Ein köstlicher Geruch stieg ihr in die Nase, und schnuppernd hob sie den Kopf.

Flink nahm er die Pappschachteln aus der Tüte und öffnete sie, um einen Blick hineinzuwerfen. Die Hälfte davon reichte er Cory. „Ich hoffe, du magst Ente? Die Frühlingsrollen sind auch klasse."

„Ente?"

„Ich bin in Europa auf den Geschmack gekommen und habe meinen Chinesen so lange genervt, bis er es auf seine Speisekarte genommen hat."

Sie starrte ihn an und kam zu dem Schluss, dass es wohl auch Vorteile besaß, ein bekanntes Gesicht zu haben.

Als sie den ersten Bissen probierte, zog sie anerkennend die Augenbrauen hoch. „Hm, wirklich lecker", murmelte sie mit vollem Mund.

„Probier es mit Soße. Dann ist es der Wahnsinn."

Gespannt beobachtete er, wie sie ein Stück von dem Fleisch in die Schale mit der dunklen Flüssigkeit tauchte, und es in ihren Mund steckte. Ihr genussvolles Stöhnen freute ihn.

Ein gewisses Körperteil von ihm reagierte auf den Laut. Sofort sah er es bildlich vor seinen inneren Augen, wie sie hier auf dem Tisch vor ihm lag, den Hintern nackt und ihm zugewandt.

Leise stöhnend legte er den Kopf in den Nacken, um die Gedanken zu verscheuchen.

Als sie sich eine Frühlingsrolle nahm und in den Mund steckte, taumelten ihm erneut erotische Bilder durch den Sinn. Sie biss hinein, und er stöhnte abermals.

Um sich auf andere Gedanken zu bringen, machte er sich über sein Essen her. Schweigend kauten sie, und er genoss es, ihr beim Essen zuzuschauen.

Eine Weile später schob sie den Teller zurück und seufzte zufrieden. „Das war wirklich köstlich."

„Ich freue mich, wenn es dir geschmeckt hat", antwortete er ehrlich.

Kaum war er fertig, als er die Reste hastig in den Kühlschrank stellte.

Jetzt war seine Zeit gekommen und die seiner Fantasien ...

Er setzte sich neben sie. Unter der Tischplatte verborgen streckte er die Hand aus, fand ihr Bein, und glitt damit zur Innenseite ihrer Schenkel.

Scharf sog Cory die Luft ein.

Sein Blick ließ sie nicht los. Erfreut registrierte er die plötzliche Röte ihres Gesichts. Mindestens genauso genoss er die Wärme ihrer Haut, die seine Hand erspürte.

In der Hoffnung, sie noch einmal erröten zu sehen, murmelte er leise: „Ich werde nie wieder Frühlingsrollen essen können, ohne an deinen Mund zu denken ...“

Mit einem Lächeln quittierte er die Erfüllung seines Wunsches.

Als er die Hand in verhaltenem Tempo nach oben bewegte, beschleunigte sich ihre Atmung hörbar.

„Den Blowjob verschieben wir noch, auch wenn mir die Frühlingsrollen kaum aus dem Sinn gehen. Doch jetzt ist dein Wunsch an der Reihe.“

Ihr entfuhr ein Keuchen, und er wusste, sie war bereit für ihn. Das zu wissen, törnte ihn unsagbar an. Gespannt auf ihre Reaktion fragte er. „Ist dir ein Ort dafür eingefallen, wo du es tun möchtest?“

Ein Kopfschütteln war ihre Antwort.

„Mir schon …"

Er sah ihre Wangen erröten.

Ihr Blick senkte sich auf die Tischplatte, als könnte sie hindurchsehen.

Sie stöhnte, als seine Finger die Stelle erreichten, an der sich ihre Beine vereinten.

Mit dem Finger rieb er über ihren Spalt und spürte, wie feucht sie war. Erregt befahl er: „Spreiz die Schenkel."

Einen Moment lang zögerte sie.

Scharf blickte er sie an. „Tu es!"

Sie lockerte die Spannung in ihren Beinen, und es war seine Hand, die sie auseinander schoben.

Entgegen ihrer Überzeugung drangen seine Finger nicht in sie ein. Stattdessen berührte er mit dem Zeigefinger ihre Klitoris. Er übte einen festen Druck darauf aus, mehr nicht.

Sie stöhnte unterdrückt, schloss die Augen, und legte den Kopf in den Nacken.

„Du machst mich verrückt …", murmelte er, die Hand weiterhin unbewegt zwischen ihren Schenkeln. Er neigte sich zu ihr und küsste ihren Hals.

Eine Gänsehaut auf ihren Armen ließ ihn fragen: „Ist dir kalt?"

Sie schüttelte den Kopf. Was sie spürte, war unleugbar das komplette Gegenteil davon.

„Gut." Dann sagte er gewollt beiläufig: „Ich werde dich gleich bäuchlings auf diesen Tisch legen."

Ein Keuchen belohnte ihn für seine Worte.

„Die Beine weit gespreizt, damit ich dich mühelos berühren kann. Wenn du es willst, werde ich dich mit den Fingern ficken, bis du kommst. Du musst mich nur darum bitten."

Überrascht stieß sie die Luft aus und riss die Augen auf, um ihn anzusehen.

„Schließe die Augen. Stell es dir genau vor." Er wartete, bis sie die Lider schloss, dann sprach er leise weiter: „Wenn du mich nicht um meine Finger bittest, dann hole ich den Vibrator, den ich für dich gekauft habe. Den werde ich so tief in dich schieben, wie es nur geht. Wieder und wieder, bis du um Erlösung bettelst. Erst dann werde ich dir erlauben, zu kommen."

Seine Worte machten sie unwahrscheinlich heiß, der konstante Druck, den sein Finger ausübte, trieb sie fast in den Wahnsinn.

„Und dann werde ich dich mit meinem Schwanz ficken. Von hinten. Hart."

O mein Gott, flehte sie im Stillen, als sie spürte, wie sie nass wurde vor Begierde.

„Bist du bereit?"

Zitternd nickte sie.

Er lachte leise. „Kleine Planänderung. Ich möchte alles mit dir machen, erst mit den Fingern, dann mit dem Spielzeug. Danach bin ich an der Reihe."

Sie konnte nur mit einem Stöhnen antworten.

Kapitel 11

Keine Überraschung

Ein nicht nachlassendes Streicheln durch ihre Haare weckte sie auf. Nach dem Marathon in der Küche lagen sie im Bett. Haut an Haut, da er endlich sein Hemd ausgezogen hatte. Die Uhr auf dem Display seines Handys verriet ihr, dass er sie eine halbe Stunde hatte schlafen lassen.

„Du weißt, was jetzt kommt, nicht wahr?"

Cory erwiderte verschlafen seinen Blick, der gierig brannte. Ein mulmiges Gefühl entstand in ihrem Bauch. Natürlich wusste sie, was er als Nächstes mit ihr machen wollte. Sie hatte ihre Hausaufgaben gemacht, wenn auch etwas widerwillig.

Er zog die Nachttischschublade auf und nahm eine Flasche heraus. „Ich werde so sanft sein, wie ich es vermag. Zumindest am Anfang."

Sie schloss die Augen, sagte aber kein Wort. Dass sie sich darauf freute, wäre gelogen. Es war jedoch keine Überraschung, dass er es tun wollte.

Thore griff nach ihrer Hand. „Komm, steh auf."

Ohne es zu kommentieren kletterte sie unbeholfen aus dem Bett. Ihre Knie zitterten.

Er zog sie in den begehbaren Schrank, stellte sie vor eine Kommode. „Lehne dich nach vorne."

Ihre Beine zitterten heftiger, doch sie tat es ohne Zögern. Kurz zuckte sie zusammen, als ihre Haut die kalte Oberfläche berührte. Eine winzige Sekunde lang fragte sie sich, wie viele Frauen er schon auf diese Weise auf der Kommode gefickt hatte. Doch unwirsch schob sie den Gedanken zur Seite.

„Stell deine Beine weiter auseinander." Seine Stimme trug einen Hauch von Atemlosigkeit.

Als er den Deckel der Flasche aufklappte, zuckte sie bei dem knackenden Geräusch zusammen.

„Je mehr du dich entspannst, umso einfacher wird es für dich." Er murmelte die Worte dicht an ihrem Nacken, als er sich nach vorne beugte, sodass sein Oberkörper einen kurzen Moment auf ihrem Rücken zu liegen kam.

Sie streckte die Arme hoch, winkelte sie an, und lehnte die Stirn darauf.

Sein Mund küsste ihre Wirbelsäule entlang, er ließ keinen Zentimeter aus. Als er an dem Poansatz ankam, ging sein Atem stoßweise.

Leicht strich er mit dem Finger über ihren Anus, und sie gab ein ersticktes Keuchen von sich.

Er hätte schwören können, es würde eine Weile dauern, bis sein Schwanz wieder einsatzbereit wäre, da er sie bereits zwei Mal gefickt hatte.

Doch der Anblick, wie sie auf der Kommode lag, war unglaublich antörnend. Ihr Keuchen gab ihm den Rest.

Er war so hart, dass er am liebsten sofort in sie eingedrungen wäre.

Tief ein- und ausatmend zwang er sich dazu, sich zu beruhigen. Doch ihm war klar, dass er nicht mehr lange warten konnte.

Entschlossen goss er Öl auf seine Hand und verrieb es zwischen ihren Pobacken. „Tu dir selbst den Gefallen, und entspann dich. Vielleicht kommst du sogar auf den Geschmack ..."

Sie biss sich auf die Lippe.

„Los geht es", murmelte er mit angespannter Stimme. Mit festem Druck schob er einen Finger in ihren Po.

Ihr entfuhr ein Keuchen.

„Lass locker. Sonst wird es weh tun."

Einfacher gesagt, als getan, dachte sie.

Ihm brach der Schweiß aus, als er gewaltsam die Gier unterdrückte, sich rücksichtslos in sie zu schieben. Behutsam bewegte er die Hand, presste den Finger noch tiefer in sie.

Gott, ist sie eng!

Er träufelte mehr von dem Öl auf sie und nahm einen zweiten Finger hinzu.

Ein unterdrücktes Stöhnen war ihre Antwort.

„Versuch, dich mehr zu entspannen, dann ist es leichter." Er versuchte, einen Blick auf ihr Gesicht zu erhaschen, doch sie verbarg es vollständig in den Armen.

Ihre Reaktion testend spreizte er die Finger in ihr, und ihr Zittern wurde heftiger. Das dämpfte sein Verlangen etwas. „Ganz ruhig. Ich wünschte, du hättest mir mehr Zeit gegeben, dann müsste ich das hier nicht überstürzen."

Sie hörte die Worte, doch sie erschlossen sich ihr nicht.

„*Fuck!*", stöhnte er laut. „Ich will dich, Cory. Versuch es. Tief atmen, denk nicht darüber nach." Er trieb seine Finger tiefer, und sie zuckte zusammen. Einen Moment darauf zog er die Finger aus ihr heraus und rieb seinen Schwanz mit Öl ein.

„Ich kann nicht länger warten ..."

Schon drängte er sich gegen sie. Kurz schoss ihm durch den Kopf: *Sie ist noch nicht so weit*. Aber er schob den Gedanken weit von sich, weil seine Begierde zu heiß brannte.

Cory keuchte ängstlich. Ein brennender Schmerz ließ sie aufschreien, als er in sie glitt.

„Ruhig. Es wird gleich besser", murmelte er und zwang sich dazu, es langsam zu machen, um ihr die Chance zu geben, sich an ihn zu gewöhnen. Vorsichtig zog er sich zurück und trieb sich sofort tiefer in sie.

Es war unvermeidbar zu bemerken, dass sie kein bisschen entspannt war.

Ganz im Gegenteil, sie verkrampfte sich regelrecht um seinen Schwanz.

„Verdammt, Cory. Entspann dich. Du tust dir selbst weh."

Er schaffte es kaum, sich im Zaum zu halten, wollte nichts sehnlicher, als sie hart zu nehmen. Mit dem nächsten Stoß kam er noch tiefer. Seine Begierde brannte heißer, als je zuvor.

„Ich will dich ficken, Cory. Du musst endlich locker lassen."

Ein unterdrücktes Schluchzen drang an sein Ohr, und entsetzt blieb er regungslos stehen. Seine Hände umklammerten ihre Hüften.

Du egoistischer Bastard, dachte er betroffen, *reicht es dir nicht, dass du sie gewaltsam entjungfert hast?* Er schluckte trocken und riss sich aus ihr heraus. Seine Begierde erlosch schlagartig.

Er zog sie an den Schultern hoch, wollte sie zu sich herumdrehen. Einen Augenblick lang widersetzte sie sich ihm. Er wandte etwas mehr Kraft auf und starrte bestürzt in ihr Gesicht, das von Tränen nass war. Sie hielt die Augen geschlossen, und er war dankbar dafür.

Beschämt nahm er sie in die Arme, und ihr Körper wurde förmlich geschüttelt, so stark zitterte sie. „Es tut mir leid", murmelte er.

Das kann ich nie wiedergutmachen, dachte er, von sich selbst angewidert. Er kam sich vor wie der letzte Arsch auf Erden, und wahrscheinlich war er das auch.

Wenn es Sinn gemacht hätte, wäre er ihr zu Füßen gesunken, um sie um Verzeihung anzuflehen.

Sie schluchzte nicht mehr, aber die Tränen rannen ungebremst ihr Gesicht hinab.

„Es tut mir ehrlich leid", murmelte er erneut, bis in die Knochen verstört. Wie er sich hasste!

Er hob sie hoch, trug sie zurück ins Schlafzimmer, um sie sanft auf das Bett gleiten zu lassen.

Sich neben sie legend zog er sie in die Arme. Ohne Zweifel behagte es ihr nicht, das konnte er spüren, doch sie ließ ihn gewähren.

„Es tut mir leid, mein Schatz. Ich bin ein Egoist."

Thore schloss die Augen, als er spürte, wie sich ein wenig entspannte. Er zog sie näher an sich heran, hielt sie fest, und atmete tief ihren Duft ein.

Innerlich fluchend spürte er, wie sein Schwanz reagierte. Ihm war bewusst, dass er jedes Recht verspielt hatte, sie noch einmal zu nehmen. Rein vom Verstand her hatte er auch nichts dagegen einzuwenden. Doch das drängende Pochen in seiner Leistengegend zu ignorieren fiel ihm nicht leicht.

Cory holte bebend Atem, als sie seine Erektion an ihrer Hüfte spürte. Reglos lag sie in seinen Armen und wunderte sich, dass er keine Anstalten machte, sie entsprechend zu berühren.

Sein Atem ging schwerer, was sie nicht ungerührt ließ. Zwischen den Schenkeln wurde sie immer feuchter.

Vorsichtig öffnete sie die Augen. Sie sah in sein Gesicht, das extrem angespannt wirkte. Seine Stirn war gerunzelt, die Augen zusammengekniffen.

Seine Lider hoben sich, und ihre Blicke trafen aufeinander, hielten einander fest.

Nach einer gefühlten Ewigkeit schüttelte er schwach den Kopf. „Ich komme nicht dagegen an. Ich will dich noch immer."

Erschreckt riss sie die Augen auf, als sie den Sinn dahinter zu erfassen glaubte: Er wollte es zu Ende bringen.

Sofort kehrte das Zittern zurück, und sie schloss die Augen. Um sich Mut zu machen, holte sie tief Luft. Dann entzog sie sich seiner Umarmung und stand vom Bett auf. Ohne ihn anzublicken ging sie in den Schrank, legte sich wieder auf die Kommode, und wartete mit angehaltenem Atem.

„Was, zum Teufel ...", fluchte er leise.

Sie hörte, wie er sich vom Bett erhob, dann seine näher kommenden Schritte.

„*Fuck!* Was soll die Scheiße?", schnappte seine wütende Stimme.

„Bring es einfach hinter dich", murmelte sie.

Er konnte es nicht fassen ... Selbst von der Tür aus konnte er sehen, wie heftig sie zitterte.

Was dachte sie eigentlich von ihm? Er mochte ja egoistisch sein, aber ganz sicher war er kein gefühlloses Schwein! „Verdammt, Cory ..."

„Ich schaffe das schon. Tu mir nur einen Gefallen: Beeil dich."

Er trat näher. Als er dicht neben ihr stehen blieb, sah er sie die Hände zu Fäusten ballen. Er ging in die Hocke, um mit ihr auf Augenhöhe zu sein, und sah sie wütend an. „Denkst du im Ernst ...? *Fuck it*, Cory. Ich habe dir gesagt, dass es mir leid tut. Und du denkst, ich will weitermachen, wo ich aufgehört habe? Aber wenn es für dich okay ist, hier auf der Kommode, dann bleib so liegen."

Sie nickte und schloss die Augen, während das Zittern ihren gesamten Leib erfasste.

Er stand auf, trat hinter sie, und ließ seine Hand zwischen ihre Schenkel gleiten. Sofort rutschten seine Finger in sie, und sie stieß ein dunkles Stöhnen aus.

„Wahnsinn", murmelte er berauscht. Darum bemüht, sie von nun an sanfter zu behandeln, zog er die Finger zurück und holte tief Luft. Mit einer vorsichtigen, langsamen Bewegung drang er in ihre feuchte Weichheit ein.

Ihr überraschtes Keuchen machte ihn wieder wütend. „Verdammt, Cory, hast du nicht begriffen, dass das Thema vom Tisch ist? Ich will dir nicht weh tun. Merk dir das, okay? Jetzt lass mich dich ficken."

Er begann gemächlich seine Hüften zu bewegen. Erleichtert registrierte er, wie ihr Zittern aufhörte.

Ihr Stöhnen klang lustvoll.

Diesen Laut zog er tausend Mal dem schmerzlichen Schluchzen vor, welches sie vorhin ausgestoßen hatte.

Er seufzte und fuhr mit den langsamen Bewegungen fort. Die rechte Hand ließ er liebkosend über ihren Rücken streichen, fasziniert davon, wie zart ihre Haut sich anfühlte.

Allmählich veränderte sich ihre Atmung. Ihm wurde bewusst, dass sie sich einem Orgasmus näherte. Augenblicklich hielt er still.

Überrascht drehte sie den Kopf, und ihr entflammter Blick trafen auf seinen.

Ein leises Lächeln spielte um seinen Mund. „Eine kurze Pause. Auch wenn ich es gerne anders hätte, ist mein Körper nicht beliebig lange einsatzfähig. Um ehrlich zu sein, will ich es genießen, dich zu ficken, da du mir bloß eine Nacht zugestanden hast." Er konnte nicht anders, er musste ihr einen Kuss geben. Weit beugte er sich vor und murmelte: „Küss mich."

Zum ersten Mal in dieser Nacht erfüllte sie seinen Befehl mit echter Freude. Sie reckte sich, und ihre Lippen fanden einander, während er noch immer tief in ihr vergraben war.

„Hm", seufzte sie.

„Du bringst mich um den Verstand", murmelte er.

„Wie meinst du das?", fragte sie zaghaft.

Tausend Dinge fielen ihm ein, die er hätte sagen können. Doch mit jedem davon hätte er praktisch zugegeben, dass er sie liebte.

So schüttelte er nur den Kopf und lehnte die Stirn an ihre Schulter.

Regungslos wartete er darauf, dass die Begierde nachließ. Doch Minuten später musste er sich eingestehen, dass es mit ihr keine Chance dazu gab. Im Gegenteil, er war nun endgültig überzeugt davon, dass er niemals genug von ihr bekommen konnte.

Er spürte einen kalten Stich im Herzen bei dem Gedanken. Doch jetzt war nicht die Zeit, über die Tiefe seiner Liebe zu ihr nachzudenken.

Hingerissen betrachtete er ihr Profil. Gemächlich begann er sich wieder zu bewegen.

Ein Seufzer schlich aus ihrem Mund.

Abrupt entriss sich ihm ein Keuchen, als sie den Po bewegte. Augenblicklich stand er lichterloh in Flammen. *„Fuck!* Wie soll ich dich langsam lieben, wenn du solche Bewegungen machst?", hauchte er verzweifelt. Ohne es zu wollen, stieß er fester zu.

Corys Erregung steigerte sich unversehens, als sie seine Worte in sich aufnahm. Er hatte das Wort *Lieben* benutzt, und ihr törichtes Herz machte einen Hüpfer.

Atemlos ließ sie ihr Becken kreisen, um zu sehen, wie er darauf reagierte.

„*Fuck*", entfuhr es ihm wie ein Keuchen. „Du machst mich verrückt ..." Jetzt gab er jede Zurückhaltung auf, stieß hart und fordernd in sie. „Ich komme gleich", murmelte er abgehackt.

Das zu hören, trieb sie tiefer in die Lust, die sie von innen her zu verbrennen schien. Als hätte er ihr ein Zeichen gegeben, kam sie seinen Stößen entgegen. Zu spüren, wie er erschauderte, zu hören, wie er immer unregelmäßiger atmete, katapultierte sie zum finalen Höhepunkt. Laut schrie sie die Lust heraus.

„Cory!" Sein Schrei vereinte sich mit ihrem, die Finger vergrub er in dem Fleisch ihrer Hüften. Sein Oberkörper sackte einen Moment später auf ihren Rücken. Laut keuchend blieb er dort liegen. Sich seinen Gefühlen ergebend schloss er die Augen. *Ich liebe dich*, dachte er. Traurigkeit und Wut stritten in ihm ums Monopol. Während er ihrem Herzschlag lauschte, zwang er sich, jeden Gedanken an die bevorstehende Trennung zur Seite zu schieben.

Fast blieb sein Herz stehen, als sie leise seufzte: „Das hat mir gefallen."

Mit Freuden würde ich dir das bis ans Ende meines Lebens schenken, wenn du mich nur an deiner Seite dulden würdest, dachte er bitter.

Er stemmte sich hoch. Als er aus ihr glitt, lief sein Samen aus ihr heraus.

„Komm mit. Zurück ins Bett." Um Wortkargheit bemüht klang seine Stimme kälter als jemals zuvor.

Schuld daran trug ein heftiger Drang, mit dem er nicht gerechnet hatte: Er sehnte sich danach, ihr seine Liebe zu gestehen. Die Gefühle in sich einzuschließen, sie Tag für Tag zu unterdrücken, erstickte ihn allmählich.

Doch er konnte sich ihre Zurückweisung viel zu lebhaft vorstellen, um dieser Schwäche nachgeben.

Mit der Hand in ihrem Rücken schob er sie zum Bett.

Etwas verwirrt von seiner plötzlichen Verschlossenheit, ließ sie sich leise seufzend auf das Laken sinken.

Er legte sich neben sie, zog sie an seinen Körper, weil er ihre Haut spüren musste. Ganz bewusst vergrub er das Gesicht in ihren Haaren, atmete ihren Duft ein. Zum ersten Mal in dieser Nacht wurde sein Schwanz nicht sofort hart.

Kapitel 12

Spiele

Jetzt war die Zeit gekommen, erneut mit ihr zu spielen: Ihr Lust zu bereiten, sie zur Ekstase zu treiben. Und dazu würde er seine Zunge benutzen. Er betete im Stillen, dass sein Körper noch eine ganze Weile brauchen würde, sich zu erholen.

„Spreiz die Beine für mich", sagte er und stemmte sich hoch.

Davon überrascht blinzelte sie. Nervös leckte sie über ihre Lippe, tat es aber kommentarlos.

Auf allen Vieren abgestützt - seine Knie berührten sie zwischen den Beinen - kauerte er sich über sie, presste den Mund auf ihren Hals.

Sofort stieß sie einen zittrigen Seufzer aus, der ihm direkt unter die Haut ging. Er hob den Kopf, und ihre Blicke trafen sich. „Scheint so, als magst du am Hals geküsst zu werden."

Sie nickte, die Zähne in der Unterlippe vergraben.

„Was meinst du, gibt es noch andere Stellen, an denen du meine Küsse genießen könntest?" Ein Lächeln begleitete seinen neugierigen Blick.

Weit riss sie die Augen auf, als ihr seine Worte einfielen, die er vor zwei Wochen zu ihr gesagt hatte.

Sein Lächeln wurde breiter, und er drückte sein rechtes Knie fester gegen sie.

Ihr Nach-Luft-schnappen ließ ihn grinsen. „Du hast es verstanden, sehr schön."

In aller Ruhe küsste er ihren Hals, ließ die Zunge über die zarte Haut fahren.

Ein Seufzen entschlüpfte ihr, dem er hingerissen lauschte. Erwartungsvoll küsste er die gegenüber-liegende Seite, und ein ähnlicher Laut belohnte ihn. Wäre er dazu in der Lage gewesen, hätte er sich jetzt in sie geschoben. Froh, und gleichzeitig bedauernd, folgte er einen unsichtbaren Pfad ihren Körper hinab, küsste jeden Zentimeter. Die Hände streichelten und kneteten ihre Brüste, und sein Mund beteiligte sich an dem Spiel. Zu gerne hätte er ihr gesagt, wie schön er sie fand. Doch aus Angst, zu viel zu verraten, verkniff er sich weitere Worte.

Je länger seine Zunge ihre Knospen reizte, desto flacher wurde ihre Atmung.

Einen Moment lang hob er den Kopf, um sie anzu-sehen. „Manche Frau kann zum Orgasmus kom-men, nur bei der Stimulierung der Brüste. Soll ich weitermachen? Wir haben noch reichlich Zeit."

Ihr heftig klopfendes Herz machte es ihr nicht ge-rade leicht, einen vernünftigen Gedanken zu fas-sen. Nach einem Moment gab sie es auf und zuckte unbestimmt die Schultern.

„Das heißt, du bist dir nicht sicher?"

Hilflos sah sie ihn an.

„Gut, dann machen wir zuerst, was ich ursprünglich machen wollte, und kommen später darauf zurück." Es war leicht zu sehen, wie ihre Augen sich verdunkelten, und er hoffte, es resultierte aus ihrer Lust heraus.

Sein Mund küsste sich abwärts. Er genoss es, ihre Haut zu spüren, zu hören, wie ihr Atem unregelmäßig wurde. Zu fühlen, wie ihr Leib zitterte. Die Zungenspitze tauchte er in ihren Bauchnabel, und erfreut vernahm er ihr Seufzen.

Langsam rutschte er tiefer. Eine ganze Weile betrachtete er ihre Vulva, ohne sie zu berühren.

Ein Zittern durchlief ihren Körper, und er fragte sich, ob es aus der Erwartung heraus geschah. Er hob die rechte Hand, legte sie auf ihren Venushügel. Nach wie vor waren ihre Beine gespreizt, und er konnte die Feuchtigkeit zwischen ihren Schenkeln glitzern sehen, als er weiter nach unten rutschte.

Er neigte ihr den Kopf entgegen, sog gierig ihren Duft ein. *Gott, wie berauschend sie riecht*, dachte er, und ein Zittern durchfuhr ihn.

Lebhaft erinnerte er sich an ihren Geschmack, und er wollte es nicht länger herauszögern. Er legte sich flach auf den Bauch, schob sich hoch, bis sein Mund ihre Schamlippen berührte.

Cory sog scharf den Atem ein, was ihn enorm anmachte. Dennoch war er froh, dass er nicht hart wurde. „Sieh mich an", forderte er leise.

Sie hob den Kopf, und er sah ihre Augen vor Lust flackern. „Schau zu." Er bewegte den Kopf seitwärts, sodass seine geschürzten Lippen über ihre Schamlippen rieben.

Ein lautes Keuchen entfuhr ihr, und fast hätte sie die Augen geschlossen.

Seine Finger zur Hilfe nehmend spreizte er ihre inneren Lippen, legte den Daumen auf ihre Klitoris, und strich federleicht darüber.

„O Gott", keuchte sie leise, ihn weiter ansehend.

Etwas wie Stolz wallte in ihm hoch, denn er war es, der ihr diese Lust verschaffte, niemand anderer. „Bereit für meine Zunge, mein Schatz?" Sofort spürte er das Beben, das ihre Schenkel erzittern ließ.

Ihre Zähne gruben sich in ihre Lippe, doch sie antwortete nicht.

Doch er konnte in ihren Augen lesen, wie bereit sie war. Noch einmal tief einatmend leckte er von unten nach oben über sie und unterdrückte ein Keuchen. Ja! Seine Erinnerung war unverfälscht. Und ihm wurde klar, dass er für diesen Geschmack töten würde, da er süchtig danach war. Seine Zunge glitt hoch, erreichte ihre Lustperle. Als er sie mit der Spitze umkreiste, stöhnte sie lauter als zuvor.

Reflexartig schloss sie die Augen.

„Sieh mir zu! Ich will, dass du dich dein ganzes Leben lang an diesen Augenblick erinnerst. Bin ich der Erste, der das mit dir macht?"

Ihre Lippen öffneten sich einen kleinen Spalt weit, und sie nickte.

„Leg dir ein Kissen unter den Kopf. Und schau weiter zu." Er war so erleichtert über ihre Antwort, dass seine Stimme kälter klang als gewollt.

Bebend tastete ihre Hand umher, fand ein Kissen und stopfte es sich unter den Kopf, ohne den Blick von ihm zu wenden. Atemlos kam sie zur Ruhe. Ihre Zungenspitze lugte zwischen ihren Lippen hervor, was ihn unglaublich heiß machte.

Er konnte spüren, wie er härter wurde, doch es war erträglich.

Ohne Vorwarnung schob er seine Zunge in sie, so tief er konnte, und sie stieß einen Schrei aus.

Schon wurde er noch härter, doch er ignorierte es entschlossen.

Voll auf sie konzentriert, verwöhnte er sie mit der Zunge, mit aller Kunstfertigkeit, die er in seinem Leben erlangt hatte.

Er stieß ein Knurren aus, als er sich bewusst wurde, dass er es wie niemals zuvor genoss, eine Frau auf diese Weise zu lieben.

Sobald er merkte, dass sie ihrem Höhepunkt zu nahe kam, machte er eine Pause.

Ihre lodernden Augen schienen ihn anzuflehen, weiterzumachen, doch lächelnd schüttelte er den Kopf. „Noch nicht. Wir haben viel Zeit."

Kurz sah er zum Handy auf dem Nachttisch, um sich selbst abzulenken. Es war fast zwei Uhr. Später, als er dachte, doch noch immer früh genug, um sie ein paar Mal zum Kommen zu bringen.

Er sah zu ihr hoch.

Ihre Augen waren fast geschlossen, sahen ihn aber an, und der glühende Blick raubte ihm den Atem. Ihr Busen hob und senkte sich, die Brustwarzen steif aufgerichtet.

Es war ihm nicht möglich, den Impuls zu unterdrücken: Er ließ die Finger zu den harten Knospen gleiten, kniff sie. Dann schob er sich an ihr hoch und biss in beide hinein.

Ihr Oberkörper bäumte sich auf, als sie keuchend ihren Atem ausstieß.

Erneut nahm er seinen Platz zwischen ihren Beinen ein. Tief ihren Duft einatmend, rieb er mit der Nasenspitze über ihre Klitoris und schob seine Zunge erneut in sie.

Sprunghaft beschleunigte sich ihre Atmung.

„Ja", murmelte er verzückt. Sie nicht aus den Augen lassend leckte er sie voller Hingabe. Immer und immer wieder zog er die Zunge über ihre sensibelste Stelle, und Augenblicke später schrie sie laut auf.

Der Schrei verwandelte sich in ein Schluchzen, als der Höhepunkt abklang.

Doch er war noch lange nicht mit ihr fertig. „Sieh mich an, Cory."

Mühsam öffnete sie die Augen. Sein gieriger Blick reichte aus, schon war sie wieder für ihn bereit.

„Mehr?", fragte er lächelnd.

Sie starrte ihn an, zu keiner Antwort fähig.

„Du musst nichts sagen. Ich würde ohnehin nicht aufhören, wo der Spaß gerade erst beginnt. Selbst wenn du mich darum bitten würdest ..."

Ihre Pupillen weiteten sich, und sie atmete schwerer.

„Ja, mein Schatz. Versuchen wir es dieses Mal mit meinen Fingern."

Aufstöhnend warf sie den Kopf in den Nacken, als er mit drei Fingern auf einmal in sie eindrang.

Etwa zwei Stunden später lag sie matt und ausgelaugt auf dem Laken.

Er zog seine Finger aus ihr heraus, ehe er sich neben sie legte. Mit jedem ihrer drei Orgasmen begehrte er sie heftiger.

Irgendwann nach sechs Uhr würde die Sonne aufgehen, wie er wusste. Er sehnte sich danach, sie noch einmal zu nehmen.

Entschlossen unterdrückte er seine Gier, zwang sich zum Entspannen, auch wenn es ihm nicht leicht fiel. Er wollte das Finale unbedingt noch hinauszögern. Dennoch wollte er ihren Mund spüren.

Ihr Kopf rollte zur Seite.

„Nicht einschlafen, mein Schatz", murmelte er, ehe er ihre Wange streichelte. Ihre Blicke fielen ineinander. „Du kannst etwas für mich tun."

Fragend sah sie ihn an.

„Du schuldest mir einen Blowjob."

Ihre Lippen formten ein stummes O.

„Ja, genau. Ich will deine Lippen und deinen Mund spüren. Doch wir werden es nicht bis zum Ende machen, verstanden? Ich will dich noch einmal ficken, bevor die Nacht zu Ende ist. Also musst du aufhören, wenn ich dir den Befehl dazu gebe."

Ihr intensiver Blick ließ ihn leicht erhärten, aber sofort unterdrückte er die Reaktion.

Sie nickte und setzte sich leise stöhnend auf.

„Knie dich auf den Boden. Ich denke, du erinnerst dich, wie ich es mag."

Willig stand sie vom Bett auf, auch wenn ihre Beine sich anfühlten wie gekochte Spaghetti. Vor sich selbst gab sie es zu: Nur zu gerne erfüllte sie ihm diesen Wunsch. Auch wenn sie gehemmt war beim ersten Mal, hatte es ihr gefallen. Ihn zu erregen, ihm zu Diensten zu sein, war eine Erfahrung, die sie nicht missen wollte.

„Ich hoffe, du hast ein wenig Ausdauer. Wahrscheinlich dauert es etwas, bis mein Schwanz wieder einsatzbereit ist. Ich habe mich etwas zu sehr verausgabt, fürchte ich." Er stellte er sich vor sie hin, und ihr Blick wanderte seinen beeindruckenden Körper hinab.

„Darf ich einen Vorschlag machen? Es gibt etwas Anderes, was ich für dich tun könnte. Bis du soweit bist, meine ich."

Irritiert sah er sie an. „Was genau meinst du?"

„Du darfst mich jederzeit stoppen, wenn es dir nicht gefällt. Du müsstest dich aufs Bett legen, auf den Bauch."

Abschätzend sah er sie an. „Ich stehe kein bisschen auf Fesselspiele, nur um das klarzustellen."

Hell lachte sie auf.

Atemlos nahm er den bezaubernden Laut in sich auf. Bislang hatte er sie selten lachen hören. Sein Gesicht wurde finster, als ihm bewusst wurde, dass es wohl auch das letzte Mal war.

„Ich auch nicht. Denke ich zumindest ... Willst du es dennoch versuchen?"

Kapitel 13

Zauberhände

Wortlos legte er sich wieder hin und rollte sich auf den Bauch.

Verblüfft hörte er, wie ihre Schritte sich entfernten. Er riss den Kopf hoch - um zu sehen, wohin sie ging - und sah sie im Schrank verschwinden.

Sie kam zurück, in der Hand die Flasche mit dem Öl. Schon schwang sie ein Bein über ihn und setzte sich auf den Ansatz seines Hinterns.

Als kalte Tropfen auf seine Schultern rieselten, schnappte er nach Luft.

Ihre Handflächen legten sich auf seinen Rücken und begannen, die Flüssigkeit sanft zu verstreichen. Etappenweise erhöhte sie den Druck, ihre Daumen strichen fester über seine Muskeln.

Ein grollendes Stöhnen entrang sich ihm.

Sie sah, wie er die Augen schloss. Lächelnd massierte sie ihn, und sein Atem vertiefte sich.

„*Fuck!* Du hast Zauberhände, kann das sein?", murmelte er, sich nicht darüber bewusst, dass er es aussprach.

Sie kicherte, und er versuchte, ihren Blick einzufangen, indem er den Kopf zur Seite wandte.

„Du kannst mich jederzeit stoppen."

„*Hölle, nein!* Ich bete vielmehr darum, dass du endlose Ausdauer hast. Und dieses Mal beziehe ich mich nicht auf deinen Mund." Wieder stöhnte er.

Sanft lächelnd fragte sie: „An wie lange denkst du? Reicht dir eine Stunde?"

„Eine Stunde?", fragte er mit schwacher Stimme. Fast hätte er geschworen, er wäre gestorben und im Himmel wieder aufgewacht.

„Nur, wenn du möchtest ..."

„Ja", hauchte er und schloss die Augen.

Sie setzte die Massage fort, verstärkte allmählich den Kraftaufwand.

Unterdrückt stöhnte er. „*Fuck*, tut das gut."

„Du bist extrem verspannt. Du solltest dich öfter massieren lassen."

„Gut möglich, dass ich deinem Rat folge", murmelte er und keuchte, als sie ihre Daumen fest über einen harten Muskel gleiten ließ.

„Entspann dich", flüsterte sie.

„Dann wird es einfacher für mich?" Er hasste es, doch er musste die Worte aussprechen.

Sofort sah sie sich wieder im Schrank.

„Ich wollte dir nicht weh tun. Es tut m..."

„Schon verziehen", murmelte sie verlegen. „Vergiss es einfach." Sich voll auf seinen Rücken konzentrierend, hob sie sich leicht an, und lehnte sich vor, um mehr Körpergewicht in ihre Hände zu leiten.

„*O Gott*", entfuhr es ihm.

„Zu doll? Ich kann ..."

„Genau richtig", stöhnte er.

Nach und nach bezog sie seine Arme mit ein.

Erstmals bemerkte sie eine Tätowierung an der Innenseite seines Oberarmes. „Du hast ein Tattoo?", fragte sie vollkommen überrascht.

Er öffnete die Augen. „Nur das eine. Und auch nur ein Piercing."

„Was ist es?"

„Du kannst es dir nachher ansehen, nur hör nicht auf mit der Massage." Seine Stimme klang so flehend, dass sie leise lachen musste.

Etwa eine Dreiviertelstunde später waren der Nacken, die Arme und der komplette Rücken durchgeknetet, bis sich seine Muskulatur butterweich anfühlte.

„Hast du genug? Oder noch weiter?"

„Oh, ist die Stunde schon um?", fragte er betrübt, denn es war so herrlich, dass er durchaus noch eine weitere Stunde liegenbleiben würde. Fast hätte er ihr angeboten, auf den finalen Sex zu verzichten, so intensiv genoss er es.

„Nein, noch nicht ganz. Doch du könntest mit einem schlimmen Muskelkater enden, wenn ich nicht bald aufhöre."

„Scheiß auf Muskelkater", sagte er deutlich. Das wäre sein kleinstes Problem nach dem Aufwachen.

Das ließ sie kichern. „In Ordnung." Sie beugte sich seinem Ohr zu. „Vielleicht ... Wärst du für eine Spezial-Massage zu haben?"

Er riss die Augen auf und drehte den Kopf, sodass er sie angucken konnte. „Spezial-Massage? Klingt interessant."

„Okay. Es gilt dieselbe Regel. Du kannst jederzeit verlangen, dass ich aufhöre."

„Fuck it! Egal, was diese Spezial-Massage ist, ich stoppe dich garantiert nicht." Seine Augen blickten ernst.

Sie setzte sich auf seine Oberschenkel, griff nach der Flasche, und kippte ohne Zaudern Öl auf seinen Hintern. Erst sanft, dann immer fester massierte sie seine Pobacken.

Thore stöhnte inbrünstig.

Minuten später sah sie ihm aufmerksam ins Gesicht und sagte leise: „Zeit zum Umdrehen ..."

Er riss die Augen auf und starrte sie an. „Umdrehen?"

Sie ruckte mit dem Kopf. „Spezial-Massage ...", flüsterte sie, lächelte aber sanft dabei.

Ihm wurde die Luft knapp. Etwas in seinem Bauch begann zu flattern, und er schluckte, bevor er ihrer Aufforderung folgte. Reglos lag er vor ihr, hielt ihren Blick fest. Atemlos wartete er ab.

Sie schwang ihr Bein über ihn und setzte sich auf seine Beine.

Ihre Hände waren müde, doch sie würde sie nicht mehr viel länger brauchen. Sie strich ein Mal seine Brust hoch und wieder runter. Entschlossen umfasste sie ihn und spürte, wie er unter ihrem Griff härter wurde. „So? Oder soll ich auf den Boden?"

Boden? FUCK, nein!

Ihre Version gefiel ihm besser. Bei dem Gedanken, sie würde ihn gleich in den Mund nehmen, wurde er noch härter. „So ist es perfekt", flüsterte er.

„Lass uns herausfinden, ob *perfekt* das richtige Adjektiv ist", murmelte sie, rutschte tiefer, beugte sich weiter nach vorne, und öffnete die Lippen. Wie vor zwei Wochen leckte sie mit der Zunge über seine Spitze, sah ihm aber dabei in die Augen. Sofort wurde er hart wie Stein. „*Fuck!*", stieß er atemlos aus.

Sie glitt mit der Zunge über seinen pulsierenden Schaft, benetzte ihn mit ihrem Speichel. Aus einem Impuls heraus pustete sie ihren Atem gegen ihn, und er zuckte zusammen.

„Was machst du denn ...?", stieß er hervor. „Jetzt frage dich noch einmal, warum ich dich unbedingt ins Bett bekommen wollte. Wahrscheinlich habe ich geahnt, dass du ..." Mitten im Satz verstummte er, stattdessen entfuhr ihm ein dunkles, lustvolles Stöhnen.

Zu gerne hätte sie die fehlenden Worte gehört, doch er sprach nicht weiter.

Sie schloss den Mund, spitzte die Lippen, und stülpte sie auf den höchsten Punkt seiner Erektion. Sein lautes Keuchen ließ sie aufblicken.

Von der lodernden Gier in seinen Augen wurde ihr fast schwindelig. Den Mund nur leicht öffnend, rieb sie mit den Lippen über ihn, fuhr kreisförmig darüber.

„*FUCK!*" Thore starrte sie aus weit aufgerissenen Augen an.

Sie hob den Kopf, sagte milde lächelnd: „Die Wirkung der Massage ist gleich dahin, wenn du den Kopf weiterhin so angespannt hochhältst. Nimm dir doch ein Kissen ..."

Er grinste, was fast wie eine Grimasse aussah, und befolgte ihre Worte.

Als sein Kopf auf dem Kissen ruhte, senkte sie den Mund wieder. Dieses Mal öffnete sie ihn, nahm aber lediglich die Eichel in den Mund.

„*Holy shit!* Was bist du? Eine Hexe?", flüsterte er, während sein Atem so keuchend ging, dass sie die Worte nur schwer verstehen konnte.

Kurz warf er den Kopf in den Nacken, doch der Drang, ihr weiterhin zuzusehen, war enorm.

Mit der Zunge bearbeitete sie ihn, die Lippen weiterhin um ihn geschlossen. Überrascht keuchte sie, als er die Hüften hob, und sich so tief in ihren Mund schob.

„Wahnsinn", murmelte er, „reiner Wahnsinn."

Ihre heiße Mundhöhle fühlte sich an wie das Paradies. „Hör auf", rief er einen Moment später. Entsetzt spürte er, dass er kurz davor war, zu kommen.

Sofort hob sie den Kopf und sah ihn fragend an.

Seine Augen blieben an ihren feuchten Lippen kleben. Nichts wünschte er sich sehnlicher, als ihren Mund zu ficken. Doch er wollte in ihr kommen, nirgendwo sonst.

Er schloss die Augen, zwang sich dazu, ruhig und gleichmäßig zu atmen. Doch egal, wie hart er darum rang, die brennende Gier wurde nicht schwächer. Tief atmete er durch.

„Nur, um es klarzustellen: Das Adjektiv hat es präzise auf den Punkt getroffen."

Sie erwiderte seinen Blick, während ihre Wangen heiß wurden. Freude und Verlegenheit stiegen in ihr hoch.

Kapitel 14

Finale

„Ich will dich. Leg dich hin."

Ohne Zögern tat sie es.

„Spreiz die Beine."

Auch dem leistete sie Folge, denn sie wollte ihn wieder in sich zu spüren, auch wenn sie sich mittlerweile verflixt wund anfühlte.

„Ich will, dass du dich nicht bewegst, nicht einen Millimeter. Hast du verstanden? Und berühre mich nicht mehr." Ernst sah er ihr in die Augen.

Verwirrt nickte sie.

Weshalb darf ich ihn nicht mehr anfassen?

Er schob sich über sie. Ewig lange sah er sie an, ließ den Blick über ihr Gesicht gleiten.

Je länger er sie warten ließ, desto heftiger verzehrte sie sich nach ihm. Hilflos kniff sie die Lider zusammen.

„Nein! Sieh mich an." Ungemein kühl klang seine Stimme, was bei ihr ein Zittern auslöste.

Verunsichert tat sie, wie geheißen.

„Sieh mich an. Ich will deine Augen sehen, wenn ich dich ficke. Hast du verstanden?"

Sie nickte.

„Lass mich rein."

Sie schluckte, schon spürte sie seine Hitze. Ihr Becken schien ein Eigenleben zu führen, hob sich ihm entgegen.

„Nein! Du darfst dich nicht bewegen", stieß er laut hervor.

„Verzeihung", murmelte sie verstört.

Gern hätte er sie beruhigt. Doch er wollte ihr nicht sagen, dass eine einzige Bewegung von ihr ausreichen könnte, und er würde kommen.

Damit wäre die Nacht zu Ende, und das Risiko wollte, nein, *konnte* er nicht eingehen.

So langsam, wie nie zuvor in seinem Leben, drang er in sie ein. Jede Sekunde genießend, spürte er ihre feuchte Wärme, sie ihn umschloss wie der Garten Gottes. Sein Wunsch, für immer und ewig so in ihr zu sein, war grenzenlos.

Er verharrte, um es bis zur Neige auszukosten. Und weil er sofort kommen würde, wenn er sich bewegen würde.

Einen winzigen Moment fragte er sich, ob dies das letzte Mal war, dass er sich in einer Frau versenkte. Denn es war ihm unmöglich, es sich mit einer anderen als Cory vorzustellen.

Energisch schüttelte er den Kopf, richtete seine ganze Konzentration auf sie.

Mit großen Augen starrte sie zu ihm hoch, die Zähne in der Unterlippe vergraben. Sie streckte die Arme hoch, hielt sich am Kopfteil des Bettes fest.

Er hörte, wie hektisch ihr Atem ging, und es berauschte sein Blut.

Wie schön sie ist, dachte er voller Anbetung, musterte die dunkle Röte ihrer Wangen, die ihre Lust verrieten.

Noch immer widerstand er dem Bedürfnis, in sie zu stoßen, was ihm definitiv nicht leicht fiel. Stattdessen studierte er ihr Gesicht, ihre Augen, die mit intensiver Aufmerksamkeit auf ihn gerichtet waren.

Atemlos starrten sie einander an.

Sie gierte danach, er würde sich endlich bewegen. Wünschte inbrünstig, er hätte ihr nicht verboten, sich zu bewegen.

Eine Minute später verharrten sie noch immer unbewegt. Um eine Reaktion zu erzwingen zog sie ihre inneren Muskeln zusammen.

Ein Schauder überlief seinen Körper, und er stieß laut keuchend den Atem aus. „*Fuck*, Cory. Nicht bewegen."

„Warum nicht?"

Fast hätte er gelacht. Wenn sie ahnen würde, wie höllisch sein Verlangen nach ihr war ...

Irgendetwas schien sein Blick ihr zu sagen, denn ihre Augen weiteten sich. Mit einem zitternden Laut atmete sie ein, dann murmelte sie: „Fick mich, Thore, bitte."

Er hörte die Worte und war verloren.

Einen Moment widerstand er noch, während sein Atem so hektisch ging, dass er fast glaubte, eine Herzattacke zu erleiden.

Dann zog er sich langsam zurück und rammte sich so hart in sie, dass sie laut aufschrie.

Und ihre Reaktion war sein ganz persönliches Nirvana. Ihre Augen bettelten um mehr, das tiefe Stöhnen, ihr Erschaudern kosteten ihn den Verstand.

Sein eigenes Verlangen trat in den Hintergrund. Überzeugt davon, dass es das allerletzte Mal mit ihr war, wurde alles andere unwichtig, nur nicht ihre Befriedigung.

Nichts wollte er jetzt dringender, als sie so zu lieben, dass sie ihn bis zum Ende ihres Lebens nicht mehr vergessen würde. Der Wunsch war so marternd, dass er darum betete, er würde ihm gewährt werden.

Seine Hüften erstarrten in der Bewegung, und er hörte, wie ihr - überrascht davon - der Atem stockte. Er legte sich mit seinem vollen Körpergewicht auf sie, umrahmte ihr Gesicht mit den Händen, tauchte den Blick tief in ihren.

Sein Verhalten verwirrte sie so stark, dass ihre Lider zu flattern begannen. Sie biss sich auf die Lippen, da sie nur auf diese Weise die Worte unterdrücken konnte, die sie ihm unmöglich sagen durfte.

Ihr Körper erzitterte, als ihr bewusst wurde, wie sehr sie ihn liebte. Und wie intensiv sie es genoss, mit ihm diese Leidenschaft zu erleben.

Sie warf den Kopf in den Nacken - was seine Hände zu ihrem Hals hinabrutschen ließen - als ihr Tränen aus den Augen zu rinnen begannen.

„Cory?" Seine raue Stimme klang alarmiert. „Was hast du? Tue ich dir weh?"

Verneinend schüttelte sie den Kopf.

„Was ist es dann? Du weinst ..."

Einzig ein erneutes Kopfschütteln brachte sie zustande, da sie ihrer Stimme nicht traute. Zudem die Angst, ihm ihre Gefühle zu verraten, in diesem Moment überwältigend groß war.

Ernüchtert sah er sie an. Noch immer war er hart, aber seine Begierde kühlte schlagartig ab.

Okay, mein Wunsch hat sich nicht erfüllt, dachte er bitter. *Oder er hat sich erfüllt, aber anders, als ich es gewollt habe.*

Vielleicht würde sie sich bis an ihr Lebensende an diese Vereinigung erinnern, und an die Tränen, die sie seinetwegen vergoss.

Der Gedanke war ihm unerträglich.

Doch er brachte es nicht fertig, sich aus ihr zurückzuziehen.

Dann sprach sie Worte aus, die sein Herz tatsächlich einen Schlag aussetzen ließen: „Liebe mich, Thore, bitte."

Nach wie vor sah sie ihn nicht an, und in dieser Sekunde war er dankbar dafür. Andernfalls hätte er seine intensiven Gedanken ausgesprochen.

Ich liebe dich, mein Schatz. Mit allem, was ich bin und je sein werde. Bis ans Ende meiner Tage.

Auf sanfteste Weise stieß er wieder in sie und hieß ihr Stöhnen willkommen. Er nahm sie, liebevoll, zärtlich, voller Hingabe.

Erschöpft schloss er die Augen, zu intensiv waren die Gefühle, die in ihm loderten.

Endlos lange liebte er sie auf diese Weise. Jeden ihrer Seufzer, jedes Zittern und jedes Nach-Luft-ringen, sog er in sich auf.

„Oh, bitte ...", seufzte sie.

Sofort reagierte sein Körper, da er zu verstehen glaubte. Fester und mächtiger stieß er in sie hinein.

Ein dunkles Stöhnen war ihre Antwort. „Ja. Oh ja", murmelte sie. Auch wenn sie jede einzelne Sekunde genoss, die Erregung in ihr war zu massiv, zu überwältigend, um sie noch viel länger zu ertragen. Sie sehnte die Erlösung herbei.

Und er fand den perfekten Weg, sie ihr zu schenken, als er sich hart und drängend in sie rammte.

Nur ein paar Sekunden hielt sie es aus, dann schrie sie laut auf, versengt von einer alles verzehrenden Flamme, die sie in den Himmel zu erheben schien.

Dürstend beobachtete er sie.

Das Glück, was ihr Zerbersten in ihm auslöste, war befriedigender als sein eigener Höhepunkt, der ihn jetzt erfasste.

Mit einem lauten Stöhnen spritze er seinen Samen in sie. Wie in Wellen verklang sein Orgasmus, und zitternd zwang er sich dazu, die Lider offen zu halten. Er musste ihre Augen sehen, nichts erschien ihm dringender.

Als ihr Blick in seinen fiel, atmete er schwerer. Er konnte ihn nicht deuten, doch es lag ein Leuchten in ihnen, das ihn ein Stück weit glücklich machte.

Sie lächelte, als sie spürte, wie er schlaff aus ihr herausglitt.

Sie atmeten beide heftig.

Er schloss die Augen und lehnte die Stirn an ihre. „Ich ...“ Hastig biss er sich auf die Zunge. „Fuck“, murmelte er, entsetzt darüber, es fast ausgesprochen zu haben.

„Was?“, hakte sie nach.

Mit einem sanften Schwung rollte er sich herum, wobei er sie entschieden festhielt. Nebeneinander liegend zog er sie dichter an sich. „Nichts.“

Seine kalte Stimme ließ sie frösteln. Ablenkend fragte sie: „Wie spät ist es?“

Er starrte sie an, mit einem Mal höllisch verärgert. „Noch ist die Nacht nicht vorbei. Also denk nicht einmal darüber nach, jetzt verschwinden zu wollen.“

Seine finster gerunzelte Stirn war unübersehbar.

Ergeben nickte sie.

Mit einem Mal spürte sie, wie müde sie war, und konnte ein Gähnen nicht unterdrücken.

Sein Arm zog sie noch dichter zu sich.

Sie hob den Kopf, als es ihr wieder einfiel. „Zeigst du mir jetzt dein Tattoo?"

Überrascht hob er die Brauen und nickte zustimmend. Er schob sie etwas von sich, zog den Arm unter ihr heraus.

Das Tattoo war nicht übermäßig groß, deswegen war es ihr wohl vorher nicht aufgefallen. Drei Worte standen dort untereinander: *NEVER give UP*. Das Wort *give* war in Kursiv, die anderen in großen Blockbuchstaben gestochen, alle ineinander verschnörkelt.

Lange starrte sie darauf, zog die Linien mit der Fingerspitze nach und fragte sich, ob das sein Lebensmotto war. Er hatte ihr mehrfach gesagt, dass Aufgeben für ihn nie in Frage käme. Was letztendlich zu dieser Nacht geführt hatte. Leise sagte sie: „Sieht toll aus."

Er zuckte lediglich mit den Schultern.

Eine Winzigkeit zögerte sie, dann schmiegte sie sich an ihn. Ihr Kopf kam auf der Tätowierung zum Liegen. Sie kuschelte das Gesicht an seine Brust, während sein Arm sie umschlang, um sie fester an sich zu ziehen.

Kapitel 15

Game over

Draußen vor dem Fenster erhellte sich unmerklich die schwarze, sternenlose Nacht.

Sie schlief, das Gesicht sorglos entspannt.

Thore war nicht fähig, die Augen von ihr abzuwenden, auch wenn Erschöpfung gewaltsam an allen seinen Gliedern zu zerren schien. Er fühlte sich wie ausgepumpt.

Das war es, dachte er bitter. Er betete, dass er die Kraft aufbringen konnte, ihr fernzubleiben, da er sein Wort gegeben hatte.

Voller Anbetung studierte er ihr Gesicht, versuchte sich auf Biegen und Brechen ihren Anblick einzuprägen. Nicht eine Unebenheit, nicht einmal die kleine Narbe oberhalb ihrer Augenbraue, wollte er vergessen. Vorsichtig schob er die Hand in ihre Haare, umfasste den Hinterkopf und hob ihn auf seine Schulter. Tief atmete er ihren Duft ein, nach dem er süchtig war. Niemals würde er ihn vergessen.

Aus dem Nichts heraus kam ihm ein Gedanke, packte ihn förmlich.

Angespannt lag er da.

Soll ich sie wecken, sie darum bitten?

Doch ein bitteres Lachen stieg in ihm hoch.

Sie würde es ihm definitiv verweigern. Außerdem: Wie sollte er es begründen?

Entschlossen zog er seine Schulter unter ihr hervor, legte ihren Kopf auf die Matratze.

Er stieg aus dem Bett, ging in die Küche, und nahm eine Schere aus einer der Schubladen.

Zurück im Schlafzimmer blickte er auf sie hinab. Sein Herz schlug viel zu schnell.

Er zögerte.

Doch entschieden griff er nach ihren Haaren, verzwirbelte eine dickere Strähne an einer unauffälligen Stelle, und schnitt sie ab. Er rollte die Locke um den Finger und legte sie fürs Erste in die Nachttischschublade. Die Schere warf er achtlos daneben.

Als sein Blick auf das Handy fiel, nahm er es, um ein Foto von ihr zu machen, ehe er es zurücklegte.

Den Blick unverwandt auf sie gerichtet schlüpfte er zurück ins Bett. Wie eben vergrub er die Finger in ihren Haaren, zog sie an sich, und lehnte ihren Kopf an seine Schulter.

Obwohl er todmüde war, wehrte er sich gegen den Schlaf. Sehnsuchtsvoll betrachtete er sie. Er neigte sich vor, bis seine Lippen ihre berührten, und küsste sie zärtlich.

Sie gab ein leises Geräusch von sich, erwachte aber nicht.

Er spürte Glück und Verzweiflung, doch Zweiteres wurde immer mächtiger.

„Ich liebe dich, Cory", flüsterte er und betrachtete sie, bis seine Lider zufielen und der Schlaf ihn übermannte.

Die Dunkelheit wich dem hellen Licht des Morgens. Cory brauchte einen Moment, um einzuordnen, wo sie war, und was sie aufgeweckt hatte. Thores Handy vibrierte auf dem Nachttisch.

Die Dämmerung. Jetzt ist es vorbei, dachte sie. Ein erleichtertes und zugleich tieftrauriges Gefühl schwoll in ihrem Bauch an. Sie setzte sich auf.

Sein Arm rutschte von ihrem Bauch, fiel zwischen sie beide.

„Wach auf." Zaghaft berührte sie seine Schulter, die warm war von ihrer Wange, und rüttelte daran. Doch er bewegte sich nicht.

„Verdammt", murmelte sie und stemmte sich gegen ihn, sodass sie ihr Bein unter seinem hervorziehen konnte. Augenblicklich entbehrte sie seine Wärme. Mit schmerzenden Gliedern stand sie vom Bett auf, ließ ihn nicht aus den Augen. Im Schlaf runzelte er die Stirn, und sie fragte sich, wovon er gerade träumte.

Leise zog sie ihren BH an.

Sie schaffte es kaum, die Tränen zu unterdrücken, die sie bald weinen würde. Dafür war jetzt keine Zeit.

Als sie den Slip überstreifte, schmerzte ihr Bauch. Die vergangene Nacht würde sie garantiert ein paar Tage länger spüren, die Aussicht darauf ließ sie den Mund verziehen.

Als letztes schlüpfte sie in ihr Kleid.

Zögerlich trat sie ans Bett und berührte ihn an der Schulter. Ein leiser, unwilliger Laut war seine einzige Reaktion.

Staunend glitten ihre Augen über sein Gesicht, das im Schlaf so anders aussah. Jungenhaft, unschuldig. Die Spuren seiner Wut waren wie ausradiert.

Leise seufzte sie, als sie über seine Attraktivität staunte. Nach wie vor war er der überwältigendste Mann, den sie je gesehen hatte.

Ein Zittern durchlief ihren Körper, als ihr klar wurde, dass es an der Zeit war, zu verschwinden.

Soll ich einfach gehen?

Doch konnte sie das Risiko eingehen, dass er sich dann nicht an sein Wort halten würde?

Besser, ich hinterlasse ihm eine Nachricht, nur zur Sicherheit.

Für einen Moment musterte sie den Nachttisch. Doch sie besaß nicht den Mut, darin nach Zettel und Stift zu suchen. So tief mochte sie nicht in seine Privatsphäre eindringen.

Sie trat in den Flur hinaus, streifte die Badezimmertür mit einem Blick. Auf gut Glück öffnete sie die angrenzende Tür, und erblickte einen relativ kleinen Raum, in dem ein großer Schreibtisch stand. Beim Nähertreten sah sie den quadratischen Notizzettelblock. *Stift*, dachte sie unruhig. *Irgendwo hier muss doch einer sein.* Doch ihre Augen fanden keinen.

Mit einem mulmigen Gefühl zog sie an der länglichen Schublade unterhalb der Tischplatte. Der Ordnung des Raumes zum Trotz, herrschte in ihr eine chaotische Unordnung. Ohne etwas zu berühren strichen ihre Augen über ungeöffnete Briefe, Gummibänder, Büroklammern und diverse andere Dinge. In der hinteren Ecke lugte die Spitze eines Kugelschreibers aus dem Gewühl. Rasch griff sie danach und beugte sich über den Zettel, den sie von dem Block abriss.

Der erste Versuch ließ sie frustriert aufstöhnen, denn der Stift schien ausgetrocknet zu sein. Mit einer raschen Handbewegung schüttelte sie ihn, und der zweite Versuch war von Erfolg gekrönt. Eilig schrieb sie einige Worte auf den Zettel, trug ihn hinüber ins Schlafzimmer. Es lag jetzt in deutlich hellerem Licht.

Mit bewunderndem Blick betrachtete sie Thores Körper. Mit dem Arm hielt er das zweite Kissen umschlungen, das Gesicht darin vergraben.

Zaudernd streckte sie die Hand aus, versuchte ihn zu wecken. Doch er drehte sich grummelnd auf den Rücken, der Unterarm legte sich über seine Augen.

Sie legte den Zettel auf das Kissen, das er losgelassen hatte.

Nach einem kurzen Zögern beugte sie sich zu ihm hinunter, drückte die Lippen auf seinen Mund.

Leise murmelte er etwas im Schlaf, was sie nicht verstand.

Voller Wehmut betrachtete sie ihn, während die ersten Tränen zu fließen begannen. Tief durchatmend wandte sie sich ab.

Kapitel 16

Verhasstes Ende

Laut fluchend setzte er sich auf.

Es verwunderte ihn nicht, dass er allein war. Doch es tat heftiger weh, als er gedacht hätte. Tatsächlich fühlte es sich an, als ob sie ihm das Herz aus der Brust gerissen hatte, um es mitzunehmen.

Ihr Duft füllte den ganzen Raum, das machte es noch schlimmer. Stöhnend presste er die Handballen auf die Augen. „*Fuck!*", stieß er wütend aus.

Er hasste sich selbst dafür, ihr versprochen zu haben, sie nach dieser Nacht in Ruhe zu lassen. Dennoch glaubte er, die richtige Wahl getroffen zu haben. In seinem Leben wollte sie nicht sein, das hatte sie mehr als deutlich gemacht. Dem Handel sei Dank hatte er sie wenigstens ins Bett bekommen.

Die vergangene Nacht war unglaublich gewesen, der reine Wahnsinn. Wenn ihr Duft nicht überdeutlich präsent wäre, hätte er vielleicht geglaubt, es nur geträumt zu haben.

Er blickte neben sich – das zerknitterte Laken sprach eine deutliche Sprache - als ein Zettel seine Aufmerksamkeit erregte. Schmerzhaft verkrampfte sein Herz, da er nur von ihr sein konnte.

Mit angehaltenem Atem griff er danach.

Dass seine Finger zitterten, verblüffte ihn nicht.

Zwei Mal habe ich vergebens versucht, Dich zu wecken. Deswegen sage ich schriftlich „Lebe Wohl". Mach es gut. Vergiss Dein Versprechen nicht! C.

Die Augenbrauen zusammengezogen las er die wenigen Worte. Seine Stimmung wurde immer finsterer. Bitter lachte er auf.

Was habe ich erwartet? Dass dort „Lieber Thore" steht?

Mach es gut. *Das ist wieder typisch für sie*, dachte er wütend. Doch noch mehr ärgerte er sich über ihre Signatur.

Offenbar bin ich ihr nicht mal gut genug, dass sie mit ihrem vollen Namen unterschreibt.

Am liebsten hätte er den Zettel zerfetzt. Doch ihm war klar, dass er ihn behalten würde, diesen Beweis, dass er sie für einen winzigen Moment besessen hatte. Mit einer abgehackten Handbewegung warf er ihn auf den Nachttisch.

Stöhnend griff er nach dem Kissen und roch daran. Tief sog er ihren Duft ein und bemerkte verblüfft, dass sein Schwanz sofort darauf reagierte.

Zweiundneunzig elende, verdammte Tage waren vergangen. Und jeder einzelne von ihnen hatte Thore tiefer in seine Wut und Verzweiflung getrieben.

Er hasste sich, doch noch heftiger hasste er Cory.

Was es von ihm forderte, sie - seinem Versprechen gemäß - in Ruhe zu lassen, könnte niemand auch nur im Ansatz begreifen. Er selbst wäre unfähig, es zu erklären. Doch innerlich war ihm klar, dass es ihm das Leben aussaugte. Er war nur noch ein wütender Schatten seines alten Selbst.

Das verdammte Handy klingelte, riss ihn aus seinen Gedanken. Gereizt blickte er auf das Display. „Anne?", schnauzte er hinein, nicht darum bemüht, seinen Tonfall zu mäßigen.

Doch sie antwortete – unbeeindruckt - in freundlichem Tonfall, ganz egal, wie oft er ausfallend wurde. Er wunderte sich, dass sie noch immer für ihn arbeitete, so, wie er seit Corys Fortgang seine Mitmenschen behandelte.

„Thore, ich habe eine Nachricht erhalten von einer Cory. Sie bittet dich, sie anzurufen. Ihre Telefonnummer lau..."

Ihre Worte rissen ihn hoch. Er fühlte sich wie eine Marionette, die an den Fäden in die Luft gezogen wurde.

Heiser schnitt er ihr das Wort ab: „Ich habe die Nummer. Weshalb soll ich sie anrufen?"

Sein Herz stolperte hektisch. In ihm wirbelte ein Sturm aus Gefühlen, die er seit der gemeinsamen Nacht unterdrückte, und er war sich nicht sicher, ob es ihm gefiel.

„Das hat sie nicht gesagt."

„Okay. Danke", murmelte er und legte auf.

Warum hat sie mich nicht direkt angerufen?

Dann erinnerte er sich an den Hackerangriff, der ihm eine neue Handynummer beschert hatte.

Tausend Möglichkeiten schossen ihm durch den Kopf, weshalb sie ihn sprechen wollte.

Mit einem Mal machte er sich wieder Hoffnungen, dieselben, die er in den vergangenen zweiundneunzig Tagen wieder und wieder begraben und verscharrt hatte, da sie sich nie erfüllen würden. Atemlos betete er darum, sie könnte ...

Doch hier unterbrach er seine Gedanken mit lauter Stimme: „Du dämlicher Idiot. Glaubst du wirklich, sie will dich zurückhaben? Sie vermisst dich nicht ein Stück, du Arsch." Seine Worte schnitten ihm messerscharf ins eigene Fleisch.

Er kämpfte erbittert darum, einen kühlen Kopf zu bewahren.

Sie wollte mich nicht, und daran wird sich garantiert nichts geändert haben. Sonst wäre sie längst hier aufgetaucht, oder?

Dennoch schlug sein Herz hart und hoffnungsvoll, wie ihm bewusst wurde.

Entschlossen, dem nicht nachzugeben, wählte er ihre Nummer. Dann hätten wenigstens die närrischen Vermutungen ein Ende.

Nach viermaligem Klingeln wurde am anderen Ende abgenommen.

Thore konnte nur mühsam seinen Atem kontrollieren.

„Hallo?"

Eine Sekunde lang schloss er die Augen, und sein Herz machte einen unwillkommenen Hüpfer. „Was willst du?", fragte er so barsch und kalt, wie es ihm möglich war, in das Mikrofon.

Für einen Augenblick war alles still, dann hörte er, wie sie tief Luft holte.

„Von dir? Rein gar nichts", gab sie kühl zurück.

Sein Gesicht versteinerte spürbar, da ihre Worte ihn verletzten.

In etwas leiserem Ton sprach sie weiter: „Ich dachte nur, du solltest erfahren, dass ich schwanger bin. Eine Abtreibu..."

„*Verdammte Scheiße!* Du wirst nicht mein Kind abtreiben!", schrie er ins Telefon. Er sprang von Sofa hoch, unfähig, ruhig sitzen zu bleiben.

„Darf ich zu Ende reden?", rief sie sauer.

„Nein, darfst du nicht! Wenn du mit meinem Kind schwanger bist, dann wird es keine Abtreibung geben! Hast du das verstanden?", brüllte er.

„Du verdammter Macho! Glaubst du ..."

Knurrend unterbrach er sie: „Halt den Mund! Ich bin in einer Stunde bei dir, und dann werden wir reden. Und ich warne dich: Du wirst ...“

„Ich will nicht, dass du herkommst“, unterbrach sie ihn mit heiserer Stimme. „Du hast es versprochen!“

„Aufgrund der veränderten Situation wirst du das wohl hinnehmen müssen. Ich bin in einer Stunde da.“ Er legte auf, bevor sie auch nur Luft holen konnte.

Wütend starrte sie ihn durch die Fliegentür hindurch an. „Ich sagte, ich will nicht, dass du herkommst.“

„Und ich sagte, du wirst es hinnehmen müssen.“ Mit gierigen Augen musterte er sie. Verdammt, sie war noch schöner, als er sie in Erinnerung behalten hatte.

„Du hast versprochen, mich nicht mehr zu belästigen, wenn ich eine Nacht mit dir verbringe“, fauchte sie anklagend.

„Tja, mein Schatz. Mit der Schwangerschaft haben sich die Bedingungen verändert.“

Ihm fiel der mörderische Blick auf, mit dem sie ihn bedachte. „Lass mich rein.“

Sie versteifte den Rücken.

Auch er erinnerte sich an den Moment, als er diese Worte zu ihr gesagt hatte. Das war, kurz bevor er sie das letzte Mal in Besitz genommen hatte. In ihm stieg die Frage hoch, ob es diese Vereinigung gewesen war, in der das Kind gezeugt wurde.

„Nein", sagte sie entschieden. Sie stieß gegen die Tür, sodass er zurückweichen musste, und trat auf die Veranda hinaus. „Ich will dich nicht in meinem Haus haben."

Verbittert betrachtete er ihr verschlossenes Gesicht. „Du willst mich nicht in deinem *Haus* haben? Doch du hast mein Baby in deinem *Bauch*", sagte er in ironischem Tonfall.

Sie schloss die Augen.

Thore nutzte die Chance, betrachtete sie intensiver. Sein Blick glitt über ihr Gesicht, blieb an ihren vollen Lippen hängen.

„Leider", murmelte sie.

Das Wort bohrte sich wie ein schartiger Säbel in sein Herz. Zu gerne würde er sie hassen, weil sie ihm so leichtfertig Schmerzen zufügte. „Weißt du mit Sicherheit, dass es von mir ist?"

Sie wandte sich von ihm ab und ging zu der hängenden Bank hinüber, die mit verzinkten Stahlketten am Dach befestigt war. Sie setzte sich hinein, ganz dicht an die linke Armlehne.

Seine Augen klebten an ihr. Mit hämmerndem Herzen wartete er auf ihre Antwort.

„Der Arzt hat anhand der Größe errechnet, dass nur der Zeitraum von vor drei Monaten für die Zeugung in Frage kommt. Wäre das Baby kleiner, dann hätte ich *nicht dich* angerufen."

„Nicht mich ..." Er konnte nicht anders, er musste ihre Worte wiederholen. „Wen dann? Wer hatte dich nach mir?"

„Das geht dich nichts an", wies sie ihn scharf zurecht, den Blick abgewandt.

Ihm war, als müsse er sich übergeben. „Nehmen wir also an, es ist von mir. Nach der Geburt wird ein DNA-Test Aufschluss geben. Es wird keine Abtreibung geben, drücke ich mich klar genug aus? Wenn du nur den Versuch machst, dann sperre ich dich irgendwo ein, bis das Baby auf der Welt ist."

Ihr Gesicht nahm einen fahlweißen Farbton an, sie sah ihn jedoch nicht an. „Darüber wollte ich mit dir reden. *Am Telefon.*" Sie betonte die letzten zwei Worte. Dann sagte sie leise: „Ich will das Baby nicht haben."

Er wollte auffahren, doch sie hob die Hand und sprach weiter: „Ich bin bereit, es auszutragen. Unter der Bedingung, dass du mir fern bleibst. Nach der Geburt kannst du es haben."

Fassungslos blickte er sie an. Es dauerte eine ganze Minute, bis er etwas sagen konnte. „Wie kannst du etwas so Furchtbares sagen? Du willst dein Baby nicht?"

„Ich will *dein* Baby nicht, da liegt der Unterschied. Wenn ich es behalten würde, dann hätte ich dich am Hals, in welcher Form auch immer."

Brüsk wandte er sich ab, drehte ihr den Rücken zu. Er war so wütend, dass er sie am liebsten geschlagen hätte. Die Fäuste geballt, rang er nach Atmen, um sich zu beruhigen.

Mit einer Stimme, die deutlich kundtat, wie heftig er ihren Entschluss verachtete, sagte er: „Ich werde mich nach der Geburt um unser Baby kümmern. Aber bis dahin, *mein Schatz*, hast du mich am Hals, wie du es so nett formuliert hast. Und nichts in der Welt kann daran etwas ändern."

Erschrocken sah sie zu ihm auf. „Nein!"

„Nein, was?"

„Die Bedingung lautet: Du bleibst mir fern."

Ein dumpfes Lachen brach aus ihm heraus. „Eine Diskussion darüber erübrigt sich."

Er holte tief Atem, ehe er weitersprach: „Du hast genau zwei Optionen. Entweder du ziehst bei mir ein, bis unser Baby auf der Welt ist. Oder ich wohne bei dir."

Unter keinen Umständen würde er die Chance aus der Hand geben, sie um sich zu haben. Außerdem glaubte er nicht daran, dass sie so kalt dem Baby gegenüber war, wie sie ihn glauben machen wollte. Die Zeit würde es zeigen.

Kapitel 17

Effizienz

Cory konnte nicht fassen, dass sie sich dazu hatte überreden lassen.

Vor wenigen Sekunden war der Möbelwagen weggefahren. Thore hatte das kleine Schlafzimmer mit einem breiten Bett, Nachttisch nebst Lampe und einem Sessel bestücken lassen.

Auch wenn sie so tat, als würde es sie nicht interessieren, war sie fasziniert von seiner Effizienz. Immerhin waren noch keine zwei Stunden vergangen seit seinem unerwünschten Auftauchen.

Jetzt ging Thore einem Wagen entgegen, der vor dem Haus anhielt. Eine hochgewachsene Blondine stieg aus. Durch das geöffnete Wohnzimmerfenster hörte Cory, wie sie sagte: „Hey, ich bringe deine Sachen. Hilf mir mal beim Tragen."

„Ich danke dir, Anne. Du hast etwas gut bei mir, ganz ehrlich." Ein herzlicher Ton schwang in seiner Stimme mit, der Cory eine unerwartete Eifersucht einflößte.

„Nicht dafür. Aber magst du mir verraten, was du hier machst?"

„Es ist kompliziert. Ich erkläre es dir ein anderes Mal."

„Ich hoffe inständig, ich muss nicht jedes Mal so weit rausfahren, um dich zu treffen ..." Ein fragender Ton lag in den Worten.

Thore seufzte, ehe sie die Sachen ins Haus trugen. Cory hörte, wie die Schritte sich entfernten, doch seine leise Antwort verstand sie nicht.

In ihrem Herzen wütete Eifersucht. Und Zorn.

Wenn er glaubt, seine Geliebte in meinem Haus in sein Bett holen zu können, dann wird er sein blaues Wunder erleben!

Er betrat das Wohnzimmer. Doch wo war die Blondine?

„Mein Zimmer ist fertig. Doch ich habe vergessen zu fragen, ob du etwas benötigst. Es ist noch früh genug, dass es bis zum Abend angeliefert werden könnte."

Irritiert sah sie in seine fragenden Augen. Doch sie war so erfüllt von Wut, dass sie meinte, gleich platzen zu müssen. „Was, zum Teufel, sollte ich brauchen? Das Einzige, was ich will, ist, meine Ruhe vor dir zu haben. Doch du ignoranter Mistkerl machst dich hier ungefragt breit."

Thore presste die Kiefer aufeinander. Tief durchatmend sagte er: „Mir gefällt das genauso wenig wie dir, das kannst du mir glauben. Außerdem werde ich nicht ständig hier sein, also werde mal wieder locker. Tatsächlich muss ich morgen früh für fünf Wochen nach Los Angeles."

„Ach ja? Dann fahr doch am besten gleich jetzt in deine Wohnung und packe deinen Koffer."

„Das hat Anne schon getan. Ich fahre morgen früh von hier aus zum Flughafen. Bis dahin werden wir zwei uns unterhalten." Mit einem herausfordernden Blick sah er sie an.

„Ich würde es vorziehen, wenn du Anne Gesellschaft leistet."

„Sie ist weg, um ein paar andere Dinge für mich zu erledigen." Ungefragt setzte er sich neben sie auf die Couch und drehte sich so, dass er sie ansehen konnte. „Seit wann weißt du von der Schwangerschaft?"

„Owen meinte am Morgen ..."

„Owen?", unterbrach er sie, mit einem Mal höllisch eifersüchtig.

„Ja. Er hat mich gefragt, ob ich schwanger bin, meinte, ich sehe anders aus." Sie verzog den Mund, sah aber auf ihre Hände hinab, um seinem Blick auszuweichen. „Ich dachte, er spinnt. Doch als mir bewusst wurde, dass ich keine Blutung mehr hatte seit ... " Sie rieb sich über die Wange. „Er hat mich sofort zum Arzt gefahren."

„Aha", murmelte er. „Das war an diesem Morgen?"

„Ja."

„Und wie gefällt es ihm, dass du von mir schwanger bist?"

„Das ist privat und geht dich nichts an."

Abrupt stand er auf, lief in den Flur und die Treppe nach oben.

Verblüfft sah sie ihm hinterher. Als sie hörte, wie er eine Tür nach der anderen öffnete, sprang sie auf und ging ebenfalls nach oben. „Was machst du denn, verdammt?"

Sie fand ihn in ihrem Schlafzimmer vor dem offenen Kleiderschrank. „Was, zum Teufel, fällt dir ein? Raus aus meinem Zimmer!"

„Keine Männerklamotten." Er drehte sich zu ihr um, darum bemüht zu verbergen, wie erleichtert er war. „Also wohnt er nicht bei dir?"

Sie zuckte zurück. Erst jetzt wurde ihr klar, dass er Owen für ihren Geliebten hielt. Fast hätte sie gelacht. Doch nicht einmal im Traum dachte sie daran, ihm zu verraten, dass er der Mann von Phillipa und ihr nächster Nachbar war.

„Nein. Willst du, dass ich ihn frage, ob er bei mir einziehen möchte?" So arrogant, wie es ihr möglich war, sah sie ihn an. Fest verschränkte sie die Arme vor der Brust.

Sein Blick wurde finster, doch bevor er etwas erwidern konnte, klingelte sein Handy. „Anne?"

„Mir fällt gerade ein: Ich muss noch einmal in deine Wohnung, wenn das okay ist. Richard braucht den Vertrag für den neuen Film."

„*Fuck!* Den habe ich noch nicht ausgedruckt, geschweige denn unterschrieben."

„Oh." Sie schwieg einen Moment. „Gibt es einen Drucker dort in dem Haus, wo du gerade bist? Dann kehre ich gleich wieder um."

„Warte kurz." Er sah zu Cory, die rasch den Blick abwandte. Von der Röte ihrer Wangen konnte er ableiten, dass sie ihn beobachtet hatte, es aber verbergen wollte. „Hast du einen Drucker?"

Überrascht sah sie ihn an und nickte.

„Vierzehn Seiten. Hast du genug Papier? Patrone voll?"

Sie nickte abermals.

Er lief hinter ihr die Treppe hinab und sagte ins Telefon: „Anne? Wenn du so nett wärst?"

Cory konnte die Antwort nicht hören, doch Thore ließ das Handy in die Hosentasche gleiten.

Im Wohnzimmer öffnete sie eine Schranktür, hinter der sich ein Minibüro verbarg.

Ein uralter Laptop stand auf einem der Regalböden. Sie klappte den Deckel hoch. Eine Sekunde später presste sie den Schalter am Drucker, der eine Etage tiefer stand, und der ratternd zum Leben erwachte. Anschließend trat sie zur Seite, um ihm Platz zu geben.

Er beugte sich über die Tastatur, loggte sich in sein online Postfach ein, und sandte den Vertrag an den Drucker.

Sein Blick fiel auf einen runden Stifthalter, und er nahm einen Kugelschreiber heraus.

Das letzte Blatt legte sich auf den dünnen Papierstapel. Nachdem er den Drucker und Laptop ausgeschaltet hatte, schloss er die Schranktür und ließ sich auf das Sofa fallen. Er zog den letzten Bogen hervor und setzte zum Unterzeichnen an.

„Du willst etwas unterschreiben, was du vorher nicht einmal gelesen hast?" Corys fassungslose Stimme ließ seinen Kopf nach oben schnellen.

Sie stand mit verschränkten Armen neben dem Schrank und schüttelte den Kopf.

„Der Vertrag wurde von meinem Manager überprüft. Weshalb sollte ich ihn also lesen?"

„Vielleicht, weil man nicht blind alles unterschreiben sollte?"

Er kniff die Augen zusammen. „Es gibt genau zwei Menschen in meinem Leben, denen ich zu einhundert Prozent vertraue. Er ist einer davon."

Achselzuckend wandte sie sich ab und betrat den Flur. Rasch ging sie in die Küche und befüllte die Kaffeemaschine.

Thore erschien im Türrahmen, lehnte sich dagegen, und schaute sie wortlos an.

War der Raum schon immer so winzig?

Wenn sie nicht gewusst hätte, dass es an seiner Gegenwart lag, würde sie die Möglichkeit in Erwägung ziehen, sie könnte an plötzlicher Klaustrophobie leiden.

„Was?", fragte sie eine Spur zu laut und zu patzig.

Doch lieber so, als wenn sie sich verraten würde. Denn am liebsten hätte sie sich ihm in die Arme geworfen.

„Wir sollten unser Gespräch fortsetzen."

Sie schloss die Augen. „Ich denke, du solltest mit Anne nach Hause fahren."

Ein Lachen entfuhr hin. „Netter Versuch. Doch du wirst mich erst morgen früh los. Unter der Bedingung, dass du mir ein Versprechen gibst."

Sie grinste. „Dich für immer in Ruhe zu lassen? Das verspreche ich dir gerne."

„Ich will dein Versprechen, dass du auf eine Abtreibung verzichtest."

Das Lachen verging ihr augenblicklich. „Das war nie eine Option. Du hast mich nur nicht ausreden lassen", presste sie zwischen den Zähnen hervor.

Misstrauisch musterte er sie, doch von seinem Herzen schien ein Stein zu fallen. „Kann ich mich darauf verlassen? Sonst lass ich den Film sausen, um auf dich aufzupassen."

„Ich kann prima auf mich allein aufpassen. Dafür brauche ich dich nicht."

„Und auch für sonst nichts, ich weiß schon." Er wandte den Blick zur Seite, um seine Verbitterung zu verbergen. „Ich will dein Versprechen."

Laut stieß sie den Atem aus. „Schon gut, verdammt. Ich verspreche, keine Abtreibung machen zu lassen."

„Gut. Bekomme ich auch einen Kaffee?"

Stumm drehte sie sich zum Küchenschrank um, nahm zwei rote Becher heraus.

Ungeduldig wartete sie darauf, dass die Maschine verstummte. Ein Kribbeln im Nacken verriet ihr, dass er sie beobachtete.

Sie schenkte beide Becher voll, drückte ihm einen in die Hand, und ging ins Wohnzimmer zurück.

Sekunden später setzte er sich neben sie aufs Sofa. Einen vorsichtigen Schluck nehmend hob er die Augenbraue und murmelte anerkennend: „Hm, der ist sehr gut."

Misstrauisch sah sie ihn an.

Er musste grinsen. „Ein ehrlich gemeintes Kompliment. Ich habe selten Menschen getroffen, deren Kaffee ich mag. Leider bin ich anspruchsvoll, was das angeht."

Ihr wäre spontan mindestens eine andere Sache eingefallen, bei der er sich nicht mit dem Durchschnitt begnügte.

Instinktiv dachte sie an Anne, deren Kaffee im Moment sicher sein Lieblingsgetränk war. „Lass mich raten ..." Unbehaglich brach sie den Satz ab.

Sie gestand sich nicht gerne ein, dass sie brennende Eifersucht verspürte, doch es zu leugnen hätte keinen Sinn gehabt. Abwehrend schüttelte sie den Kopf.

Gerade wollte er nachhaken, als es klopfte.

Beiden schoss das Wort *Anne* durch den Kopf. Doch die Gefühle, die sie dabei verspürten, hätten unterschiedlicher nicht sein können.

Thore war genervt, da er etwas an ihr gespürt hatte, dem er nachgehen wollte. Die Unterbrechung passte ihm überhaupt nicht.

Cory hingegen wurde von einer weiteren Woge der Eifersucht überrollt.

Zeitgleich erhoben sie sich.

„Erwartest du Besuch?", fragte er und dachte sofort an Owen. Ohne ihm je begegnet zu sein, wollte er ihm den Hals umdrehen.

„Nein", murmelte sie und setzte sich wieder hin. „Mach du auf."

Er ging zur Tür, doch ihre Stimme hielt ihn zurück.

„Du hast den Vertrag vergessen."

„Oh", machte er, überrascht darüber, dass es ihm entfallen war.

Es klopfte ein zweites Mal. Schnell nahm er die Papiere und eilte zur Haustür.

Cory konnte die beiden reden hören.

„Danke, Anne. Du bist die Beste."

„Das weiß ich doch. Deswegen liebst mich mich doch."

Sie hörte sein herzliches Lachen. „Ohne jeden Zweifel."

„Gut. Dann bleibe ich noch eine Weile bei dir."

Wieder erklang sein Lachen.

Cory bemerkte, wie froh es klang.

„Scher dich davon, du Nervensäge. Ich hoffe, du freust dich auf die nächsten fünf Wochen."

„Aber so was von. Ich werde faul sein, während du beim Dreh bist, mich zur Abwechslung mal um meine Bedürfnisse statt um deine kümmern."

Abermals lachte er, und zu Corys Eifersucht gesellte sich tiefe Traurigkeit.

Die Tür klappte. Sekunden später stellte Thore sich in den Türrahmen.

Eine Sekunde hielt sie seinem Blick stand, dann schloss sie die Augen, während sie einen Schluck von ihrem Kaffee nahm.

Am liebsten hätte er ihr den Becher aus der Hand genommen und sie bis zur Besinnungslosigkeit geküsst. Gewaltsam riss er sich zusammen, und es fiel ihm nicht leicht. „Anne ist wieder weg."

Fast hätte sie geschnaubt. Wie hätte ihr das entgehen können?

Er stieß sich vom Türrahmen ab und kam mit geschmeidigen Bewegungen auf sie zu.

Ihr Puls beschleunigte sich, und sie musste schlucken, da seine körperliche Ausstrahlung überwältigend war. Schnell schloss sie erneut die Augen.

Das Sofa gab nach, signalisierte ihr, dass er sich neben sie setzte.

Deutlich hörbar trank er einen weiteren Schluck. „Hm", machte er genießerisch. „Wirklich gut."

Seine Stimme klang dermaßen erstaunt, dass sie die Lider öffnete und ihn anstarrte. Er schien tief in Gedanken versunken, und ihr Blick glitt über sein Gesicht. „Was für eine Rolle wirst du spielen? Einen Drogensüchtigen oder etwas ähnliches?"

Vollkommen perplex blickte er hoch. „Woher weißt du davon? Bislang sind noch keine Informationen an die Presse rausgegangen."

„Ich stalke dich nicht über die Presse, keine Sorge. Aber du bist dünner geworden. Tatsächlich siehst du nicht besonders gut aus." Sie betrachtete die Schatten, die unter seinen Augen lagen, ihr Blick glitt über den Oberkörper, bevor sie ihn wieder direkt ansah. „Du nimmst deinen Beruf etwas zu ernst, wie mir scheint."

Mit zusammengekniffenen Augen rätselte er über ihre Worte. „Wie meinst du das?"

„Du solltest nicht deine Gesundheit riskieren für eine Rolle."

Jetzt fiel bei ihm der Groschen: Sie deutete seine Verfassung als eine Vorbereitung auf den Film. Fast hätte er laut gelacht. Bis vor drei Tagen hatte er nicht einmal über den anstehenden Dreh nachgedacht. Er sah einzig wegen ihr so beschissen aus. Doch es kam nicht in Frage, sie das wissen zu lassen, also zuckte er lediglich mit den Achseln.

Sie hingegen sieht umwerfend aus, fuhr es ihm durch den Kopf, als er sie musterte.

Liebend gerne hätte er seine Finger in ihre satt glänzenden Haaren geschoben. Ihr Gesicht war rosig überhaucht, was ihr gut stand. Auch wenn er die tiefere Röte bevorzugte, die ihre Wangen aufwiesen, wenn er sie fickte.

Stöhnend schloss er die Augen. *Wie dämlich, ausgerechnet jetzt daran zu denken*, beschimpfte er sich selbst in Gedanken. Prompt nahm er ihren Geruch wahr, weit intensiver als vorhin, als er zu verärgert gewesen war, um ihn zu beachten. Keuchend entfuhr ihm der Atem, als er spürte, wie sein Schwanz hart wurde. „Fuck", murmelte er, ohne es zu bemerken.

„Schon gut. Du musst nicht mit mir reden." Sie stand auf und ging zur Tür.

„Wo willst du hin?" Seine Stimme war lauter, als sie es hätte sein sollen.

Unbestimmt verzog sie den Mund.

„Setz dich wieder. Es gibt noch einige Dinge zu besprechen."

„Welche?", fragte sie knapp und verschränkte die Arme vor der Brust.

„Setz dich! Das war keine Bitte."

Genervt lachte sie. „Nein, natürlich nicht. Bitten liegt dir nicht, wie ich nur zu genau weiß."

Finster sah er zu ihr auf. Wieder stand ihm die gemeinsame Nacht vor Augen.

Sie schnalzte mit der Zunge, gab seufzend nach.

Um Höflichkeit bemüht murmelte er: „Danke", als sie sich neben ihn setzte. Ihr erstaunter Blick machte ihm wieder bewusst, wie falsch er sie normalerweise behandelte.

Gewaltsam riss er sich zusammen. „Wo fangen wir an? Vielleicht zunächst die Frage, ob du Geld brauchst?"

Ihr Gesicht wurde blass. „Ich komme klar."

Verwirrt registrierte er, wie sie die Zähne zusammenbiss. „Bist du krankenversichert?"

„Ja."

„Ausreichend? Wenn irgendwelche Untersuchungen empfohlen werden, die deine Kasse nicht übernimmt, dann lass sie machen. Ich bezahle die Rechnungen."

Zwischen den Zähnen stieß sie die Worte hervor: „Ich will dein Geld nicht. Und wage es nie wieder, mir welches anzubieten."

„Ich wollte nu..."

„Spare dir die Worte. Was noch?"

Er blieb eine Weile stumm, dachte über ihre Worte nach. „Womit verdienst du dir eigentlich dein Geld?"

„Ich bin freiberuflich tätig. Als Masseurin und Physiotherapeutin."

„Ah", machte er langgezogen. Schon entstanden in seinem Kopf die schlimmsten Bilder, ohne die geringste Chance, etwas dagegen zu tun.

Er sah gesichtslose Männer, die unter ihren kundigen Händen stöhnten, ihre Berührung genossen. Und ihr weit mehr anboten, als mit schnödem Geld zu bezahlen. Betont lässig hakte er nach: „Wie muss ich mir das vorstellen?"

„Ich habe hier im Haus ein Behandlungszimmer. In der Regel kommen meine Klienten zu mir. Ich mache auf Verlangen aber auch Hausbesuche. Dafür habe ich eine mobile Liege. Außerdem bin ich einen Tag in der Woche im Krankenhaus tätig, wo ich mit Patienten zusammenarbeite, die in Folge von Unfällen oder ähnlichem in ihrer Bewegung eingeschränkt sind."

Seine Stirn runzelte sich. „Wie viele Massage-Klienten hast du?" Er hasste es, denn er kam von dem verfluchten Gedanken nicht los.

Sie zuckte die Schulter. „Viele. Mehr, als ich haben sollte. Ich bin leider die einzige Masseurin im näheren Umkreis."

„Und wie oft hast du schon deine Spezial-Massage unter die Männer gebracht?" Er konnte die Frage nicht unterdrücken und hasste sich selbst dafür.

Ihr Blick wurde finster. „Das geht dich nichts an."

Tief durchatmend, um sich zu beruhigen, sagte er: „Ich werde mich bei einem Arzt erkundigen, ob du den Beruf weiter ausüben solltest. Immerhin bist du schwanger und ..."

„Sag mal, spinnst du?", fragte sie sauer.

„Keineswegs." Ein Muskel in seiner Wange zuckte.

„Du musst an das Baby denken."

„Ach ja? Wie steht es mit dem Gedanken, dass ich arbeiten muss, um Geld zu verdienen. Damit ich genügend gesunde Sachen zum Essen kaufen kann, damit es dem Baby an nichts fehlt?"

„Auf die Ernährung wollte ich noch zu sprechen kommen. Aber eines schwöre ich dir: Wenn der ärztliche Rat lautet, du solltest nicht mehr arbeiten, dann werde ich - verdammt nochmal – deinen Verdienstausfall übernehmen." Wütend starrte er sie an. Als sie den Mund öffnete, um etwas zu sagen, sagte er rüde: „Ich will keinen Widerspruch hören. Das ist nicht deine Entscheidung. Also nimm es einfach hin."

„Du arroganter Macho ... Und ob ich etwas dazu zu sagen habe! Immerhin ist es mein Leben, und du hast nicht das geringste Recht, dich ..."

„Ich habe jedes Recht der Welt. Du bist mit meinem Kind schwanger. Ob du es willst oder nicht, damit sind wir zwei auf ewig verbunden. Gewöhne dich an den Gedanken." Das Glück, das ihn bei dem Gedanken durchströmte, raubte ihm für eine Sekunde den Atem.

Wütend fauchte sie: „Wie ich den Tag bereue, an dem ich in deine beschissene Wohnung gegangen bin."

Das Hochgefühl verblasste schlagartig.

Leise erwiderte er: „Geht mir nicht anders." Er sagte es, um ihre Reaktion darauf zu prüfen.

Ihre Augen verengten sich, dann nickte sie. „Gut. Dann besteht Hoffnung, dass du mich nach der Geburt des Babys in Ruhe lässt." Sie sah ihn zusammenzucken.

„Wir werden sehen." Er wandte den Kopf zur Seite und nahm einen Schluck von dem Kaffee, der mittlerweile stark abgekühlt war.

„Sonst noch etwas?", fragte sie schnippisch.

„Ja, verdammt." Wütend darüber, dass sie es offenbar nicht abwarten konnte, von ihm fortzukommen, sah er sie böse an.

„Und was? Meine Ernährung? Mach dir keine Gedanken darum. Für gewöhnlich esse ich vernünftig. Kekse und Süßigkeiten …" Sie warf ihm einen beredeten Blick zu. „… genieße ich äußerst selten." Geschmeidig stand sie auf. „Ich gehe jetzt schlafen. Ich habe morgen im Krankenhaus zu tun und muss früh raus." Sie wandte sich ab und ging in Richtung Treppe davon.

Ernüchtert sah er ihr hinterher.

Kapitel 18

Fernsehbericht

„Cory, du musst sofort den Fernseher einschalten. Da läuft ein Bericht rauf und runter, dass Thore einen Unfall hatte, im Krankenhaus lag und von dort entführt wurde."

In ihr wurde alles kalt, als sie Phillipas Worte hörte. Fast fiel ihr das Telefon aus der Hand. „W... Wie bitte?", stotterte sie unter Schock.

„Guck es dir an. Ich muss zur Arbeit. Aber wenn du mich brauchst, dann ruf mich an, okay?"

„Ja", hauchte Cory und drückte das Gespräch weg. Sie brauchte nur Sekunden, um den Fernseher einzuschalten, und zappte hastig durch die Kanäle. Ein fast Bildschirm füllendes Foto von Thore erschlug sie beinahe. In einem kleinen Fenster redete ein Polizeisprecher in die Kamera: „Leider hat sich noch keine heiße Spur ergeben, trotz zahlreicher Hinweise, die bei uns eingegangen sind. Noch immer hoffen wir darauf, dass sich eine Person namens Corey oder Cory, der oder die in irgendeinem Verhältnis zum Entführungsopfer seht, sich bei uns meldet. Corey, wenn Sie dies sehen, kontaktieren Sie uns, bitte. Die Telefonnummer ist unten eingeblendet."

Damit kann nicht ich gemeint sein, dachte sie verwirrt. Heftig am ganzen Leib zitternd setzte sie sich in den Sessel, da ihr die Knie weich wurden.

Um Gottes Willen! Was hatte Phillipa gesagt?

Ein Unfall?

Krankenhaus?

Entführt?

Das konnte doch nicht ...

Sie geriet in Atemnot, rang verzweifelt nach Luft. Wieder schaute sie zum Fernseher. Dort, am unteren Rand, lief eine Schrift durch das Bild. *Gesucht mit der Bitte um sachdienliche Hinweise: Corey oder Cory.* Anschließend folgte eine Telefonnummer.

Mit bebenden Fingern drückte sie die Tasten auf ihrem Smartphone, doch erst beim fünften Versuch gelang es ihr, die korrekte Zahlenfolge einzutippen.

„NYPD, Debbie am Apparat."

„Mein Name ist Cory. Gerade habe ich im Fern..."

Die Frauenstimme unterbrach sie: „Ich verbinde mit Officer Montesano."

Während sie wartete, begannen heiße Tränen aus ihren Augen zu laufen.

O Gott, Thore. Wo bist du, wie geht es dir?

„Montesano."

Sie schluckte, und musste sich räuspern, bevor sie sprechen konnte.

„Ich rufe wegen Thore an. Ich habe gerade im Fernsehen ge..."

Wieder wurde sie unterbrochen. „In welcher Verbindung stehen Sie zu Mr. Borgerson?" Die Stimme klang routiniert und gelangweilt.

„Äh, das ist nicht einfach zu erklären. Ich habe ihn kennengelernt, als ich seine Wohnung geputzt habe."

„Sie sind bloß seine Putzfrau? Vielen Dank für den Anruf. Sie sollten die Leitung jetzt besser freimachen ..."

„Verdammt, Sie lassen mich ja gar nicht zu Wort kommen!"

„Wir suchen jemanden, der Mr. Borgerson nahe stehen könnte. Ich denke nicht, dass er nach seiner Putzfrau gefragt hat."

„Ich will Ihren Vorgesetzten sprechen."

„Hören Sie, wir hatten schon viele Anrufe dieser Art. Sie verschwenden unsere Zeit. Wenn ..."

„Ich bin mit seinem Kind schwanger. Ist das nahestehend genug?"

Es blieb still am anderen Ende. Dann kam ein verhaltenes: „Verstehe. Kommen Sie doch, bitte, umgehend zur Wache. Dort besprechen wir alles weitere." Er gab ihr die Adresse durch.

„Ich brauche ungefähr eine Stunde mit dem Auto. Sie können mir aber nicht sagen, ob es Thore gut geht? Haben Sie etwas gehört?"

„Es tut mir leid. Ich bin nicht befugt, Auskunft zu geben. Fahren Sie vorsichtig, wir sehen uns in einer Stunde."

Mit zitternden Beinen stoppte sie vor einer Tür und klopfte an.

„Herein", rief die Stimme, die sie schon vom Telefon kannte.

Cory öffnete und trat ein.

„Wir warten schon auf Sie. Sie sind Corey?"

„Cory."

„Officer Montesano, dies ist Detective Warron. Setzen Sie sich, bitte."

Ein streng aussehender Herr mit schütterem Haar blickte sie taxierend an und ergriff das Wort: „Sie behaupten, mit dem Kind von Thore Borgerson schwanger zu sein."

Sie nickte.

„Um es gleich deutlich zu sagen, wir hatten schon mehrere junge Damen hier, die das behauptet haben."

Cory wurde blass.

„Gibt es irgendetwas, womit Sie Ihre Behauptung stützen können?"

„Ich ... Nicht wirklich. Wir sind nicht zusammen."

Die beiden Polizisten tauschten einen Blick.

„Können Sie uns irgendetwas sagen, damit wir wissen, Sie sind diejenige, die wir suchen?"

Sie zuckte mit den Schultern „Ich kenne ihn erst seit sechs Monaten. Ich war zwei Mal in seiner Wohnung, um für eine Freundin einzuspringen, die bei ihm putzt."

„Gemeinsame Fotos?"

Sie schüttelte verneinend den Kopf.

„Irgendwelche persönlichen Dinge von Ihnen, die wir in seiner Wohnung finden könnten?"

Wieder ein Kopfschütteln.

„Seine Adresse?"

„232 West 73th Street."

„Telefonnummer?"

Sie nahm ihr Handy heraus, las die Nummer vor.

„Irgendwelche Textnachrichten, die Sie sich geschrieben haben?"

„Die habe ich gelöscht."

„Wann haben Sie das letzte Mal mit ihm telefoniert?"

„Am Donnerstag, kurz bevor er zu mir fuhr."

Wieder tauschten die zwei Männer einen Blick.

„Ihre Telefonnummer?"

Sie sagte auch diese.

„Gut, wir werden das überprüfen." Detective Warron verließ den Raum.

„Ist er schwer verletzt?" Sie konnte nicht still abwarten, sie musste danach fragen.

Erstaunt sah Officer Montesano sie an. „Aber das geht doch schon seit fünf Tagen durch die ganze Presse."

„Ich habe erst ein paar Minuten, bevor ich mit Ihnen sprach, von dem Unfall erfahren. Ich weiß rein gar nichts." Mit bangem Gefühl sah sie den Mann an. Ihre Hände verkrampften sich in ihrem Schoß.

Eine Weile schwieg er, dann sagte er eine Spur freundlicher: „Zwei angeknackste Rippen, sowie eine Operation an der Leber."

Cory schnappte nach Luft, Tränen schossen ihr in die Augen.

Die Tür ging auf, und der Detective kam herein. Er nickte. „Es gab Anrufe zwischen besagten Telefonnummern. Okay, dann kürze ich das Ganze einfach mal ab. Cory, können Sie uns irgendwelche körperlichen Merkmale nennen, die ein Außenstehender nicht wissen kann?"

„Hm ... Er hat ein Tattoo am Innenarm ..."

Detective Warron unterbrach sie: „Verzeihen Sie, das könnte jeder x-beliebige Fan wissen. Meine Frage zielte auf etwas, ähm, Intimeres ab."

Verwirrt sah sie über den Schreibtisch in die blauen Augen, die sie abwartend betrachteten. Dann riss sie die Augen auf. „Oh. Sie, äh ...", stammelte sie, und ihr Gesicht begann zu glühen. „Sie ... Sie meinen sein Piercing?"

„Wo befindet es sich?"

„Und ich muss das sagen, damit Sie mir glauben, dass ich ihn kenne? Ich war garantiert nicht die Einzige, die das Bett mit ihm geteilt hat, von daher beweist die Beantwortung dieser Frage rein gar nichts."

„Wo?" Mit starrem Blick sah der Detective sie an.

„Am Hoden", antwortete sie trotzig.

Detective Warron nickte seinem Kollegen zu.

„Bitte, sehen Sie sich diese Videoaufnahme an." Officer Montesano drückte einen Knopf an einem Laptop und drehte ihn so, dass Cory den Monitor sehen konnte.

Sie schnappte laut hörbar nach Luft, denn es war Thore, den sie sah.

Offensichtlich lag in einem Krankenhausbett. Er schien bewusstlos zu sein.

Jetzt sah sie seine Hand zucken, als würde er nach etwas tasten. Eine Weile passierte nichts, dann bewegten sich seine Lippen fast unmerklich. Erst beim zweiten Mal hörte sie, was er murmelte: „Cory."

Fast wäre sie in Tränen ausgebrochen. Ein unkontrolliertes Zittern bemächtigte sich ihres Körpers.

„Das war kurz bevor er aus der Narkose erwachte. Die Überwachungsvideos haben gezeigt, dass er den gleichen Namen auch in der Nacht - während des Schlafens - gemurmelt hat."

„Aber wieso ... Ich meine, weshalb wollen Sie mich sprechen?"

„Cory, er wurde einen Tag nach dieser Aufnahme entführt. Er hat keine Angehörigen. Die einzigen Menschen, zu denen er näheren Kontakt hat, sind sein Manager und seine Assistentin."

Sie fiel ihm ins Wort. „Thore und ich sind kein Paar. Wenn ich nicht schwanger geworden wäre, hätten wir keinerlei Kontakt mehr. Ich kann Ihnen nicht helfen."

„Cory." Detective Warron atmete tief durch. „Vielleicht sollten Sie wissen, dass uns gestern eine weitere Videoaufnahme zugespielt wurde."

Spürbar wich ihr das Blut aus dem Gesicht. „Und Sie wollen, dass ich sie mir ansehe?"

„Ja. Henry", sagte er auffordernd zu seinem Kollegen, der am Laptop einige Tasten drückte.

Gleich darauf sah sie wieder Thore, dieses Mal aus näherer Entfernung. Er lag in einem Bett, doch der Raum war dunkel, vielleicht fensterlos. Mit finsterem Blick starrte er in Richtung Kamera, doch nicht direkt hinein.

„Fick dich selbst, du Arschloch", presste er zwischen zusammengebissenen Zähnen hervor.

„Würde ich ja gerne, aber leider ist es mir anatomisch nicht möglich. Wenn du körperlich wieder fit bist, dann werde ich dich ficken. Außer deine kleine Freundin bietet sich zum Tausch an."

Cory schnappte nach Luft.

Die Stimme hinter der Kamera sprach weiter, und der tonlose, weiche Klan*g verursachte ihr Übelkeit. „Wie war noch gleich ihr Name? Du sagst ihn so oft, wenn du schläfst."

„Ich habe keine Freundin."

„War ihr Name nicht Cory?"

Thore kniff die Augen zusammen. „Ich kenne keine Cory."

„Ich fürchte, deine schauspielerische Darbietung überzeugt mich nicht."

„Du kannst mich mal!"

„Ach ja? Ich frage mich gerade ... Vielleicht gibt sie sich ja von allein zu erkennen, wenn ich ihr dieses Video hier zukommen lasse?"

Thore presste den Mund zusammen und drehte den Kopf zur Seite.

„Soll ich ihr zeigen, wie dringend ich sie kennenlernen möchte?" Eine maskierte Gestalt kam in den Aufnahmebereich der Kamera und trat zu ihm ans Bett.

Er riss entschlossen die Bettdecke weg und wollte nach dem grauen T-Shirt greifen, das sein Gefangener trug, als Thores Finger sich um seinen Arm schlangen.

Jetzt wurde erstmals sichtbar, dass seine Arme am Bettgestell festgebunden waren.

„Aber, aber", murmelte der Maskierte.

„Wir wollen doch nur deiner kleinen Freundin eine Nachricht schicken." Er kicherte laut. „Wenn sie nicht möchte, dass ich morgen dasselbe noch einmal tue, dann ..." Die Gestalt verstummte, und die Faust des anderen Arms schlug mit Wucht auf den Bauch.

Thore bäumte sich auf, das Gesicht schmerzverzerrt, doch er gab keinen Laut von sich.

Doch sie sah die Tränen, die ihm die Wange hinunterliefen. Ebenso den blutigen Fleck auf dem Shirt, der rasch größer wurde.

Das Video endete.

Die Hände vor das Gesicht schlagend brach sie in Tränen aus, doch genauso rasch riss sie sich wieder zusammen. „Was soll ich tun? Ich mache alles!"

Kapitel 19

Videokonferenz

„Cory, es geht gleich los. Wenn Sie bereit sind, sich zu zeigen, dann kommen Sie mit."

Entschlossen stand sie auf. Die annähernd vierundzwanzig Stunden ohne Schlaf zeigten sich deutlich in der extremen Blässe, die ihr Gesicht fast kränklich wirken ließ.

Zitternd an allen Gliedern betrat sie den Presseraum und setzte sich auf den Stuhl, der mittig hinter einem langen Tisch stand. Rechts und links von ihr setzten sich vier Polizisten, darunter Detective Warron. Sie zog ihre Jacke fester um sich, doch die anhaltende Kälte in ihrem Inneren ließ sich nicht vertreiben. Atemlos starrte sie den Monitor an, während die Angst in ihr immer größer wurde.

Unvermittelt erschien ein Bild, und sie starrte in die Schatten der Augen, die hinter der Maske kaum zu erkennen waren. „Hallo, Cory", flüsterte die tonlose Stimme. „Es ist schön, dich zu sehen."

„Geben Sie Thore frei."

„So unhöflich." Ein tadelndes Schnalzen. „Du solltest etwas kooperativer und freundlicher sein, sonst *könnte* ich auf die Idee kommen, deinen Geliebten dafür bezahlen zu lassen."

„Dann sagen Sie mir, bitte, was Sie wollen."

„Dich. Ich langweile mich allmählich mit Thore. Er ist so stur, will einfach nicht schreien. Er verdirbt mir die ganze Freude an meinem Spiel."

Sie wollte auffahren, als sie unter dem Tisch angestupst wurde. „Wohin soll ich kommen?"

„Morgen bist du als Ehrengast beim Sender WNYW eingeladen. Sie werden mit dir und mir ein Exklusivinterview führen. Sei morgen früh um acht da. Dort erhältst du von mir weitere Instruktionen."

„Ich möchte Thore sehen, bitte."

„Aber gerne doch", flüsterte die Stimme.

Die Kamera schwenkte herum.

„Pst, er schläft." Er trat ans Bett, und bevor sie sich die Augen zuhalten konnte, sah sie den Schlag, den der Entführer auf den Bauch herabfahren ließ. Thore brüllte einen Moment vor Schmerz, dann verstummte er und riss den Kopf herum, starrte mit mörderischem Blick auf seinen Entführer.

Der Bildschirm wurde schwarz.

„O Gott", schluchzte sie verzweifelt. „Ich bin schuld, weil ich ihn sehen wollte."

„Wenn, dann ist es unsere Schuld. Wir haben Ihnen die Fragen vorgegeben." Detective Warron stieß einen Fluch aus, sein Gesicht war auffallend blass. „Okay, Leute. Krisensitzung in zehn Minuten im großen Besprechungszimmer. Cory, sie werden von einem Kollegen in ein Hotel ..."

„Ich gehe hier nicht weg!", rief sie laut.

„Sie sollten dringend etwas schlafen."

Stur schüttelte sie den Kopf.

„Vor morgen früh können Sie nichts tun. Jetzt sind wir an Zug."

„Ich gehe nirgendwo hin!"

Warron seufzte, dann hob er die Hände. „Okay, kommen Sie mit. Ich bringe sie in eine unserer Schlafzellen …"

„Wohin?"

„Ein paar ungenutzte Bürokabinen. Wir haben dort ein paar Betten. Ich will, dass Sie versuchen, zu schlafen. Wir werden Sie brauchen, und zwar fit, wenn wir Thore nach Hause holen wollen."

„Wie soll ich schlafen, wenn ich weiß, dass er in den Händen dieses Monsters ist?"

„Ich gebe Ihnen ein Schlafmittel. Das sollte für acht Stunden Schlaf reichen."

Eine Hand rüttelte unnachgiebig an ihrer Schulter. Unwillig drehte sie sich weg.

„Cory, Sie müssen aufwachen. Es ist …"

Benommen fuhr sie hoch, als ihr alles wieder in den Sinn kam. Sofort durchfuhr sie ein schlechtes Gewissen, dass sie geschlafen hatte. Tränen stiegen ihr in die Augen, als sie an Thore dachte.

O Gott, er musste solche Schmerzen leiden ...

Ihr wurde schlecht bei dem Gedanken und würgte mit trockenem Hals. Sie erinnerte sich an die Wasserflasche, die sie auf den Boden neben das Klappbett gestellt hatte. Jetzt griff sie danach und trank gierig ein paar Schlucke.

„Wir treffen uns in fünfzehn Minuten im Besprechungszimmer. Ich habe hier eine Zahnbürste und Zahnpasta für Sie. Das muss erst einmal reichen. Gleich da drüben ist ein Waschraum." Officer Montesano nickte in die Richtung, dann verließ er den Raum.

Langsam schwang Cory die Beine aus dem Bett, das sich so hart und steif anfühlte wie ihr Körper. Doch sie war dankbar, nicht weggeschickt worden zu sein.

Entschlossen nahm sie die Sachen und ging in den Waschraum.

Sie ließ die Verpackung der Zahnbürste in den Abfalleimer fallen und putzte sich die Zähne an dem Edelstahlwaschbecken. Dann spritzte sie sich etwas Wasser ins Gesicht, trocknete sich mit ein paar Papiertüchern ab.

Den Blick zum Spiegel hebend sah sie sich an. Dunkle Schatten unter den Augen, die Haare total wirr. Doch was spielte das für eine Rolle?

Wieder stiegen Tränen in ihr hoch, die sie entschieden zurückdrängte. Sie eilte zur Tür hinaus.

Wenige Minuten später betrat sie das Besprechungszimmer, zog die Jacke fester um ihren Leib, die Hände in den Taschen vergraben. Doch die Kälte, die sie zittern ließ, kam aus ihrem Inneren.

Der Raum war voller Menschen, ein lautes Murmeln durchzog ihn. Viele der Gesichter waren ihr fremd. Manche sahen auf, als sie hereinkam, der Großteil ignorierte sie.

„Cory." Detective Warron nickte ihr freundlich zu. Ihm war anzumerken, dass er kaum Schlaf bekommen hatte. Er sprach jetzt mit laut tönender Stimme, und im Zimmer wurde es ruhig: „Gut, dann gehen wir die Einzelheiten noch einmal durch. Cory, Sie sind unsere Hauptperson. Wenn wir irgendwelche dienlichen Hinweise erhalten wollen, brauchen wir Ihre volle Kooperation."

Sie nickte bereitwillig.

„Gut. Sie werden nachher unauffällig verwanzt. Nur zur Sicherheit, damit wir Sie wiederfinden können, falls irgendetwas schief geht." Er schaltete einen Projektor ein. „Dies ist der Grundriss vom Sender. Wir haben bereits mit dem Verantwortlichen Kontakt aufgenommen, WNYW ist zur Kooperation bereit. Dieses hier", er zeigte mit einem Stift auf den Projektor, sodass der Schatten es an der Wand sichtbar machte, „ist der Raum, in dem das Interview stattfinden wird." Sein Blick glitt über die ihm zugewandten Gesichter.

„Montesano, du begleitest Cory. Präge dir den Weg ein. Um acht Uhr wird die Live-Schaltung stehen. Wenn der Entführer nicht ausdrücklich danach verlangt, dann wird das Gespräch nicht im Fernsehen ausgestrahlt. Dennoch gehe ich davon aus, dass er es tun wird, weshalb sonst würde er das mit dem Sender zur Bedingung gemacht haben? Das Gebäude ist bereits umstellt. Wir haben an jeder unauffälligen Stelle Leute postiert. Sie, Cory, werden zusammen mit Montesano bis zu dieser Tür gebracht. Dort nimmt Hektor Sie in Empfang, führt Sie in das Sendestudio." Er reichte ihr einen Bogen Papier. „Bitte, lesen Sie dies sorgfältig. Prägen Sie es sich ein."

Mit lauter Stimme redete er weiter, während Cory sich auf die Fragen konzentrierte, die sie versuchen sollte, zu stellen. Es waren die gleichen, die sie schon am Vortag bekommen hatte.

„Kann ich Thore sehen, bitte?", stand abermals auf dem Zettel.

Fast hätte sie gelacht. Diese Frage würde sie garantiert nicht wieder aussprechen.

Sie legte das Blatt vor sich auf den Tisch und steckte die Hände in die Jackentaschen.

Verwirrt runzelte sie die Stirn, als ihre rechte Hand gegen etwas Hartes stieß. Sie zog den Gegenstand heraus. Es war ein altmodisches Handy, auf dem Display klebte ein gelber Haftzettel.

Stumm las sie: „Hallo, Cory. Nimm um sechs Uhr fünfzehn meinen Anruf an. Keine Polizei! Kooperiere, und du hast die Chance, Thore das Leben zu retten."

Rasch steckte sie das Telefon zurück in die Tasche und blickte auf ihre Armbanduhr. Es war bereits acht nach sechs. Ihr Kopf schmerzte, als sie ihre Möglichkeiten abwägte.

Leise unterbrach sie den Detektive: „Ich müsste kurz mal wohin, ist das okay?"

Mit gerunzelter Stirn sah er sie an, dann nickte er fahrig.

So ruhig wie möglich stand sie auf und trat in den Flur hinaus. Sie lief zurück zum Waschraum und setzte sich zitternd auf einen Klodeckel.

Um sechs Uhr vierzehn läutete das Handy. Sie riss es zum Ohr hoch, die Hand unkontrolliert zitternd.

„Hallo, Cory."

„Hallo", murmelte sie, um Höflichkeit bemüht.

Ein Kichern war zu hören, dann sagte die tonlose Stimme: „Braves Mädchen. Jetzt hör gut zu: Du wirst beim WNYW kurz nach der Ausstrahlung um eine Toilettenpause bitten. Verlass das Gebäude durch die südliche Tür. Sie ist mit einem aufgesprühten T markiert, du wirst sie sehen können, wenn sie dich in das Studio führen. Draußen wird ein Taxi warten, dass dich zu einem neuen Kontaktpunkt fahren wird."

Er machte eine kurze Pause, sprach flüsternd weiter: „Ich werde dich um neun Uhr zehn anrufen, dann wirst du weitere Instruktionen erhalten. Ich habe Wechselwäsche am Kontaktpunkt hinterlegt, du wirst dich vollständig umziehen. Unterwäsche und Schuhe inklusive, wir wollen doch nicht, dass die Polizei dir folgt, nicht wahr?"

Die Stimme schwieg, und Cory sagte atemlos: „Ich mache mit, wenn Sie mir garantieren, dass Sie Thore gehen lassen."

„Weiteres beim nächsten Telefonat. Und jetzt husch zurück, damit niemand Verdacht schöpft."

Die Verbindung wurde unterbrochen.

Tief in Gedanken versunken betrat sie wieder den Besprechungsraum, setzte sich auf ihren Stuhl.

Sollte sie wirklich ohne die Hilfe der Polizei versuchen, Thore zu befreien? Was konnte sie schon ausrichten? Sie würde sich höchstens dem Irren ausliefern, und wem würde das etwas nützen?

Doch sie musste zu ihm. Wenn es eine Chance gab, Thore zu helfen, dann würde sie sie ergreifen.

Sie blickte sich um, musterte die Gesichter.

Jeder schien hochkonzentriert. Niemand beachtete sie. Gab es einen Maulwurf unter ihnen? Irgendjemand musste ihr das Handy zugesteckt haben. Vorhin waren ihre Taschen noch leer gewesen.

Wem kann ich vertrauen?

Sie beobachtete Detective Warron.

Nichts an ihm wirkte, als würde er nicht ernst meinen, was er tat oder sagte.

Ihr Blick huschte zu Officer Montesano. Sie erinnerte sich, wie er sie bei ihrem Telefonat abwimmeln wollte. Hätte er nicht intensiver prüfen müssen, ob sie die Wahrheit sprach? Auch wenn tausend Spinner angerufen hatten, müsste er doch dringlicher bemüht gewesen sein, oder?

Die anderen der Anwesenden konnte sie noch weniger einschätzen.

Wieder sah sie den Detective an.

Kann ich ihm trauen?

Irgendjemandem musste sie vertrauen. Allein auf sich gestellt wären sie und Thore verloren.

Sie traf ihre Wahl. Und betete darum, dass sie damit das Richtige tun würde.

Äußerlich entspannt griff sie nach dem Papier mit den Fragen, hob es hoch, und tat, als würde sie es noch einmal lesen. Als sie es eine Minute später wieder ablegte - die Geste sollte die Bewegung ihrer anderen Hand kaschieren - schob sie ihre Hand über den Bleistift, der daneben lag. Ruhig saß sie da, den Blick unverwandt auf Detective Warron gerichtet, der noch immer den geplanten Einsatz im Detail erläuterte.

Langsam zog sie den Arm zu sich. Etwas später fiel der Bleistift in die offene Fläche ihrer rechten Hand, und ihre Finger schlossen sich fest darum.

Momente später zog sie den Haftzettel aus der Tasche, und drehte ihn so, dass der Klebestreifen oben ertastbar war. Ohne hinzusehen schrieb sie in Druckbuchstaben MAULWURF darauf, mit einem Fragezeichen dahinter.

Den Stift ließ sie in dem Moment auf den Boden fallen, als der Detective in die Hände klatschte und alle hektisch aufsprangen.

Den Haftzettel fest in der rechten Hand verborgen, stand sie ebenfalls auf, Den Fragebogen ließ sie auf dem Tisch liegen, da sie jetzt wusste, dass der Entführer ein anderes Spiel spielte, als die Polizei.

Abwartend blieb sie stehen. Detective Warron kam zu ihr herüber. Sie blickte sich um, sah nur noch wenige Leute im Raum. Keiner schien auf sie zu achten.

„Cory, soweit alles klar?"

Sie nickte und sah auf ihre Uhr hinab. „Wo muss ich als nächstes hin?"

„Ich begleite Sie zum Wagen. Ich komme nicht mit zum Sender, da ich von hier aus das Kommando leite. Officer Montesano fährt mit Ihnen und übergibt Sie an Hektor. Ich sehe Sie anschließend hier wieder." Seinen fragenden Blick begegnete sie mit einem Nicken. „Haben Sie Vertrauen, Cory. Ich verspreche, alles in meiner Macht stehende zu tun, um Mr. Borgerson so schnell wie möglich nach Hause zu holen."

„Ich habe solche Angst um ihn. Die Schläge, die dieser Verrückte ihm ver..." Ihr Körper wurde von einer Gänsehaut überzogen, was sie zittern ließ.

„Überaus unschön. Doch leider nicht zu ändern. Aber die umliegenden Krankenhäuser sind auf seine Ankunft bestens vorbereitet und werden sich hervorragend um ihn kümmern. Wir werden uns jetzt mit aller Kraft darauf konzentrieren, ihn zu befreien. Und dazu brauchen wir Ihre Hilfe, Cory."

Sie nickte ein weiteres Mal.

„Kommen Sie, ich bringe sie zu Peter. Er ist unser Fachmann, und wird Sie verwanzen."

Kapitel 20

Peter

Er führte sie einen Gang hinunter, und sie betraten den Fahrstuhl. Auffällig musterte sie ihn.

Keine Miene verziehend, ließ er es sich gefallen.

„Wie lange sind Sie schon im Dienst?"

„Vorigen Monat waren es sechsundzwanzig Jahre." Fragend sah er sie an.

„Nur so. Wie hält man es aus, sich so lange mit solchem Wahnsinn zu befassen?"

Er lachte laut heraus. „Eine gute Frage. Doch ich lebe für meinen Beruf. Was will man machen?"

„Haben Sie Familie?"

Sein Gesicht verschloss sich. „Meine Frau hat sich vor zwei Jahren von mir scheiden lassen. Die Kinder leben bei ihr."

Cory nickte bloß und wandte den Blick zu Boden.

Die Fahrstuhltüren öffneten sich, und er führte sie einen fensterlosen Gang hinunter.

Sie lief hinter ihm, griff vorsichtig in ihre Jackentasche, zog das Telefon heraus und steckte es in ihre Hosentasche.

Detective Warron blieb vor einer Tür stehen und klopfte an, bevor er den Knauf drehte und sie aufstieß.

Ein Mann sah auf. Er saß vor einer ganzen Wand aus Monitoren, seine Finger schwebten über einer Laptoptastatur. „Oh, prima", sagte er, und seine Stimme war Cory sofort sympathisch. „Ich bin fast fertig. Nur noch die zwei Sender, dann ist alles programmiert."

„Cory, das ist unser Computergenie und Überwachungsspezialist Peter."

„Hallo, Peter." Sie musterte ihn, als er nur kurz eine Hand hob, um zu winken. Seine Finger flogen über die Tasten, die Augen fest auf den Monitor gerichtet. Verwundert betrachtete sie seine breiten Schultern, die muskulösen Arme. So hätte sie sich kein Computergenie vorgestellt, er trug nicht einmal eine Brille.

Jetzt stand er auf, trat vor sie hin und schob die Finger unter den Bund ihrer Hose.

„Vielleicht sollten Sie erklären, was Sie da machen. Sonst könnte es passieren, dass Sie sich eine Ohrfeige einfangen", sagte sie mit kühler Stimme.

Verblüffte blaue Augen starrten sie an, dann umzog ein Grinsen Peters breiten Mund. „Entschuldige, ich dachte, Jeff hat dir alles erklärt."

„Jeff?"

„Das bin ich", sagte der Detective.

„Das werde ich nie kapieren, Jeff. Du stellst mir alle Köder mit Vornamen vor, aber lässt dich selbst mit Nachnamen anreden."

„Köder?", fragte sie pikiert, nicht sicher, was sie von dem Wort halten sollte.

„Nur ein flapsiger Ausdruck. Wenn ich meinen Humor nicht behalten darf, dann kündige ich." Seine Augen blitzten übermütig.

Sie nickte verhalten. „Sie sehen gar nicht aus, wie ich mir einen ..."

Peter verdrehte die Augen. „Und ich dachte, zumindest *du* stehst über diesem Satz." Er seufzte laut und übertrieben.

„Das hören Sie wohl nicht ..."

„... zum ersten Mal? Nein. Und du darfst ruhig du sagen." Er grinste. „Ich bin nur ein kleiner, bezahlter Angestellter. Zähl mich bloß nicht zu diesen beknackten Verbrechensjägern."

Cory musste lächeln. Peter gefiel ihr von Minute zu Minute mehr.

„Darf ich?", fragte er und nestelte wieder an ihrer Jeans. Er hielt etwas wie eine kleine Pistole hoch, die eine spitze, recht dicke Nadel aufwies. „Damit werde ich einen ortbaren Empfänger im Stoff des Hosenbundes verstecken." Er stach die Nadel in den Stoff und drückte ab. Ein mechanisch klickendes Geräusch war zu hören. „Fühl mal, ich wette, du kannst ihn nicht ertasten."

Es stimmte, sie spürte nichts Ungewohntes unter ihren Fingerspitzen. „Aber wehe, du verpasst mir damit einen Stich in die Haut", sagte sie lächelnd.

Wieder blitzte das breite Grinsen auf. „Schade. Sie fühlt sich wirklich angenehm an." Sein Daumen strich über ihre Haut, oberhalb des Hosenbundes.

„Peter! Sie ist die schwangere Freundin eines Entführungsopfers, um Himmels Willen ...", rügte Detective Warron.

Etwas wie Scham schlich sich in die blauen Augen.

Doch Cory sagte lächelnd: „Mir sind Scherze lieber als der Alptr... Ich meine, ich habe gerade nicht besonders viel Grund zur Fröhlichkeit." Ihr Lächeln erlosch.

Peter zwinkerte ihr zu: „Nur, dass es kein Scherz war." Sofort blickte er wieder professionell drein und griff nach einer zweiten Pistole. „Für den Kragen des T-Shirts. Ertastbar. Vielleicht geraten die Kollegen ja mal an einen Trottel."

Sie schüttelte den Kopf. „Er kommt mir leider nicht wie ein Trottel vor. Eher wie ein krankes Psycho-Monster."

„Meistens sind die Kollegen ganz gut in ihrem Job, du wirst schon sehen. Immer positiv, dann ist es bald überstanden." Mit ernstem Ausdruck blickte er sie an und griff nach ihrem Kragen.

Sie dachte an Thore, und ihre Augen wurden nass.

„Hey", flüsterte Peter. „Wenn es vorbei ist, dann fängt der schöne Teil des Lebens an. Ganz fest daran glauben, okay?"

„Ich muss daran glauben, weil ich sonst noch ..."

Eine Träne rann ihr das Gesicht hinunter. Doch die Schultern straffend richtete sie sich auf.

„Schon besser", murmelte er, drückte ab, und legte die Pistole auf die Tischplatte. „So, du bekommst eine neue Jacke von mir. Darin befindet sich ein Mikrofon, sodass wir dich jederzeit hören können. Außerdem ein weiterer Peilsender. In der Innentasche", er reichte ihr eine rote Jacke, „findest du ein Taschenmesser und eine Kreditkarte. Nur für den Fall der Fälle. Merk dir vier-vier-acht-sieben. Das ist die Pinnummer."

Rasch schlüpfte sie aus ihrer Jacke und zog die neue über. Sie war etwas zu groß und erstaunlich schwer.

„Sie wird dich gut warm halten, bis minus vierzig Grad macht sie anstandslos mit", sagte Peter lächelnd, als er ihren überraschten Blick deutete. „Bereit für ein paar neue Schuhe?"

„Kann ich meine nicht behalten?"

Peter kniete vor ihr nieder, und sie blickte auf seine wuscheligen blonden Haare hinab. „Auch verwanzt. Du bekommst deine nachher wieder."

„Hast du vielleicht noch einen Sender, den ich mit einer Pistole mitnehmen könnte? Nur für den Fall der Fälle." Sie stellte die Frage, obwohl sie sich wegen Detective Warron nicht sicher war. Doch sie war bereit, das Risiko einzugehen.

Überrascht blickte Peter zu ihr hoch.

Warron gab ein zustimmendes Geräusch von sich. „Keine schlechte Idee. So hätte Cory auch eine winzige Waffe, diese Nadeln sehen schmerzhaft aus. Nicht, dass ich glaube, dass ihr beim WNYW etwas passieren könnte."

„Okay. Dann werde ich rasch einen Sender programmieren." Geschmeidig erhob er sich und ging zu einem Schrank, den er öffnete. Er zog eine Schublade auf und nahm einen kleinen Folienbeutel heraus.

„Ist das ein Sender oder ein Mikrofon", fragte Cory.

„Ein Sender."

„Gibt es keine Zwei-in-eins Dinger?"

„Doch, schon. Die sind nur verflixt teuer."

Detective Warron mischte sich ein: „Mit ziemlich großer Sicherheit bekommst du dein Spielzeug nachher zurück, ohne dass es gebraucht wurde. Und wenn, dann nehme ich es auf meine Kappe."

„Du hast das Sagen, Jeff." Peter zuckte mit der Schulter, warf den Folienbeutel zurück, und zog eine andere Schublade auf.

Warron sah auf die Uhr. „Wir müssen gleich los. Cory, die Schuhe."

Widerspruchslos zog sie die Turnschuhe an.

Unterdessen tippte Peter wie wild auf der Tastatur. Anschließend riss er den Beutel auf, lud die Pistole, und steckte sie Cory in die Jackentasche.

„So, alles versorgt." Er deutete auf einen Monitor an der rechten Seite. „Da können wir sehen, wo du dich aufhältst."

Warron setzte zum Sprechen an: „Zwei Sachen sollten Sie sich merken: Wenn Sie in Gefahr sind, und nicht reden können, dann husten sie zwei Mal kurz hintereinander." Er machte es vor. „Zum anderen: Wenn wir Sie aus einer Situation – welcher Art auch immer - herausholen sollen, sagen Sie laut die Worte: Da war ein blauer Schmetterling."

Stirnrunzelnd sah sie ihn an. „Das klingt total auffällig. Wie wäre es mit: Meine Oma hat mir immer Kakao gekocht, wenn ich Angst hatte?"

Warron lachte laut. „Für eine Änderung ist es jetzt zu spät, alle Kollegen sind entsprechend instruiert. Beim nächsten Einsatz werde ich Ihren Vorschlag annehmen."

Wieder musterte sie ihn abschätzend. Er kam ihr aufrichtig vor.

„Wir sollten los. Kommen Sie, Cory."

Sie streckte Peter die Hand entgegen, der Haftzettel klemmte zwischen zwei Fingern, und er ergriff sie. „Danke für alles. Ich verlasse mich auf dich."

Mit gerunzelter Stirn nickte er.

Cory drehte ihre Hand, sodass sie oben lag, dann zog sie sie vorsichtig zurück, die Finger gespreizt. Einen letzten Blick tauschend drehte sie sich um und ging Warron voraus in den Flur.

Kapitel 21

Taxifahrt

„Nur, für den Fall, dass du nicht mitspielen willst. Du weißt, wovon ich rede, Cory, nicht wahr?"

Am Monitor des WNYW verfolgte sie, wie die Kamera zur Seite geschwenkt wurde, das Bild wurde für zwei Sekunden unscharf.

Sie sah Thore im Bett liegen. Schlafend oder bewusstlos? Sie war sich nicht sicher. Doch als der Entführer mit einer gezielten Bewegung den Zeigefinger ergriff und umbog, war er schlagartig wach. Das kackende Geräusch war unüberhörbar.

Thore gab keinen Laut von sich, sondern sagte mit flacher Stimme: „Mehr hast du nicht drauf, du Arschloch?"

Cory schluchzte laut auf vor Grauen.

Thores Blick zuckte hoch und zeigte für einen Moment deutliches Entsetzen.

„Ich wollte lediglich deine Aufmerksamkeit, um dir zu sagen, dass ich deine kleine Freundin Cory aufgespürt habe. Sie ist ausnehmend hübsch, muss ich zugeben. Du hast einen guten Geschmack, was Frauen angeht."

Sie sah den vor Wut funkelnden Ausdruck in Thores Augen.

Unter dem Tisch stieß Officer Montesano gegen ihren Schenkel. Er hielt den Finger auf den Mund, bedeutete ihr, leise zu sein.

Sie biss sich auf die Lippe.

Der Ausdruck in Thores Gesicht zeigte jetzt Desinteresse. „Wen auch immer du krankes Arschloch aufgespürt hast, ich kenne niemanden mit dem Namen."

Das tonlose Stimmchen kicherte. „Sie kann dich hören. Willst du ihr nicht etwas sagen?"

„Warum sollte ich? Selbst wenn jemand mit dem Namen zuhört, dann bin ich ihr gleichgültig. Und das ist verdammt gut so, denn so bleibt sie, wo sie ist." Er blickte zum ersten Mal direkt in die Kamera, und Cory sah den beschwörenden Ausdruck, der sogleich Interesselosigkeit wich.

Ihr liefen stumme Tränen über die Wangen. Sie wusste genau, warum er das sagte. Er wollte ihre Hilfe nicht. Sie sollte sein ungeborenes Kind nicht in Gefahr bringen.

Wieder dieses grauenvolle Kichern. „Willst du sie sehen, deine Cory?"

Thore zuckte zusammen und presste die Kiefer aufeinander. Abwehrend schüttelte er den Kopf.

Dann sah sie seine Augen groß werden, und Entsetzen flackerte in seinem Blick.

„Oh, er erkennt sie ja doch."

„Fick dich, du krankes Scheusal!"

„Na, um diese Uhrzeit so böse fluchen? Es könnten auch Kinder zuschauen … Wir sind live im Fernsehen. Aber das bist du ja gewohnt." Die maskierte Gestalt kicherte wieder. „Cory? Möchtest du deinem Lover etwas sagen?"

Thores laute Stimme polterte dazwischen: „Ich will kein Wort hören. Nicht ein einziges!"

Sie schwieg, obwohl sie gerne tausend Dinge gesagt hätte. Doch ihm würde keines davon nützen.

„Oh, aber Cory wird nun traurig sein. Sie weint schon seit Beginn der Fernsehübertragung." Er ließ eine Pause entstehen, dann sagte er leise: „Na schön, ich habe hier eh zu tun." Wieder dieses Kichern, dass Albträume zu erzeugen vermochte. „Ich melde mich wieder bei dir, Cory."

Jetzt rief sie laut, von Angst getrieben: „Keine weiteren Schmerzen mehr, wenn ich mitspielen soll."

Alle starrten sie an. Officer Montesano schüttelte den Kopf.

Sie hörte Thores unterdrücktes Stöhnen und das Kichern seines Peinigers. Dann wurde der Monitor schwarz.

„Um Himmels Willen, Cory", herrschte Montesano sie an. „Das hatten wir doch im Vorfeld besprochen. Sie machen sich angreifbar, wenn er weiß, dass …" Seufzend stieß er den Atem aus.

Sie stand vehement auf und stürmte zur Tür.

„Und wenn schon. Mir ist Thore nicht gleichgültig, also halten Sie den Mund." Sie riss die Tür auf und hastete den Gang runter.

Montesanos Stimme rief ihr hinterher: „He, warten Sie, verdammt nochmal."

So schnell sie konnte, lief sie zu dem markierten Ausgang. Hinter ihr im Flur wurde die Tür des Studios aufgerissen.

„Stopp", schrie Montesano, doch sie war bereits hinausgeschlüpft.

Das angekündigte Taxi stand mit laufendem Motor bereit. Sie stürmte vor und setzte sich rasch hinein. „Fahren Sie los, schnell."

Der Fahrer trat das Gaspedal durch.

Cory sah durch die Heckscheibe, wie Montesano und einige andere die Tür aufstießen und auf die Straße rannten.

Das Taxi bog um die Ecke.

„Wer sind Sie? Haben Sie hiermit zu tun?" Corys Stimme war ungebührlich laut.

„Wie bitte?", fragte eine verblüffte Stimme mit deutlich mexikanischem Akzent.

„Wer hat Sie beauftragt, mich hier abzuholen?"

„Die Taxizentrale. Ich mache hier nur meinen Job, Lady. Die Fahrt ist bezahlt, mehr weiß ich nicht."

„Scheiße", murmelte sie, Tief durchatmend steckte sie die Hand in die Tasche, erfühlte das Handy, Taschenmesser und die Kreditkarte.

Und am wichtigsten: Die kleine Pistole mit dem Peilsender. Es passte nicht alles in ihre Hand. Deswegen zog sie das Telefon heraus und nahm es in die linke Hand. Sie schloss die rechte Faust um die drei Gegenstände, und mehr schlecht als recht schaffte sie es.

Schnell fragte sie den Fahrer: „Wann werden wir ankommen?"

„In ungefähr vierzig Minuten."

Cory nickte und schloss die Augen. In Gedanken legte sie sich einen Plan zurecht. Sie wollte die Jacke erst ablegen, nachdem sie die Hose gewechselt hatte. Dann könnte sie es vielleicht schaffen, die drei Gegenstände unauffällig in der Hosentasche zu verstauen.

Ihr kam eine Idee, ob gut oder dämlich, würde sich noch zeigen. Sie rutschte auf der Bank nach links, bis sie direkt hinter dem Fahrer saß, damit er sie schlechter beobachten konnte. Dann zog sie Taschenmesser und Kreditkarte aus der Jacke.

Augenblicke später entdeckte sie eine kleine Feile an dem Messer, und erleichtert seufzte sie. Die Kreditkarte fest zwischen den Fingern der linken Hand haltend, feilte sie konzentriert kleine Scharten in den unteren Kartenrand.

Eine Weile war sie damit beschäftigt, als der Fahrer leise fragte: „Was machen Sie, Lady? Mein Taxi kaputt?"

„Nein, versprochen. Ich feile mir die Nägel." Sie hielt das Messer hoch, und der Fahrer runzelte die Stirn. Dann zuckte er mit den Achseln und stellte die Musik einen Tick lauter.

Kurz darauf hatte sie es geschafft, den Rand zu einer groben Säge zu feilen. Prüfend fuhr sie mit dem Finger darüber. *Ganz schön scharfkantig*, dachte sie, und hoffte, die Arbeit würde sich bezahlt machen.

Nun feilte sie an der anderen Kante flach über den Rand, in der Hoffnung, sie zu einer halbwegs passablen Klinge zu schärfen. Es klappte nicht annähernd so gut, wie mit der gezackten Seite, aber einen Versuch war es wert.

Ein Blick auf die Uhr zeigte, dass es zwei Minuten nach neun war.

Nervös begann ihr Herz zu stolpern. Sie nahm das Telefon in die linke Hand, und die anderen drei Sachen steckte sie in die Jackentasche.

Wenig später bremste das Taxi, und sie sprang heraus. „Einen schönen Tag noch, Lady."

Cory blickte dem Taxi nach. Als es außer Sichtweite war, sah sie sich um. Sie schien auf dem Parkplatz eines verlassenen Gebäudes zu sein. Hier standen lediglich zwei staubige Autos und jede Menge Mülltonnen.

Sie zuckte zusammen, als das Handy klingelte. „Hallo, Cory."

Murmelnd erwiderte sie widerwillig den Gruß.

„In der blauen Tonne ist ein Plastikbeutel am Deckel festgeklebt. Hol sie, und zieh die Sachen an.
Ich werde dich beobachten. Links am Zaun kannst
du eine Kamera sehen, damit habe ich dich im
Blick. Ich freue mich schon auf deinen Striptease.
Und jetzt beeil dich. Ich bleibe solange in der Leitung."

Sie steckte das Telefon in die linke Jackentasche,
und lief zum Müllcontainer. Den Deckel anhebend
sah sie sofort die Tüte. Ein übler Geruch stieg ihr
in die Nase und ließ sie die Luft anhalten, als sie
die Tasche vorsichtig löste. Mit einem lauten Geräusch fiel der Deckel zu.

Den Inhalt des Beutels kippte sie auf den Asphalt.
Sie zog ihre Schuhe, dann Socken, Hose und Slip
aus. Sie zog das weiße Baumwollhöschen an, und
schlüpfte in die formlose, schwarze Jogginghose.
Anschließend zog sie die Tennissocken über. Tief
durchatmend nahm sie ihre ausgezogenen Sachen,
hielt sie in Richtung Kamera, und warf die Sachen
in die Tonne. So schnell sie konnte, steckte sie die
Sachen aus der rechten Jackentasche in die Hosentasche, und ging rasch zu der restlichen Wechselwäsche. Seelenruhig zog sie Jacke, T-Shirt und BH
aus. Einen neuen BH fand sie nicht, also schlüpfte
sie so in das dunkelgraue Shirt und in die ebenfalls
graue Jacke.

Bevor sie ihre Sachen in die Abfalltonne warf, nahm sie das Handy heraus und hielt es sich wieder ans Ohr.

„Gut gemacht. Und sehr hübsche Titten. Ich freue mich jetzt schon, später mit ihnen Bekanntschaft zu machen." Der Entführer kicherte. „Doch kommen wir zu den Instruktionen. In genau zwei Minuten wird ein Taxi kommen. Steig ein, es wird dich zum nächsten Kontaktpunkt fahren."

„Verstanden", murmelte Cory.

„Ich würde dir ja gerne Grüße bestellen, aber leider ist Thore verstimmt. Ihm scheint nicht zu gefallen, dass du dich für ihn in Gefahr begibst." Er kicherte wieder und legte auf.

Eine Minute später kam ein Taxi heran. Sie stieg ein und setzte sich erneut direkt hinter den Fahrer.

„Hallo", sagte sie leise.

„Hallo. Die Kollegen und ich haben uns schon gewundert, ob jemand hier sein würde."

„Ach?"

„Ja. Die Fahrt wurde vor zwei Tagen gebucht und im voraus bezahlt. Und die Gegend hier ist nicht sonderlich vertrauenerweckend. Deshalb."

„Wer hat sie denn bestellt? Hat die Person einen Namen genannt?"

„Nein, nur dass eine weibliche Person hier warten würde. Und dass wir genau in dieser Minute hier sein sollten."

„Wie lange wird die Fahrt dauern?"

„Eine gute Stunde."

„Danke."

So unauffällig wie möglich zog sie die Kreditkarte aus der Hosentasche und steckte sie in den Slip. Das Taschenmesser ließ sie, wo es war. Sie war ohnehin überzeugt, dass es ihr früher oder später abgenommen werden würde.

Dann überlegte sie: *Wohin mit dem Sender in der Pistole?*

„Verzeihen Sie, haben Sie zufällig ein Pflaster?"

„Sicher doch." Der Mann griff in die Seitenablage der Tür und reichte ihr einen kleinen Plastikbeutel mit Zip-Verschluss nach hinten.

„Danke", sagte sie leise, nahm sich ein großes Pflaster heraus, und gab den Beutel zurück.

Jetzt überlegte sie fieberhaft, wo sie eine Einstichstelle am besten verbergen konnte.

Im Prinzip, wenn alles schief ging, war es vollkommen egal, wo die Stelle sich befände. Die sexistischen Anspielungen des Entführers sagten einiges aus. Doch sie wollte nicht, dass es ihm sofort auffiel.

Sie entschied sich für den Fuß, legte den rechten Unterschenkel über ihr linkes Knie. Rasch zog sie den Schuh aus, streifte die Socke herunter, und tastete das Gelenk ab. „Könnten Sie die Musik lauter machen, bitte?"

„Na klar", sagte der Mann freundlich und drehte am Lautstärkeregler.

Den Fuß stellte sie zurück auf den Boden. Tief holte sie Luft, setzte die Pistole flach an, und stach die Nadel in den kleinen Fettbeutel neben ihrem Knöchel. Zischend ließ sie den Atem entweichen, doch es schmerzte nicht so schlimm, wie sie befürchtete. Sie begann, laut zu husten, und drückte ab. Das mechanische Geräusch war nicht zu hören. Sie zog die Nadel aus der Haut und klebte das Pflaster auf die Einstichstelle, ehe sie die Socke hochzog und in den Turnschuh schlüpfte.

Mit bebenden Fingern zog sie die Nadel aus der Pistole, steckte sie ebenfalls in den Slip. Zwar war ihr unklar, wozu sie sie gebrauchen könnte, doch sie wollte auf keine Hilfe verzichten, die von Vorteil sein könnte.

Matt lehnte sie sich zurück und schloss die Augen.

Kurz flackerten Gedanken von nicht desinfizierten Wunden durch ihren Geist. Aber entschieden schob sie sie zur Seite, als sie an die wuchtigen Schläge dachte, die das Monster auf Thores Operationswunde hatte herabfahren lassen.

Kapitel 22

Fluchtversuch

„Sieh doch, wer endlich bei uns ist", sagte der kleine Mann, der sich hinter der undurchdringlichen Maske versteckte.

Thores Fluch war nicht zu überhören.

Der Entführer kicherte. „Ein ganz schön gerissenes Luder, muss ich sagen. Fast hätte sie es geschafft, mich auszutricksen. Da ich aber nicht dumm bin, hat ihr kleines Manöver keinerlei böse Folgen."

Das Lachen, in das er daraufhin ausbrach, schüttelte ihn förmlich, und er rang nach Atem. „Das heißt", er kicherte haltlos, „nicht ganz. Denn jetzt habe ich zwei Opfer, mit denen ich spielen kann."

Cory wurde von ihm in Richtung Bett gestoßen, und wieder hörte sie das Kichern, das in ihren Ohren eindeutig irre klang.

„Willst du deinen Geliebten nicht begrüßen?"

Sie blieb stumm, da sie die Wut, die Thore ausstrahlte, fast körperlich spüren konnte.

„Komm schon, leg dich zu ihm. Leider muss ich für einen Moment verschwinden. Doch schon bald leiste ich euch zwei Hübschen Gesellschaft." Mit einem festen Stoß schubste er Cory zum Bett und zwang sie, sich neben Thore zu legen.

Er sagte kein Wort, gab aber ein unterdrücktes Stöhnen von sich, als sie auf das Seil geschubst wurde, mit dem sein rechtes Handgelenk am Bett festgebunden war.

„Wie fessel ich dich am besten?" Aus der Bauchtasche seines Pullovers zog er ein Seil hervor und fesselte damit ihre Handgelenke. Die Enden band er an dem Seil fest, auf dem sie lag, mit genügend Spielraum, dass sie die Arme bewegen konnte. „Gut genug", kicherte der Mann. „Ich denke, wir zwei werden nachher viel Spaß zusammen haben." Mit angehaltenem Atem sah sie ihm hinterher, als er den Raum verließ. Kurz darauf ertönte ein metallisches Geräusch.

„*Fuck it!*" Thore wandte ihr den Kopf zu, starrte sie wütend an.

„Ist er wirklich weg?"

„Wer weiß das schon? Was, *zum Teufel*, soll das hier?"

„Du kannst mich gern ein Leben lang dafür hassen. Aber wenn du glaubst, ich sehe seelenruhig zu, wie dieses Monster dich quält, dann bist du im Irrtum!"

Der Gestank im Raum war grauenvoll.

Sie besaß keine Erfahrung aus erster Hand, aber es schien offensichtlich, dass sich seine Wunde entzündet hatte, da es ein organischer Geruch war, der in dem Raum waberte.

„Wie viel Zeit haben wir?" Sie rückte von ihm weg, und wieder stöhnte er auf. „Tut mir leid. Ach, verdammt!" Cory sagte laut: „Peter? Meine Oma hat mir immer heißen Kakao gekocht, wenn ich Angst hatte."

„Was?" Thore starrte sie an.

„Wie viel Zeit haben wir?"

„Bis der Bastard zurückkommt? Das kann in einer Sekunde sein. Oder in Stunden."

„Überwacht er den Raum?"

„Wen interessiert es?"

„Mich. Also?"

„Keine Ahnung", seufzte er und schloss die Augen. Sie setzte sich auf, und er stöhnte laut.

„Wie geht es dir körperlich?", fragte sie, um sich einen Überblick zu verschaffen.

„Ich würde gerne lachen, doch den Schmerz erspare ich mir lieber."

„Rede! Hast du genügend Kraft, um zu laufen?"

Mit Bitterkeit in der Stimme erwiderte er: „Laufen? Ich fürchte, ich kann nicht mal kriechen."

Sie biss sich auf die Lippe. Endlich schaffte sie es, die Hände in ihre Hose zu stecken.

„Was soll das werden", fragte er, und sie sah, wie er sich vor Schmerz auf die Lippe biss.

„Warte ab. Ich habe keinen Schimmer, ob es funktionieren wird." Ihr stiegen Tränen in die Augen, als sie sich ihr mögliches Scheitern vorstellte.

Sie blinzelte sie entschlossen weg. Ihr Herzschlag stockte, als ihre Fingerspitzen in den Slip rutschten, die Kreditkarte ertasteten und hervorzogen. Gott sei Dank war sie unentdeckt geblieben.

„Soll ich versuchen, das Seil an deiner Hand zu kappen? Oder das, was mich an dich bindet?"

Mit großen Augen starrte er sie an. „Deines. Ich bin dir zu nichts nütze." Tonlos murmelte er: „Du bist so verdammt dumm ... Wie konntest du dich hierauf einlassen?"

„Eine völlig überflüssige Frage! Lausche lieber auf Anzeichen, dass er zurück kommt."

Er atmete tief ein und aus. „Du bist verflixt störrisch. Mehr, als ich je vermutet hätte."

Sie ignorierte seine Worte und setzte die Kreditkarte an dem Seil an. Von oben nach unten ließ sie die Zacken darüber schaben. Eine ganze Weile sah sie keine Resultate, und ihr stiegen wieder Tränen in die Augen. Die Stirn vor Konzentration zerfurcht, wandte sie deutlich mehr Kraft auf, und ihr Mund öffnete sich vor Erleichterung, als ein paar winzige Fasern aufsprangen. „Welche Möglichkeiten gibt es, hier aus diesem Raum zu entkommen?"

Er sah sie schweigend an.

Für einen Moment unterbrach sie ihr Tun. Ihr Blick tauchte in seine Augen, und sie erschrak, als sie die Hoffnungslosigkeit darin erkannte.

„Also keinen?"

Stumm schüttelte er den Kopf.

Sie seufzte und konzentrierte sich wieder auf das Seil.

„Ich *hasse* es, dass du hier bist!"

Die lauten Worte erschreckten sie dermaßen, dass sie beinahe die Karte fallenließ. Wieder blickte sie ihn an. „Und wenn schon."

„Du hättest niemals auf dieses abgefuckte Monster hören dürfen."

Sie verzog den Mund und machte sich wieder an die Arbeit. Fast hätte sie gejubelt, als das Seil nachgab.

„Entschuldige, das wird jetzt wehtun." Mit einer geschmeidigen Bewegung rollte sie sich vom Bett.

Er stöhnte auf, lauter und schmerzvoller als zuvor.

Sie setzte sich auf den Bettrand, um schnell hochspringen zu können, falls der Maskierte zurückkommen würde. Sie klemmte die Karte zwischen die Knie und rieb hastig das Seil darüber, mit dem ihre Handgelenke zusammengebunden waren.

Vielleicht fünf Minuten später riss es, und erfreut stieß sie ein Seufzen aus.

Vorsichtig tastete sie das Seil an Thores rechtem Handgelenk ab. Eine Weile versuchte sie es mit den Fingern zu lösen, doch es war zu fest zusammengezogen. Sie würde direkt am Gelenk schneiden müssen, wenn sie ihn befreien wollte.

„Cory", flüsterte er, und sein Blick suchte ihren.

„Was?"

„Sieh zu, dass du von hier verschwindest."

„Das habe ich auch vor. Aber garantiert nicht ohne dich."

„Das ist doch Schwachsinn! Du musst dich in Sicherheit bringen. Ich kann mich kaum bewegen. Du musst fliehen, ohne mich."

„Träum weiter", fuhr sie ihn an. Dann murmelte sie: „Ich brauche ein möglichst langes Seil. Ich kann dich erst danach losmachen."

„*Fuck!* Ich meine es ernst, Cory."

„Ach ja? Und wie soll ich verschwinden? Durch die Betondecke vielleicht?" Sie deutete nach oben. „Die Tür hat er verschlossen. Mir bleibt nur, dahinter zu warten, bis er sie wieder öffnet." Sie wandte ihren Blick zu seiner Hand. „Es wird weh tun, und ich wünschte, ich müsste es nicht tun." Sie setzte die Karte an sein Handgelenk und begann erneut mit ihrer Tätigkeit.

„Scheiß auf die Schmerzen. Ich will dein Versprechen, dass du verschwindest, sobald sich die beschissene Tür öffnet."

Ihn ignorierend machte sie weiter. Allmählich zerfaserte das Seil. Allerdings schnitt sie jetzt auch in seine Haut, und helles Blut sickerte heraus. Sofort füllten sich ihre Augen mit Tränen, doch sie machte weiter.

„Nicht weinen", flüsterte er.

Ungeniert schniefte sie und bewegte abwehrend den Kopf. Eine gefühlte Ewigkeit später gab die Verschnürung nach.

Thore zog die Hand zu sich, ballte sie zur Faust, und stieß einen unbestimmbaren Laut aus.

„Halt still, sonst blutet es noch mehr." Rasch hob sie das Bein, zog die Socke runter, und riss sich das Pflaster von der Haut. Behutsam zog sie seinen Arm zu sich und drückte es auf seine Haut. „Keine Ahnung, ob es kleben bleibt", murmelte sie.

„Warum hattest du ein Pflaster?" Fragend sah er sie an.

Sie verweigerte eine Antwort. Laut sagte sie: „Meine Oma hat mir immer Kakao gekocht, wenn ich Angst hatte."

In schleppendem Tonfall fragte er: „Du hast ein Mikrofon unter der Haut?"

„Ja, welches gleichzeitig ein Peilsender ist."

Mit einem Mal glomm Hoffnung in seinen Augen auf.

„Leider weiß ich nicht, ob es uns etwas bringt. Ich habe Peter nur kurz getroffen, als er meine Kleidung verwanzt hat. Die ich kurz darauf in eine Mülltonne werfen musste ..." Sie stieß ein Schnauben aus. „Aber ich habe ein gutes Gefühl bei ihm. Ich bete darum, dass er - oder jemand, dem er vertraut - uns in irgendeiner Form zu Hilfe kommen kann."

Sie bearbeitete das Seilende, das am Bett festgebunden war.

„Wenn die Polizei dir diesen Sender verpasst hat, dann wissen sie sicherlich ...“

„Ich habe ihn mir selbst verpasst, und nur zwei Menschen wissen davon. Ob wir ihnen vertrauen können, weiß ich nicht. Ich weiß nicht einmal, oder der Sender unter der Haut funktioniert.“

Endlich gab das Seil nach, und ihre Ausbeute war ein ungefähr vierzig Zentimeter langes Stück. Probeweise schlang sie es um beide Fäuste, doch das Mittelstück schien ihr zu kurz zu sein, um es dem Entführer um den Hals zu schlingen. Besser als nichts, dachte sie, um eine positive Einstellung bemüht.

Thore schwieg lange, doch jetzt platzten die Worte laut aus ihm heraus: „Wie meinst du das, du hast ihn dir selber verpasst?“

„Die Pistole hat er mir abgenommen, genauso wie das Messer. Aber ich habe die Nadel noch.“

„Nadel?“

„Willst du sie haben?“ Mit der Hand tastete sie im Slip, bis sie sie fand und ihm reichte.

Entsetzt betrachtete er das dicke, vier Zentimeter lange Metallstück, das hohl war und spitz zulief.

„Das hast du dir in die Haut gestochen?“

„Ja“, murmelte sie und ging zur anderen Bettseite, um ihn endgültig zu befreien.

„Sollten wir - wieder Erwarten - hier herauskommen, dann schwöre ich dir, werde ich dir den Hintern versohlen, bis du nicht mehr sitzen kannst!" Seine Stimme klang gepresst.

„Galant", wisperte sie.

Stöhnend hob er den rechten Arm, bewegte ihn vorsichtig und mit versteinertem Gesicht.

„Mal angenommen, ich kann das Monster überwältigen. Dieses Bett hat Rollen ..."

Wütend fiel er ihr ins Wort: „Ich gehe oder rolle nirgendwo hin. Du bist diejenige, die hier verschwindet. Hast du das endlich verstanden?"

„Du bist so ein Macho", grummelte Cory, nicht minder wütend. „Du kennst mich aber noch nicht, mein Freund."

„Freund? Das ich nicht lache. Du hast dich von mir ficken lassen, sonst ist gar nichts zwischen uns."

„Wie wahr. Bis auf eine allmählich größer werdende Sache."

„*Fuck!* Cory, ich warne dich! Wenn ..."

Sie fiel ihm ins Wort, des Streites müde: „Da du gerade nicht in der Verfassung bist, mir wirksam zu drohen, lass es doch einfach bleiben."

Entschlossen verdoppelte sie ihre Anstrengungen, hackte regelrecht auf das Seil ein. Endlich riss es, und ein glückliches Lächeln ließ ihr Gesicht erstrahlen.

„Gott, bist du hübsch", murmelte er.

Eine Faust um das Seil geschlossen sah sie ihn überrascht an. Verwirrt von dem Ausdruck in seinen Augen wandte sie den Blick ab.

Sich auf ihre wichtige Aufgabe besinnend, machte sie sich an seinem Handgelenk zu schaffen. Wieder schnitt sie in seine Haut, abermals liefen ihr Tränen das Gesicht hinab.

„Nicht weinen", bat er leise.

Wortlos schüttelte sie den Kopf und lächelte froh, als sich die Verschlingung löste.

Rasch verknotete sie beide Seile, schlang sich die Enden um die Hände, und fand erleichtert, dass es ausreichend lang sein könnte. Sie riss am Seil, und der Knoten zog sich fester zusammen. „Möchtest du versuchen, dich aufzusetzen?"

Er verdrehte die Augen. „Du überschätzt meine körperliche Verfassung, wie ich befürchte."

Sie biss sich auf die Lippe. Dann beugte sie sich zu ihm und legte die Hand an seine Wange. Der dichte Bart fühlte sich ungewohnt an. „Einen Gefallen kannst du mir tun: Bete darum, dass ich genügend Kraft habe, mit dem Monster fertig zu werden."

Ein schwaches Grinsen flackerte um seinen Mund. „Ich weiß aus Erfahrung, wie wirksam du dir die Männer vom Leib hältst." Er lachte kurz auf und stöhnte unter Schmerzen. Den Blick, den sie ihm zuwarf, konnte er nicht deuten. Doch etwas Tiefes, Warmes, und zugleich Trauriges lag darin.

Seufzend stand sie auf und ging zur Tür hinüber. Mit dem Rücken lehnte sie sich gegen die Wand, die Hände mit dem Seil umwickelt.

Sie blickten sich an, schwiegen aber.

Er begann, sich vorsichtig zu bewegen, die Zähne fest zusammengebissen. Die Arme konnte er heben. Der linke Zeigefinger war geschwollen, die Hand zu ballen war ihm unmöglich. Er hob den Kopf, legte das Kinn auf die Brust, und rollte ihn, soweit es möglich war. Als er versuchte, den Oberkörper anzuheben, liefen Tränen aus seinen Augen. Er schlug die Decke zurück.

Cory konnte ein Keuchen nicht unterdrücken, als sie das T-Shirt sah, das einmal hellgrau gewesen war, jetzt aber einen dunklen Fleck aufwies. Er überzog fast den kompletten Oberkörper.

Als er es hochschieben wollte, ging es nicht. Das getrocknete Blut verklebte Haut und Shirt. Die rechte Hand strich tastend darüber, sofort verzog sich sein Mund unter Schmerzen.

Ihr kam ein Gedanke, und entsetzt riss sie die Augen auf. „O Gott, sind deine Beine etwa auch ans Bett gefesselt?"

Schon wollte sie nach vorne stürzen, als er laut rief: „Nein! Sind sie nicht. Bleib, wo du bist. Du darfst deine Chance nicht wegen mir verspielen, Cory."

Ihre Blicke trafen sich.

„Okay." Mit einem Mal wünschte sie sich, ihm wenigstens einen Kuss gegeben zu haben. Tränen schossen ihr in die Augen, als ihr bewusst wurde, dass er es wohl kaum geduldet hätte.

Langsam bewegte er die Beine, winkelte sie an, und streckte sie wieder. Der Versuch, sie anzuheben, ließ ihn schmerzerfüllt aufstöhnen.

„Im Umkreis sind alle Krankenhäuser auf deine Ankunft vorbereitet, das hat mir Detektive Warron gesagt. Die kriegen dich wieder hin." Aus halbgeöffneten Augen sah sie ihn an.

Sein Blick flog zu ihr, doch schnell sah er wieder weg. „Ich bin unwichtig. *Du* musst hier raus."

„Du verstehst den Ernst der Lage nicht, fürchte ich. Wir zwei sind auf uns allein gestellt. Wenn wir Glück haben, ist Peter auf unserer Seite."

„Klär mich auf. Erzähl alles."

Cory sprach lange und ausführlich. Es lenkte sie ab, milderte ein wenig die Nervosität.

„Ein Maulwurf, hm?" Thore runzelte nachdenklich die Stirn. Fast unmerklich nickte er und seufzte tief. „Klingt tatsächlich, als wärst du auf dich allein gestellt." Seine Stimme trug einen bitteren Unterton.

Ihr entging nicht, dass er erneut *du* anstatt *wir* sagte. „Ich bin stärker, als ich aussehe."

„Daran zweifel ich keine Sekunde. Doch die Kraft einer Frau gegen die Körperkraft eines Mannes?"

„Hey, er hat nicht deine Statur, okay? Ich rechne mir eine gute Chance aus."

Fast hätte er gelacht, unterdrückte es aber gerade noch rechtzeitig. Doch das Grinsen um seinen Mund war das erste echte seit der Entführung. „Nicht meine Statur?"

Gereizt fauchte sie: „Ach, komm schon. Wärst du unverletzt, hättest du ihn mit einer Hand zerquetscht. Er hat dich nur in die Finger bekommen, weil du im Krankenhaus warst. Wie kam es überhaupt zu dem Unfall?"

Sein Grinsen wurde breiter. „Mit einer Hand zerquetscht? Du bist ja süß." Er schnalzte leise mit der Zunge. „Tja, der Unfall ... Ein Reh, und schon war es passiert. Schlichtes Pech, würde ich sagen. Oder pure Dummheit, da ich leider versucht habe, auszuweichen."

„Meinst du, der Entführer hat es gezielt auf dich abgesehen?", fragte sie in verhaltenem Ton.

Nachdenklich ruhte sein Blick auf ihr. „Keine Ahnung. Letztendlich ist es auch egal, oder was sagst du?"

„Zumindest habe ich nichts von einer Lösegeldforderung gehört."

Sein Blick verdunkelte sich. „Also drei Mal Pech in Folge. Damit sollte meine Pechsträhne doch eigentlich gebrochen sein, oder?" Er versuchte sich an einem Lächeln, doch es misslang.

„Drei Mal?"

„Nun ja. Der Unfall, die Entführung. Und davor noch etwas anderes."

Fragend sah sie ihn an.

„Nichts, was ich vor dir ausbreiten möchte", beschied er sie knapp.

Sie senkte den Blick auf den Boden, sagte aber nichts.

Allmählich wurde sie sich ihrer Müdigkeit bewusst. Sanft begann sie, Dehnungsübungen zu machen, um die - vom Herumstehen – steifen Muskeln zu lockern.

Sein Blick lag auf ihr. Er musste schlucken, als er verfolgte, wie sie ihren herrlichen Körper in alle Richtungen bog.

Ein Geräusch ließ sie beide zusammenfahren.

Kapitel 23

Das Monster kehrt zurück

„Licht aus?", murmelte er fragend.

Doch sie verneinte kopfschüttelnd. Starr stand sie hinter der Tür, die Hände hielt sie hoch, bereit, dem Sadisten das Seil um den Hals zu schlingen.

Er ließ den Blick nicht von ihr, bewunderte ihre Entschlossenheit. Wie eine furchtlose Kriegerin stand sie da, bereit, zu tun, was getan werden musste.

Sie war so bildschön, dass es ihm den Atem raubte. Gleichzeitig war er von Angst um sie erfüllt.

Vor der Tür ertönte ein Kichern.

Unwillkürlich zuckte er zusammen.

„Mittagessen, Freunde. Ich habe etwas Leckeres mitgebracht." Sekunden später war ein metallisches Schleifgeräusch zu vernehmen, und die Tür schwang auf.

Ein Tablett schob sich in den Raum, von Händen in Handschuhen gehalten. Der kleine Mann kam herein und blieb wie angewurzelt stehen.

Mit einer fließenden Bewegung, die für Thore wie ein anmutiger Tanz aussah, warf Cory das Seil um den Hals seines Peinigers, zog es nach hinten und verdrehte die Hände.

Aus dem lautlosen Tanz wurde eine Art Bullenreiten, als das Tablett mit Getöse zu Boden ging, die vermummte Gestalt sich aufbäumte, und wie rasend versuchte, Cory abzuschütteln.

Die Geräusche wurden fast ohrenbetäubend. Sie schnaufte, und der in ihrer Gewalt Gefangene gurgelte und zischte.

Der verbissene Ausdruck auf Corys Gesicht, den er nur hin und wieder sehen konnte in dem Kreisen der beiden Gestalten, rang ihm Respekt ab. Ein eiskalter Schauder durchfuhr ihn.

Ja, sie war ein Gegner, den man leicht unterschätzte, er selbst wusste es aus Erfahrung. Und jetzt machte das Monster damit Bekanntschaft.

Lautlos flehte er: *Bitte, lass sie siegen. Und wenn ich meine Seele dafür verkaufen muss, bitte, lass sie siegen.*

Die Gegenwehr wurde schwächer, und Thore sah ihre Arme heftig zittern.

Je kraftloser die Bewegungen der vermummten Gestalt wurden, desto höher hob sie die Arme. Erst stand er auf Zehenspitzen, kurz darauf hingen seine Füße in der Luft.

Noch immer zuckten seine Beine, die Finger schienen krampfhaft an dem Strick zu kleben. Corys schweres Keuchen erfüllte den Raum.

Die Hände sackten plötzlich herunter, und das Japsen erstarb. Die ganze Gestalt kam zur Ruhe.

„Lass ihn noch nicht los. Halte ihn weiter fest!" Er sagte es mit ruhiger Stimme, doch in sich spürte er eine jähe Panik, die er sich nicht erklären konnte.

Cory sah ihn an. Ihr Gesicht war nass vor Schweiß, und so hochrot, wie er es nie zuvor gesehen hatte. Sie gehorchte seinen Worten, auch wenn ihre Arme vor Anstrengung bebten.

Überraschend fuhren die Hände wieder zum Seil. Der Mann begann sich erneut aufzubäumen, doch sie biss hart die Zähne zusammen. Ein paar Mal zuckte die Gestalt noch, dann erschlaffte sie.

Cory rührte sich nicht, doch ihr gesamter Körper zitterte haltlos.

„Ich denke, du kannst ihn jetzt loslassen." Erschüttert sah er, wie Tränen über ihre Wangen stürzten. „Schatz? Du kannst ihn loslassen."

Sie schüttelte den Kopf, und ein Schluchzen erfuhr ihr. „Gott, vergib mir. Ich bin eine Mörderin …"

Thore stöhnte auf. „Schatz, aus Notwehr. Sieh zu, dass du hier rauskommst."

Erleichtert sah er, wie sie endlich die Arme senkte. Doch ihr Griff lockerte sich nicht.

„Cory? Lass los. Verschwinde von hier."

Ihre Augen richteten sich auf ihn. Es dauerte einige Sekunden, bevor ihr Blick klar wurde.

Mit einem angewiderten Ausdruck ließ sie ein Ende des Seils los. Ein hässliches, kratzendes Geräusch war zu hören, als die Leiche zu Boden sank.

Sie bückte sich und legte die Finger an seinen Hals. Lange verharrte sie, dann murmelte sie tonlos: „Mausetot." Sie griff nach den Handgelenken des Mannes und zog ihn an die Seite.

Mit zwei hastigen Schritten kam sie an sein Bett, warf das Seil auf die Bettdecke, und beugte sich über ihn. Ihre Lippen pressten sich für einen kurzen Moment auf seinen Mund.

Als sie sich bückte, um die Rollen am Bett in Augenschein zu nehmen, schlug seine Sprachlosigkeit in Wut um.

„*Verdammt*, sieh zu, dass du hier endlich rauskommst!", brüllte er, da er nichts dringender wollte, als sie in Sicherheit zu wissen.

Nacheinander löste sie die Bremsen und schob entschlossen das Bett zur Tür. „Wenn du immer noch glaubst, ich lasse dich hier zurück, dann hast du dich gehörig geschnitten."

„Verfluchtes, stures Weib ... Wie kann man nur so halsstarrig sein?"

Sie zog es vor, nicht darauf zu antworten.

„Wie bist du hierher gelangt?", fragte sie, als sie in einem Vorraum ankamen, in dem zwei weitere Türen zu sehen waren.

„Weiß ich nicht. Ich muss bewusstlos gewesen sein. Und du?"

„Verbundene Augen." Angespannt atmete sie tief durch, trat vor, und öffnete die rechte Tür.

Sie blickte auf einen langen Gang hinaus. Probeweise öffnete sie die andere an der gegenüberliegenden Wand lag. „Verdammt", murmelte sie.

Ihm stockte der Atem. „Was?"

„Zwei lange Flure. Mindestens acht Türen in jedem, soweit ich sehen konnte. Welche darf es sein, der Herr?"

Ungläubig blickte er sie an. „Ich habe noch kein rechtes Vertrauen in das Ende meiner Pechsträhne. Unser Glück liegt allein in deinen Händen. Entscheide du."

Unser Glück ... Sie registrierte die Worte. Dann blickte sie auf ihre Handflächen.

Auch sein Blick ruhte auf den rosa Striemen, die sich auf der Haut abzeichneten.

Zittrig atmete sie ein, sah ihn an, und sagte leise: „Da war ein blauer Schmetterling."

Thores Blick flog zur rechten Tür, anschließend nach links. „Wo?"

Sie lächelte bloß und wandte sich nach rechts. Dass Bett zog sie hinter sich her.

Hoffnungsvoll öffnete sie die letzte Tür, nachdem alle anderen sich als Sackgassen entpuppt hatten. Fluchend blieb sie stehen und stierte auf die Treppe.

„Geh schon. Ich warte hier solange auf dich", sagte er mit einem schiefen Grinsen.

„Wirklich witzig." Grimmig starrte sie ihn an.

„Würdest du *ein einziges Mal* tun, worum ich dich bitte. Ginge das?"

„Ich habe eine ganze Nacht lang deine Befehle befolgt", murmelte sie.

Sein Mund verzog sich.

„Ich komme wieder, so schnell ich kann. Das verspreche ich dir. Ich lass dich hier nicht zurück."

Thore sah sie schweigend an, und sie fühlte sich außerstande, ihren Blick abzuwenden.

Wie kann ich ihn allein lassen? Das ist nicht richtig.

Doch es war eine Chance. Sie musste Hilfe holen. Außerdem brauchte er den kranken Sadisten nicht mehr zu fürchten.

Sie beugte sich über ihn, sah ihm fest in die Augen. „Mach keinen Blödsinn, solange ich weg bin."

Das brachte ihn zum Lächeln.

„Besser", murmelte sie und drückte ihm einen Kuss auf den Mund. Hastig wandte sie sich ab.

Sprachlos sah er ihr nach. Sekunden später war sie bereits außer Sicht, doch er konnte ihre eiligen Schritte hören, die nach oben strebten. Mit heftig klopfendem Herzen meinte er, ihre Lippen noch immer zu spüren.

Seine Gedanken spielten verrückt, doch gewaltsam unterdrückte er die Hoffnung, die sie damit in ihm geweckt hatte. Garantiert hatte sie ihn nur deshalb geküsst, um ihn zu beruhigen. Etwas anderes konnte der Kuss nicht bedeuten, oder?

Sein Blick fiel auf den Strick, und er streckte die Hand danach aus. Gedankenverloren zog er ihn unter die Decke. Von oben war das Geräusch einer sich öffnenden Tür zu vernehmen, die gleich darauf hörbar zufiel.

Jetzt war er allein, und er stieß den Atem aus, den er angehalten hatte. Dann riss er die Augen auf, als er unerwartet Corys weit entfernte Stimme hörte: „Officer Montesano?" Er registrierte den verhaltenen Unterton. „Wo sind die anderen?"

„Auf dem Weg. Sie treffen jede Minute hier ein."

„Sie sollten über Funk Bescheid geben und einen Krankenwagen anfordern."

„Also haben Sie Thore Borgerson gefunden?"

„Ja. Ich musste ihn dort lassen, weil ich seine Fesseln nicht lösen konnte. Doch ich war flink genug, dem Monster zu entwischen."

Thore runzelte die Stirn. Weshalb log sie?

„Hervorragend. Dann gehen wir schnellstens zu ihm. Sie werden mir den Weg zeigen."

„Ich möchte erst an die frische Luft, mir geht es nicht ganz so gut."

„Okay, das reicht jetzt." Die männliche Stimme klang plötzlich viel härter und bestimmter. „Du gehst jetzt hübsch zurück."

Angst um sie ergriff sein Herz. Atemlos horchte er und verfluchte seine Unfähigkeit, eingreifen zu können.

Sie hat nicht einmal mehr eine Waffe, fiel ihm ein. Kalter Schweiß trat auf seine Stirn.

„Nein", sagte die laut.

Ein klares Klicken war zu hören, gefolgt von ihrem Seufzer.

„Geh die Treppe runter, sofort!"

„Warum tun Sie das? Weshalb machen Sie gemeinsame Sache mit diesem Monster?"

Ein kaltes Lachen erschallte. „Er ist bloß mein Handlanger. Ein williges, und leider todlangweiliges, Helferlein."

„Werden Sie ihn Thore weiter foltern lassen?"

„Selbstverständlich. Das ist doch der ganze Spaß an der Sache."

„Weshalb er?"

„Weil er es verdient hat. Ich hasse Leute wie ihn. Er hat nur aufgrund seiner Visage Erfolg. Einzig deshalb schwimmt er im Geld, muss kaum etwas dafür tun. Und wir Normalsterblichen müssen uns abrackern und kommen doch nie auf einen grünen Zweig." Hass klang in der Stimme mit.

Sie erwiderte nichts. Den Geräuschen nach schien sie zu stolpern.

„Verdammtes Miststück", fluchte der Officer laut. Dann ertönte ein klatschendes Geräusch, und ein Stöhnen von Cory.

Als er ein Poltern hörte, blieb Thores Herz fast stehen.

Hilflos sah er zu, wie sie die Stufen nach unten fiel und bewegungslos am Fuß der Treppe liegen blieb, keine dreißig Zentimeter von seinem Bett entfernt. Angstvoll pochte sein Herz.

Langsame Schritte kamen näher, schwarze Schuhe tauchten auf. Die Hose kam in Sicht, kurz darauf sah er in kalte Augen, die belustigt zu funkeln begannen. „Dieses kleine Miststück ist also eine Lügnerin, wer hätte das gedacht. Hallo, Thore. Lernen wir uns endlich persönlich kennen."

„Das ich erfreut bin, kann ich nicht gerade behaupten", sagte er kalt, da er voller Sorge um Cory war. Seine Finger schlossen sich fest um das Seil.

Montesano trat an sein Bett und legte wie zufällig die Hand auf seinen Bauch.

Thore biss die Zähne zusammen, doch die Tränen konnte er nicht unterdrücken. Sie rannen über seine Wangen und versickerten im Kopfkissen.

„Oh, entschuldige. Das ist mir doch total entfallen. Vielleicht sollte ich dir stattdessen die Hand schütteln?" Ein viel zu breites Grinsen verzerrte die Gesichtszüge des Polizisten.

Cory gab ein leises Stöhnen von sich.

Montesano drehte den Kopf. „Also kein Genickbruch? Wie schade. Tja, da muss ich wohl etwas nachhelfen ..." Er seufzte und wollte sich umdrehen, doch Thores rechte Hand schoss vor und umklammerte das Handgelenk des Polizisten.

Der begann zu lachen. „Ernsthaft? Du willst sie vor mir beschützen? Und wie willst du das anstellen?" Er zerrte an seiner Hand, konnte sie aber nicht befreien.

Rasender Schmerz durchschoss Thores Oberkörper, doch für Cory würde er kämpfen!

Montesano riss erneut mit aller Kraft.

Thore schaffte es, ihn festzuhalten, wurde dabei aber vom Bett gezerrt. Ein gellender Schmerzensschrei entfuhr ihm, als er auf den harten Betonboden prallte. Verbissen hielt er die Hand geschlossen, weshalb auch Montesano zu Boden ging.

„In deiner lädierten Verfassung kämpfst du gegen mich?", fragte der Polizist breit grinsend.

Einen gezielten Schlag ausführend krachte die Faust gegen Thores Brust, und er brüllte vor Schmerz.

„Na bitte, geht doch. Wieso bloß meinte Hank, du würdest keinen Laut von dir geben? Es scheint, er ist viel zu sanft mit dir umgesprungen."

Aus den Augenwinkel heraus nahm Thore eine Bewegung wahr, und was seinen Kampfeswillen bestärkte. Mit gebleckten Zähnen unterdrückte er den Schmerz, presste seine Faust gnadenlos zusammen. Ein lautes Knacken ertönte, und Montesano entfuhr ein keuchender Fluch.

Mit seiner versehrten Hand schleuderte Thore das Seil zu Cory.

Zwei Sachen geschahen zeitgleich, und sie schienen sich wie in Zeitlupe vor ihm abzuspielen.

Montesano riss sich los und hob den rechten Fuß, derweil Cory das Seil um ihre Hände wickelte. Als der Fuß auf seine Brust niederfuhr, umschlang sie mit dem Strick Montesanos Hals. Nur Millimeter vor dem anvisierten Ziel wurde der Tritt umgeleitet, als sie den Officer mit einem Schrei nach hinten zerrte. Die Hacke des Schuhs schrammte über seinen Brustkorb, und ihm entfuhr ein Keuchen.

Montesano wehrte sich mit Händen und Füßen, doch Cory war so wütend, dass sie mitleidslos das Seil umfasst hielt und nicht nachließ.

Laut vernehmlich wurde oben im Treppenhaus die Tür aufgerissen, und hektische Schritte waren zu hören. Sekunden später stürmten mehrere uniformierte Polizisten heran.

Sie ließ den Strick los.

Röchelnd brach Montesano zusammen.

Cory riss seinen Revolver aus dem Halfter und richtete ihn auf den Verräter.

„Was geht hier vor?" Warrons Blick flog entsetzt von ihr zu Montesano, streifte Thore, und blieb schlussendlich auf ihr liegen.

„Dieses Schwein steckt mit dem Monster unter einer Decke", sagte sie mit kalter Stimme. Ihr Blick allein hätte sein Ende bedeutet, wenn es ihr möglich gewesen wäre. Sie blickte finster zu Warron.

„Und wenn sich herausstellt, dass Sie mit ihm in einem Boot sitzen, dann Gnade Ihnen Gott."

„Cory, wir zählen zu den Guten", murmelte er und zog seine Waffe. Unter ihrem wachsamen Blick richtete er den Lauf auf seinen Kollegen.

Eine andere Stimme erklang: „Wir haben leider erst vor einigen Minuten ein Signal erhalten. Kurz darauf hast du den blauen Schmetterling erwähnt. Wir sind sofort aufgebrochen." Peter trat vor.

Mit großen Augen sah sie ihn an. „Wieso bist du hier? Ich dachte, du bist willst kein Verbrecherjäger sein?"

Er lachte. „Das ist wahr. Aber da du mich auf so charmante Weise um Hilfe gebeten hast, wollte ich unbedingt bei deiner Rettung dabei sein. Und Jeff war so nett, es zu bewilligen."

Warron forderte per Funk einen Krankenwagen an. Noch immer würgte und keuchte Montesano am Boden.

Cory warf ihm einen hasserfüllten Blick zu.

Dann sah sie zu Thore, und ihr Blick wurde weich.

„Mist", murmelte Peter.

Aufgeschreckt sah sie ihn an. „Was ist?", fragte sie, und ihre Hand umschloss die Pistole fester.

Ein schwaches Grinsen spielte um seinen Mund, dann sagte er zögernd: „So wie es aussieht, wirst du mich *nicht* vor lauter Dankbarkeit zu einem Abendessen begleiten."

Verwirrt schüttelte sie den Kopf, während Thore sofort begriff.

„Peter! Sie ist noch immer die schwangere Freundin eines Entführungso... Verzeihung, von Thore Borgerson." Warron blickte ihn scharf an.

Peter verzog den Mund. „Natürlich", murmelte er und senkte den Blick.

„Ich gehe mit dir essen, das verspreche ich", beschwichtigte sie ihn leise.

Peter grinste strahlend. „Wir haben ein Date."

Thore plagte unvermittelt brennende Eifersucht.

„Cory, weißt du, wo der Entführer sich aufhält?" Detective Warron sah sie fragend an.

„Der Drahtzieher ist hier, der Handlanger ..." Sie brach ab, und plötzliche Tränen rannen ihr über die Wangen.

Thore führte den Satz fort: „... liegt tot in meinem Kerker."

„Tot?" Warron blickte mit offenem Mund von ihm zu Cory und zurück. „Wie ist das passiert?"

„Ich habe ihn erdrosselt", antwortete sie mit erstickter Stimme.

Warron erblasste. Er winkte mit der Hand, worauf vier der Polizisten an dem Bett vorbei stürmten und hinter der Tür verschwanden.

Als das Geheul einer Sirene an ihr Ohr drang, und zunehmend lauter wurde, blickte sie erleichtert zu Thore.

„Peter, Cory, geht nach oben, um die Tür weit auf-
zusperren. Die Sanitäter werden Platz brauchen."

Peter wandte sich wortlos um und begann mit dem
Aufstieg.

Doch sie schüttelte entschieden den Kopf.

„Geh schon", forderte Thore sie leise auf. „Du hast
mich doch jetzt gerettet."

„Sag mir nie wieder, was ich tun soll, Thore Borgerson!" Sie brach in Tränen aus, als ihr bewusst
wurde, dass er in Sicherheit war. „Und was ist das
überhaupt für ein komischer Nachname?"

Verblüfft zog er die Augenbrauen hoch. „Meine Familie stammt aus Norwegen. Und ich werde dir garantiert noch öfter sagen, was ich von dir will, du
störrischer Esel."

Sie starrten einander an, und keiner gab klein bei.

Um sie herum wurde es hektisch.

Sanitäter kamen mit einer Trage angelaufen, auch
die vier Polizisten tauchten wieder auf.

Cory ließ den Blick nicht von Thore, als er auf die
Trage gehoben wurde. Der Schmerzenslaut, den er
von sich gab, ließ ihr Herz schmerzen. Mit Gurten
wurde er an der Trage gesichert.

Ihre Blicke trafen sich.

Er schien ihr etwas sagen zu wollen, doch schon
wurde er hochgehoben und die Treppe hinaufge-
tragen.

„Cory." Warrons Stimme drang in ihr Bewusstsein.

„Du musst mit auf die Wache kommen, um zu Protokoll zu geben, was in der Zelle geschehen ist. Das ist unabdingbar. Wir wollen doch nicht, dass du wegen Mordes angeklagt wirst, hm?"

Sie starrte zu ihm hoch. Es dauerte einige Sekunden, bis seine Worte einen Sinn für sie ergaben. „Natürlich werde ich eine Aussage machen. Doch ich muss erst einmal zu Thore."

Wortlos deutete Detective Warron mit dem Arm die Stufen hinauf.

Als sie nach draußen traten, holte Cory erschrocken Luft. Die Trage mit Thore wurde soeben in den Krankenwagen geschoben. Einer der Polizisten sprang ebenfalls hinein. Der Fahrer schlug die Türen zu und eilte nach vorne.

„Moment", rief sie panisch und lief los. „Ich will Thore begleiten."

Er drehte sich um und schüttelte den Kopf. „Geht leider nicht, tut mir leid."

„Wohin bringen Sie ihn?" Ihre Stimme zitterte, weil sie nicht darauf gefasst war, sich nicht einmal von ihm verabschieden zu können.

„Bridgeport Hospital." Er stieg ein, knallte die Tür zu, und mit lautem Sirenengeheul setzte sich der Krankenwagen in Bewegung.

Mit hängenden Schultern stand sie da und schaute den blinkenden Lichtern nach, bis sie aus ihrem Sichtfeld verschwanden.

Ihr war plötzlich eiskalt, und etwas in ihrem Bauch verkrampfte sich. Tief durchatmend tröstete sie sich damit, dass sie ihn bald wiedersehen würde. Noch war ihr nicht klar, wie, doch sie würde einen Weg finden.

„Cory, um Himmels Willen! Sie bluten!"

Warrons Stimme schien aus weiter Ferne zu kommen, und langsam drehte sie sich zu ihm um.

In ihrem Kopf entstand ein leichtes Gefühl, als wäre er auf einmal schwerelos. Sie folgte seinem Blick und schaute an sich hinab.

Schwindel erfasste sie, als sie das hellrote Blut sah. Erst jetzt spürte sie, wie es ihr warm die Beine hinablief. Dann verlor sie das Bewusstsein.

Kapitel 24

Krankenhaus

„Sie haben hier keinen Zutritt, Miss. So leid es mir tut. Mr. Borgerson wurde noch einmal operiert. Er braucht jetzt Zeit, um sich zu erholen."

„Ich muss aber mit ihm sprechen. Bitte, er sollte erfahren, dass ich sein Baby verloren habe."

„Nein. Gerade eine solche Nachricht ist jetzt Gift für ihn. Das verstehen Sie doch sicher?"

Cory sah zu Boden. „Und wenn ich verspreche, es ihm nicht zu sagen? Bitte, ich muss ihn sehen, mich davon überzeugen, dass es ihm gut geht."

„Es tut mir ehrlich leid. Ich habe Anweisungen, Sie nicht durchzulassen."

„Wer hat Ihnen die Anweisung gegeben?"

„Die Leitung des Krankenhaus in Absprache mit der Polizei."

„Nur zwei Minuten, dann bin ich wieder weg."

Die Schwester schüttelte bedauernd den Kopf. „Sie sind außerdem keine Angehörige."

„Nein, das bin ich nicht. Bitte, wenn ich nur kurz sehen dürfte, dass es ihm gut geht. Mehr wünsche ich mir gar nicht."

Der unerbittliche Blick der Schwester ließ Cory resignieren.

Ihre Schultern sackten herab, und müde drehte sie sich weg, um das Krankenhaus zu verlassen.

Mitten auf dem Gang würde sie von einem Weinkrampf überfallen. Heiße Tränen flossen in Sturzbächen ihr Gesicht herab, während ihr Körper von Schluchzern geschüttelt wurde.

Thore lag reglos im Bett und starrte an die Decke. Zum tausendsten Mal fragte er sich, warum Cory sich selbst in Gefahr gebracht hatte, um ihn zu retten. Und es dann nicht einmal über sich brachte, ihn zu besuchen.

Seine Überlegungen kreisten ständig um den Kuss, den sie ihm gegeben hatte. Er hasste sich dafür, dass in ihm Hoffnungen entstanden waren, die ihm von Stunde zu Stunde lächerlicher vorkamen. Fast wünschte er, sie hätte ihn nicht geküsst ...

Im Bett neben seinem regte sich seine Zimmernachbarin. Laut gähnend reckte sie die Arme und drehte ihm das Gesicht zu. „Guten Morgen, schöner Mann."

Murmelnd erwiderte er den Gruß.

„Du hast letzte Nacht Besuch gehabt."

Thore starrte sie an und bemerkte nicht, dass er die Luft anhielt. Sofort stand ihm Corys Gesicht vor Augen. „Wie bitte?"

„Eine Frau war hier. Sie hat sich an dein Bett gesetzt und geweint."

„Ach ja?", fragte er in gespielt desinteressiertem Ton. *Geweint?*, dachte er verwirrt. Jetzt bezweifelte er, dass es Cory gewesen war.

„Ja. Sie war lediglich ein paar Minuten da und verschwand wie ein Schatten, als die Nachtschwester ihre Runde gedreht hat. Ich hegte Befürchtungen, ein irrer Fan von dir hätte sich reingeschlichen."

„Wie sah sie aus?" Das Herz pochte schnell und hart in seiner Brust.

„Lockige, lange Haare. Zierlicher Körper. Mehr konnte ich nicht erkennen in der Dunkelheit."

Cory!

Ohne Vorwarnung begannen seine Hände zu zittern, und er ballte sie zu Fäusten.

Wieso kommst du mitten in der Nacht?

Warum nicht zur Besuchszeit?

Seit verdammten sechs Tagen warte ich auf deinen Besuch, dachte er bitter.

Und weshalb hast du geweint?

„Hat sie etwas gesagt?"

„Kein Wort. Ich denke, sie hat nicht bemerkt, dass ich wach war. Sie hatte nur Augen für dich."

Nur Augen für mich?

Fast hätte er gelacht, doch gerade noch rechtzeitig unterdrückte er es. Die Operationswunde tat immer noch höllisch weh, trotz Schmerzmittel.

Mit der Hand angelte er nach der Klingel, drückte energisch den Knopf.

Es dauerte fast fünf Minuten, bis eine Schwester kam. „Haben Sie Schmerzen? Brauchen Sie etwas?" Er blickte in das mürrische Gesicht und fragte in dringlichem Ton: „War jemand für mich da? Während ich geschlafen habe, meine ich."

Ihr Mund verzog sich, dann antwortete sie: „Niemand. Laut der Besucherliste haben nur zwei Menschen Zugang zu Ihnen. Jemand namens Richard, sowie Anne, die ja schon hier war."

„Wer hat denn den Schwachsinn bestimmt? *Fuck!* Ich will, dass Sie Cory durchlassen, sollte sie mich besuchen wollen."

Er sah, wie das Gesicht blass wurde. „Was ist? War sie hier? Wurde sie weggeschickt?"

„Ich weiß es nicht. Aber der Name steht auf der Liste der nicht zugelassenen Personen." Ein merkwürdiger Zug lag um ihre verkniffenen Lippen.

Er starrte sie an. Dann polterte er mit lauter Stimme: „Wie bitte? Soll das ein Witz sein?"

„Nein."

„In was für einem unfähigen Krankenhaus bin ich hier eigentlich? Ich will meinen Arzt sprechen."

„Dr. Sheely ist im OP Saal."

Gereizt runzelte er die Stirn. Einen Moment später sagte er entschlossen: „Bereiten sie meine Entlassungspapiere vor. Ich gehe nach Hause."

Kapitel 25

Daheim

Mit vor Angst bebenden Fingern klopfte sie fest an die Wohnungstür.

Natürlich hätte sie den Code eintippen können, doch als Besucherin stand es ihr nicht zu, die Tür selbst zu öffnen.

Vielleicht ist er auch nicht mehr gültig, dachte sie. *Höchstwahrscheinlich sogar!*

Mit heftig schlagendem Herzen wartete sie.

Etwa zwei Minuten vergingen, dann wurde die Tür geöffnet.

Thore stand vor ihr. Er trug ein ausgewaschenes, blaues T-Shirt, das an seinem Oberkörper hing, als wäre es ihm zwei Nummern zu groß. Seine nackten Beine steckten in Boxershorts.

Er hat viel zu viel Gewicht verloren, schoss es ihr durch den Kopf.

Jetzt ballte er die Hände zu Fäusten, während seine Augen sich verfinsterten.

„Hallo", sagte sie zögernd.

„Was willst du?" Seine kalte Stimme war wie ein Peitschenhieb.

Sie zuckte zusammen. „Ich weiß, du bist gerade erst nach Hause gekommen. Aber ich muss mit ..."

„Gerade erst nach Hause gekommen?", unterbrach er sie rüde in lautem Ton.

Verwirrt sah sie zu ihm hoch. „Ich war eben im Krankenhaus. Man sagte mir, dass du am Morgen entlassen wurdest."

Er lachte ungläubig und ignorierte den Schmerz in seinem Bauch. „Was redest du für eine Scheiße? Ich bin seit einer Woche zu Hause."

Ihre Augen wurden groß. „Wie bitte?"

„Erspare mir deine Ausflüchte. Du wolltest mich nicht besuchen, und ich habe auch nichts anderes erwartet. Aber weshalb bist du jetzt hier?"

„Ausflüchte?" Cory war wütend und traurig zugleich. Sie schüttelte den Kopf. „Es gibt etwas, was ich dir sagen muss." Tief rang sie nach Luft, sah dabei auf ihre Füße hinunter.

„Komm rein", befahl er barsch. Er trat zwei Schritte zurück.

Zögernd kam sie hinterher.

„Willst du dich setzen?"

„Nein, du bist mich gleich wieder los." Sie verstummte, den Blick noch immer auf den Boden gerichtet. „Wie geht es dir?" Nach fast zwei Wochen ohne Auskunft war sie halb verrückt vor Sorge.

Schweigend sah er sie an, um sie dazu zu zwingen, ihn anzuschauen.

Es dauerte etliche Sekunden, doch endlich hob sie den Blick. Ein verwirrter Ausdruck lag darin.

Beim Anblick ihrer schönen Augen wurde sein Schwanz hart, und er verfluchte im Stillen seinen Körper.

Cory schnaubte, als er still blieb. „Du musst nicht antworten. Lassen wir also das oberflächliche Geplauder und machen es kurz und schmerzlos: Ich hatte eine Fehlgeburt."

Der Ausdruck in seinen Augen veränderte sich nur minimal. Wortlos starrte er sie an.

Sie wartete atemlos auf eine Reaktion von ihm, doch es kam keine.

Thore war nicht fähig, sich zu rühren. In ihm war etwas schmerzhaft zusammengebrochen.

Ich hätte nicht herkommen sollen! Was habe ich eigentlich erwartet?, dachte sie betrübt. Enttäuscht drehte sie sich zur Tür um.

Doch er kam ihr zuvor, machte einen riesigen Schritt, und stellte sich ihr in den Weg. „Du willst gehen? Du knallst mir die Worte hin, und das war es?", fragte er mit heiserer Stimme.

„Was willst du hören?" Sie sah zu ihm hoch, und erstmals sah er eine Spur Schmerz in ihnen. „Es ist passiert und nicht mehr rückgängig zu machen."

„Das passt dir wohl ganz gut, nicht wahr?"

Eiskalt schnitten seine Worte in ihr Herz. Entsetzt schnappte sie nach Luft. „Du verfluchter Bastard!"

Er ignorierte ihre Worte. „Wann ist es ...? Ich meine, ..."

Für einen winzigen Augenblick sah sie zu ihm auf. Erschrocken bemerkte er ihre tränennassen Augen. „Sie hatten dich gerade mit dem Krankenwagen weggebracht."

„Cory ...", flüsterte er, unsicher, was er sagen sollte.

Ihre Hand machte eine Bewegung, als wollte sie seine Worte wegwischen.

Er sah, wie sie schluckte und tief Atem holte.

„Ich denke, das war es dann ... Du kannst zu deinem Versprechen zurückkehren, und ich fahre nach Hause."

Ein Laut, der wie ein Lachen klang, aber keines wahr, entfuhr ihm. „Gut, fahr nach Hause. Wenn ich wieder fit bin, komme ich zu dir, und dann wirst du mir etwas ausführlicher erklären, was passiert ist. Doch jetzt muss ich mich hinlegen." Er trat von der Tür zurück.

„Ich bin umgezogen."

Fassungslos blieb er stehen und sah sie an. „Du bist umgezogen?"

„Ja. Ich habe es nicht mehr au... Ich meine, es war an der Zeit, ein neues Kapitel zu beginnen. Deine Möbel habe ich einlagern lassen."

„Sag mir deine neue Adresse."

„Nein."

„Das war keine Bitte. Sag mir die Adresse!"

„Nein!"

„Du bist so verdammt stur ..." Wütend sah er sie an. Aus einer Kurzschlusshandlung heraus ging er zur Tür und drückte ein paar Tasten an dem Schloss. Wortlos drehte er sich um, verschwand in Richtung Schlafzimmer.

„Äh ..."

Ihr verwirrter Laut entlockte ihm ein Lächeln. Doch er fühlte sich zu schwach, um noch länger auf den Beinen zu bleiben.

Jetzt hörte er, wie sie an der Tür rüttelte. „He, was soll das?"

Über seine Schulter rief er: „Ich muss mich hinlegen." Am Bett angekommen, ließ er sich ächzend auf der Kante nieder.

Sie stellte sich in die Tür, kam aber keinen Schritt näher. „Sag mir den Code. Ich möchte gehen."

Mühsam, mit zusammengebissenen Zähnen, hob er ein Bein und legte es auf die Matratze.

„Nein. Du gehst nicht, bevor du nicht etwas mehr geredet hast."

„Du ..." Wütend sah sie ihn an. Dann runzelte sie die Stirn, als sie mit den Blicken verfolgte, wie er das andere Bein ins Bett zog und dabei offensichtlich ein Stöhnen unterdrückte. „Wieso bist du schon zu Hause, wenn es dir noch nicht gut geht?", fuhr sie ihn an.

Er konnte weder das Lachen, noch das Stöhnen unterdrücken, das aus ihm herausbrach.

Keuchend legte er sich die Hand auf den Bauch, doch das verschlimmerte den Schmerz. „Ich weiß ja nicht, wie du so tickst. Aber ich bin lieber zu Hause, als im Krankenhaus."

„Wer kümmert sich um dich?"

Genervt sah er sie an. „Ich kann auf mich selbst aufpassen."

„Ach ja?" Mit arrogant hochgezogener Braue starrte sie ihn an.

„Wirklich witzig. Gut, der Punkt geht an dich. Ich verbessere mich: Ich kann hervorragend auf mich selbst aufpassen, wenn ich nicht gerade irgendwo festgebunden bin." Erstaunt sah er, wie ihr Gesicht blass wurde. Er lehnte sich in die Kissen zurück und sah sie abwartend an.

Sie erwiderte den Blick, ohne etwas zu sagen.

„Willst du es jetzt erzählen? Ich habe gerade nichts anderes vor ...", sagte er mit einem Grinsen.

Sie schürzte die Lippen, dann sah sie sich um. Dreckige Wäsche lag herum, und im Raum roch es muffig. „Hier sieht es aus wie im Schweinestall. Riechen tut es auch nicht besser ..."

„Und?"

„Wann kommt jemand zum Saubermachen?"

„Ich will niemanden hier haben, solange ich nicht arbeiten gehen kann."

„Wer kocht für dich?"

Mit verengten Augen starrte er sie an.

„Schon klar. Eine Krankenschwester? Sag mir, dass wenigstens eine Pflegerin nach dir sieht."

Er hörte den flehenden Unterton in ihrer Stimme. Es interessierte ihn nicht. Wortlos sah er sie an.

„*Verdammt!* Zeig mir deinen Bauch!" Ihre Stimme klang selbst in ihren eigenen Ohren schrill. Sie war wütend. Niemand kümmerte sich um ihn! Weshalb bat er nicht jemanden um Hilfe?

Wieso ist er nicht zu mir gekommen? Er war es schließlich gewesen, der sich ungebeten ein Zimmer in meinem Haus eingerichtet hat ...

„Ich denke nicht mal im Traum daran", kanzelte er sie knapp ab.

Mit zusammengekniffenen Augen stand sie da, ihre Brust hob sich heftig, als sie schwerer atmete. Abrupt drehte sie sich um und verschwand.

„He", rief er ihr verwirrt hinterher.

Was soll ich davon wieder halten?

Er hörte Geräusche aus der Küche. Gerne hätte er nachgesehen, glaubte aber nicht, genügend Kraft zum Aufstehen zu haben.

Das einsetzende Rauschen verriet ihm, dass sie den Geschirrspüler eingeschaltet hatte. Augenblicke später kam sie zurück. In den Händen hielt sie eine Flasche Wasser, ein Glas und einen kleinen Teller.

Stirnrunzelnd verfolgte er, wie sie zum Bett kam und die Sachen auf dem Nachttisch abstellte.

Mit flinken Bewegungen sammelte sie den Abfall ein, der darauf verstreut lag. Aus der hinteren Tasche ihrer Jeans zog sie einen Müllbeutel und stopfte die Sachen hinein. Dann bückte sie sich nach den leeren Plastikfolien der Schokoriegel, die am Boden lagen.

„Was, zum Henker ...?"

Sie schnitt ihm unwirsch das Wort ab: „Du hast mich hier eingesperrt. Also kann ich mich auch nützlich machen, wenn schon niemand herkommt, um sich um dich und dein Chaos zu kümmern."

„Wie bitte? Was geht dich das an?"

„Absolut gar nichts, wie mir wohl bewusst ist. Sag mir den Code und du bist mich los." Herausfordernd sah sie ihn an.

„Einen Teufel werde ich tun! Erzähl mir lieber, was passiert ist."

„Ich möchte nicht darüber sprechen. Also gehe ich wieder aufräumen. Iss das Sandwich." Schwungvoll drehte sie sich um, doch seine Stimme ließ sie abrupt stehenbleiben.

„*Fuck it!* Ich will es aber wissen!"

„Und ich will es dir nicht sagen. Damit entsteht wohl wieder eine Pattsituation zwischen uns." Ihre Augen sahen ihn matt an.

„Cory ..."

„Ich sagte *Nein*. Und dabei bleibe ich. Wenn ich verschwinden soll, dann verrate mir den Code."

Ich will nicht, dass du gehst, dachte er.

Tief holte er Luft. Nach Worten suchend sah er sich um, als sein Blick auf den Teller fiel. Sofort lief ihm das Wasser im Mund zusammen.

„Oh, ich habe gar nicht … Darfst du so etwas schon essen? Oder soll ich dir eine Suppe kochen?"

Schockiert riss er die Augen auf, sah sie an.

Sie würde für mich kochen?

Er schüttelte den Kopf, antwortete mit heiserer Stimme: „Sandwich ist okay." Er musste sich räuspern, da er seine eigene Stimme kaum erkannte.

„Wie lange wird es dauern, bis es dir wieder gut geht? Was hat der Arzt gesagt?"

„Gut in welchem Maße?" Er dachte an seine hoffnungslose Liebe zu ihr und dass es ihm nie wieder gut gehen würde. „Bis ich körperlich der Alte bin? Sechs, vielleicht acht Wochen." Missmutig zuckte er mit den Schultern.

„Oh", hauchte sie, entsetzt über die lange Zeitspanne. „Was ist mit deiner Hand?"

„Der Arzt hat den Finger wieder eingerenkt."

Sie biss sich erleichtert auf die Lippe. „Also ist er nicht gebrochen. Das ist eine gute Nachricht. Ich werde dann mal weiter aufräumen gehen."

Tief durchatmend ging sie zum Badezimmer, um dort nach dem Rechten zu sehen. Entsetzt zuckte sie zurück, als die das blutgetränkte Verbandsmaterial auf dem Boden sah.

Kapitel 26

Gespräche

Thore erwachte mit einem Schrecken. Er hätte schwören können ...

Habe ich geträumt?

Hektisch wandte er den Kopf zum Nachttisch. Sein Blick fiel auf den leeren Teller, und ein Seufzen entfuhr ihm.

Ein Geräusch ließ ihn zusammenfahren, doch sofort entspannte er sich. *Cory*, dachte er, und Zärtlichkeit wallte in ihm hoch. Sie war noch da.

Doch sofort verflog das Gefühl, als er sich klarmachte, dass sie nicht hier wäre, wenn er sie nicht eingeschlossen hätte.

Sollte er ihr sagen, dass die Sperre sich - zehn Minuten nachdem er den Code eingegeben hatte - von allein aufgehoben hatte?

Der Drang, auf die Toilette zu müssen, bewegte ihn dazu, sich aus dem Bett quälen.

Als er die Tür zum Badezimmer aufstieß, überrollte es ihn wie ein Déjà-vu.

Sein Blick fiel auf ihren Hintern. Wie bei ihrem ersten Treffen hing sie bäuchlings über dem Rand, den Putzschwamm ausgestreckt in der Hand, und schrubbte die Wanne.

Erschreckt drehte sie sich zu ihm um und richtete sich hastig auf. „Hey", murmelte sie verlegen.

Sein Blick glitt an ihr hinab, und er bedauerte, dass sie eine Jeans trug. Dennoch musste er lächeln.

„Was?", fragte sie.

„Du hast mehr an als beim letzten Mal."

„Gut so. Denn wozu das geführt hat ..." Sie verstummte und biss sich auf die Lippe.

Sein brennender Blick ließ sie nicht los.

Unbehaglich verlagerte sie ihr Gewicht. Es war ihr unmöglich, nicht an die gemeinsame Nacht zurückzudenken. Hilflos schloss sie die Augen, als sie spürte, wie ihr Gesicht heiß wurde.

Innerlich verfluchte Thore seinen Schwanz, der schon wieder hart wurde. Alles stand ihm wieder vor Augen. Fast war ihm, als könnte er ihren einzigartigen Duft wahrnehmen. „Ich muss die Toilette benutzen", sagte er hastig, um von seinem Problem abzulenken.

Ohne zu zögern stand sie auf und kam auf ihn zu. Als sie sich an ihm vorbei drückte, sog er tief den Duft ihrer Haare ein.

„Ein beachtlicher Fortschritt", murmelte sie. „Am Tag unseres Kennenlernens hast du mich nicht vorgewarnt ..." Ihr verschmitztes Lächeln brachte sein Blut noch mehr in Wallung.

Er lachte trocken und stöhnte auf, weil ihn dabei ein dumpfer Schmerz durchschoss.

„Alles okay?", fragte Cory.

Er glaubte, etwas wie Sorge in ihrer Stimme zu hören, tat es aber sogleich als Humbug ab. „Mach die Tür hinter dir zu", murmelte er verstört und ging tiefer in den Raum hinein.

Wenig später trat er in den Korridor, innerlich fluchend. Denn offensichtlich war es ein Ding der Unmöglichkeit, die Blase zu entleeren, wenn sein Schwanz betonhart war.

Zu seinem Verdruss fiel sein Blick auf Cory, die an der Wand lehnte. Er stieß einen lauten Fluch aus, als er bemerkte, wie sie auf seine ausgebeulte Boxershorts starrte.

Als ihre Augenbrauen sich hoben, biss er die Zähne zusammen. „Tja, zumindest der Teil meines Körpers funktioniert", murmelte er angriffslustig.

„Unübersehbar", erwiderte sie.

Einen Augenblick starrten sie sich an, dann wandte er sich ab und verschwand im Schlafzimmer.

Es zog sie hinter ihm her. Sie stellte sich in den Türrahmen und beobachtete, wie er mühsam ins Bett krabbelte. Auch die Decke, die er über sich zog, verbarg seinen Zustand nicht.

„Was glotzt du? Es ist ja nicht, als hättest du mich noch nie so gesehen." Angriff hielt er für die beste Verteidigung, um seine Verlegenheit zu verbergen.

„Entschuldige", murmelte sie. „Ich lasse dich allein. Brauchst du noch etwas?"

Thore lachte, und Schmerz durchzuckte seinen Bauch. Ein schwaches Keuchen konnte er nicht unterdrücken.

Da sie keine Anstalten machte, sich zu entfernen, sagte er schroff: „Wenn du mir eine Hand leihen willst, nur zu. Ansonsten brauche ich nichts."

Mit einem schockierten Ausdruck sah sie ihn an. Es dauerte ein paar Sekunden, bis sie leise sprach: „Du hast noch immer Schmerzen, auch wenn du dich bemühst, es zu verbergen. Es kann doch unmöglich dein Ernst sein ..."

„Glaube mir, wenn ich könnte, dann würde ich dich jetzt ficken. Dein Glück, dass ich nicht kann. Mal davon abgesehen, dass du mich eh nicht lassen würdest."

Den Mund weit aufgeklappt, starrte sie ihn an. Mit einer einzigen, fließenden Bewegung drehte sie sich um und verschwand im Flur, wo sie sich hektisch atmend an die Wand lehnte.

Fast hätte er trocken aufgelacht, doch gerade noch rechtzeitig unterdrückte er es, da er die Schnauze gestrichen voll hatte von Schmerzen jeglicher Art.

Dennoch blieb sein Problem bestehen ... Einen Moment zögerte er, dann griff er entschlossen zu. Scheiß der Teufel darauf, dass die Tür weit offen stand!

Cory stand da und lauschte seinem Stöhnen, dass jetzt eindeutig lustvoll klang.

Die Augen fest geschlossen schüttelte sie den Kopf. Seine Worte reichten aus, um ihn zu wollen. Wenn er wüsste, wie gern sie zu ihm gegangen wäre, und wie heißblütig sie auf sein Stöhnen reagierte ...

Kurz darauf verstummte er. Stattdessen hörte sie sein leises: *„Fuck!"* Es klang frustriert. Auch sein entnervtes Seufzen entging ihr nicht.

Ein klirrendes Splittern ließ sie zusammenzucken.

Das wird wohl der Teller gewesen sein, dachte sie mit dem Anflug eines Grinsens.

Leise lief sie zur Küche weiter und begann, den Geschirrspüler auszuräumen.

Leider lenkte es sie nicht davon ab, über Thore und die verfahrene Situation zwischen ihnen nachzudenken. Nach wie vor liebte sie ihn, mit jeder Faser ihres Herzens. Sie hatte nicht die leiseste Ahnung, wie sie ihr Leben jemals wieder in den Griff bekommen sollte.

Verloren stand sie nach getaner Arbeit im Wohnzimmer. Müde ließ sie sich auf der Couch nieder.

Ihm eine Hand leihen.

Seine Worte schlichen durch ihren Kopf, und sie musste schmunzeln. Das konnte auch nur er bringen ... Noch nie hatte er ein Blatt vor den Mund genommen.

Interessiert starrte sie auf ihre Hände, die sichtbar zitterten. Diese fatale Wirkung hatte er von Anfang an auf sie gehabt.

Sich zurücklehnend schloss sie die Augen.

Ihre Gedanken kehrten zu der Nacht zurück, in der sie sich ihm überlassen und in der er sie geschwängert hatte.

Doch jetzt gab es das Baby nicht mehr. Die Tränen kamen wie aus dem Nichts, rannen heiß ihre Wangen hinab.

Die Leere in ihrem Bauch war wesentlich kleiner, als die in ihrem Herzen, welches vom Schmerz fast zerfetzt wurde. Sie konnte ein Wimmern nicht unterdrücken, trotz heftiger Gegenwehr. Immer wieder schluchzte sie und war außerstande, sich zu beruhigen. Alle Tränen, die sie bisher unterdrückt hatte, all die Traurigkeit, brach sich ihren Bann.

„Cory?" Thores Stimme drang sanft an ihr Ohr.

Sie schlug die Hände vors Gesicht und bewegte abwehrend den Kopf.

Mit einem mulmigen Gefühl setzte er sich neben sie auf die Couch. „Hey, was ist denn?" Hilflos sah er zu, wie endlose Tränen unter ihren Händen hervorquollen. Er streckte die Finger aus, um ihr über die Haare zu streicheln. Sogleich zog er sie zurück, weil er sich sicher war, sie würde ihn wegstoßen.

Ihr Weinen wurde lauter. Jetzt krümmte sie sich zusammen, umschlang sich selbst mit den Armen.

Es zerriss ihm das Herz, sie so zu sehen. „Cory, Schatz? Was hast du?", fragte er flüsternd.

Sie weinte unbeherrschter.

Unfähig, es länger zu unterdrücken, strich er mit der Rückseite seiner Finger über ihren Arm. Er wollte sie trösten, doch würde sie es zulassen? „Sprich mit mir, Cory." Seine Hand wiederholte das Streicheln, als hätte sie ein Eigenleben.

„Geh weg", flüsterte sie abgehackt und wandte sich leicht zur Seite.

„*Fuck it!* Ich kann nicht. Nicht, wenn du so aufgelöst bist, verdammt!"

Fast hätte sie gelacht, weil er selbst in einer solchen Situation fluchte. Doch die Trauer in ihr war stärker.

Ihr zittriges Schluchzen zerfetzte ihn innerlich. Hilflos sah er sie an, immer wieder ihren Arm streichelnd. „Weinst du, weil ich dich hier eingeschlossen habe? Dann sag es, und ..."

„O Thore ...", stieß sie hervor und schüttelte verzweifelt den Kopf. Ein klagender Laut entschlüpfte ihr. „Ich habe unser Baby verloren ..." Sie hob den Kopf, ihr fahlweißes Gesicht wandte sich ihm zu.

Kaltes Grauen packte ihn, als er die Qual in ihren Augen sah. Ohne nachzudenken zog er sie in die Arme. Er schluckte den Schmerzenslaut, der in ihm hochkroch, wieder hinunter. Seine Hand streichelte unablässig über ihren Rücken, um sie zu beruhigen. „Ich weiß. Sch ... Weine nicht. Es ist nicht mehr zu ändern. Doch ich bin für dich da, wenn du mich brauchst."

Mit einem Laut, der ihn schlimmer schmerzte, als die Stiche, die durch seine Wunde fuhren, klammerte sie sich an ihn. Er spürte ihr Zittern, fühlte, wie sie das Gesicht an seinen Hals drückte. Automatisch schloss er die Arme fester um sie.

O Gott ... Sie lässt es zu, dass ich sie halte, dachte er fassungslos.

„Sch ... Es tut mir leid. Weine nicht. Du kannst mir die Schuld geben, wenn es dir hilft."

Ihr Kopf ruckte hoch, und mit nassen Augen starrte sie ihn an. „Was ...? Wie könnte ich dir die Schuld daran geben? Es war mein Körper, der versagt hat."

„Wenn du mich gelassen hättest, wo ich war ..."

„Genau! Meine Schuld, weil ich nicht abwartend herumsitzen konnte. Aber was soll der Scheiß mit *dich dort lassen*? Du wärst in dem Loch krepiert!"

„Und wenn schon", murmelte er.

Jetzt schob sie ihn von sich, doch seine Hände lagen noch immer an ihren Armen.

„*Und wenn schon?*", echote sie schrill.

Tonlos sagte er: „Völlig nebensächlich."

„Du hältst es für nebensächlich, wenn du ..."

Er sah ihren entsetzten Blick und zuckte gleichgültig mit der Schulter, auch wenn ihm die Bewegung einen weiteren schmerzhaften Stich durch den Körper jagte. „Irgendwann müssen wir alle sterben", sagte er.

„Ja, da hast du recht. Allerdings in den seltensten Fällen, weil irgendein Irrer eine Entführung durchzieht, und dann auch noch Spaß am Foltern und Quälen entwickelt."

„Cory ..."

Die Wut, die in ihr aufwallte, ließ die Tränen versiegen. „Wie kannst du so lapidar über dein Leben sprechen?" Ihr fehlten die Worte. Zu schrecklich empfand sie den Gedanken, dass er sich selbst als so unwichtig erachtete.

Er schüttelte abwehrend den Kopf, presste die Kiefer aufeinander.

„Wo sind deine Freunde, deine Familie? Es muss doch jemanden geben, dem du am Herzen liegst", sagte sie wütend.

„Lass es gut sein. Vergiss es einfach."

„Nein! Du kannst nicht ganz allein sein. Das ist doch nicht normal! Und noch viel weniger, dass du es so gleichgültig abtust."

„Es ist mir aber gleichgültig. Vor einem Jahr hätte ich nicht so geantwortet, aber es ist es mir - ehrlich gesagt - scheißegal."

„Was ist denn passiert in dem Jahr?", fragte sie mit sanfter Stimme.

Sie schien ernsthaft an einer Antwort interessiert, doch er würde ihr keine geben. Denn die Wahrheit war: *Sie* war ihm passiert. „Lassen wir das Thema. Sag mir lieber ..."

Sie unterbrach ihn und senkte dabei den Blick: „Ich habe es nicht gewollt, dass musst du mir glauben." Eine einzelne Träne rann aus ihrem Auge.

Er schöpfte tief nach Atem. „Das hätte ich auch nicht geglaubt."

„Ach ja? Du hast gesagt, dass es mir wohl passen würde", erwiderte sie anklagend.

Leise sagte er: „Entschuldige. Du reizt mich oft dazu, Dinge zu sagen, die ich ..." Er verstummte.

Überrascht sah sie ihn an, sich mit einem Mal bewusst werdend, dass er sie noch immer festhielt. Sie gestand sich ein, dass sie die Berührung genoss. Sein Versuch, sie trösten zu wollen, erfüllte sie mit Staunen. Wer hätte gedacht, dass er so empathisch war?

Seufzend sah er auf. „Magst du darüber reden?"

Sie biss sich auf die Lippe und nickte.

„Wäre es okay, wenn ich mich hinlege? Ich kann nicht besonders lange sitzen."

Reumütig blickte sie ihn an. „Tut mir leid, das habe ich für eine Weile vergessen." Hastig stand sie auf und streckte ihm die Hand entgegen.

Erstaunt sah er darauf, nahm sie aber.

Mit sanfter Kraft zog sie, und er stemmte sich von der Couch hoch.

Seite an Seite gingen sie - in einvernehmlichem Schweigen - in sein Schlafzimmer.

„Ich sollte die Scherben beseitigen."

„Scheiß darauf." Stöhnend setzte er sich aufs Bett. „Meine Güte, nochmal stehe ich garantiert nicht auf", ächzte er laut.

Sein ironischer Tonfall ließ sie leicht lächeln, ehe sie sich unschlüssig an die Wand lehnte.

Als er zu seiner Zufriedenheit lag, seufzte er erleichtert. Stirnrunzelnd sah er sie an. „Setz dich doch." Er klopfte mit der Hand neben sich auf die Matratze. „Ich beiße nicht."

Ein Schnauben entfuhr ihr, da es ihr anders in Erinnerung geblieben war. Bei der Erinnerung daran wurden ihre Brustwarzen hart.

„Schon gut. Also nochmal: Ich beiße nicht, bis ich körperlich wiederhergestellt bin. Besser?"

Ihr Mund zuckte kurz. Zögerlich setzte sie sich an das Fußende.

Abwartend sah er sie an, worauf sie seufzend Luft holte. Mit stockender Stimme berichtete sie, wie sie auf dem Krankenwagen hinterher gesehen hatte. Doch sie verschwieg ihm, wie groß ihr Wunsch gewesen war, mitfahren dürfen, um sich davon zu überzeugen, dass er gut versorgt wurde.

Sie schilderte, wie Detective Warron laut gerufen hatte, dass sie bluten würde. Dass sie das Bewusstsein verloren hatte und erst im Krankenhaus wieder zu sich gekommen war. Dann sprach sie von dem Arzt, der ihr kühl und sachlich mitgeteilt hatte, dass sie eine Fehlgeburt erlitten habe.

Thore unterbrach sie nicht. Voller Mitgefühl sah er erneute Tränen aus ihren Augen fließen.

„Da war so viel Blut, so unglaublich viel Blut", hauchte sie mit zitternder Stimme.

Er streckte einen Arm aus. „Komm her."

Erschrocken schüttelte sie den Kopf.

„Keine Sorge, ich kann mich kaum bewegen. Also bist du ganz sicher, okay?"

„Seit wann bist du so nett?" Die Frage platzte aus ihr heraus. Die Überraschung darüber, die sichtbar in seinem Gesicht geschrieben stand, war ebenso groß, wie ihre eigene.

Sein Kopfschütteln drückte seine Verwirrung aus. Dann grinste er schwach. „Glaube es, oder auch nicht: Meistens bin ich ein ganz netter Kerl."

Stirnrunzelnd sah sie ihn an. „Bedeutet das, du bist nur zu mir so grob?"

„Grob?"

„Ja! Und harsch, und wütend, und ..."

„Ich habe schon verstanden." Seine Zähne bohrten sich in seine Lippe. Doch er antwortete nicht.

Als er aufsah, verblüffte ihn der traurige Ausdruck in ihren Augen. *Nur Einbildung*, dachte er. Zu seiner eigenen Überraschung sagte er sanft: „Ich werde mir mehr Mühe geben, okay?"

Ihr Blick zuckte zu ihm, und er bemerkte ihr Erstaunen. Dann verwandelte sich der Ausdruck in ihren Augen.

Er glaubte, so etwas wie Hoffnungslosigkeit zu erkennen. Ihr ganzes Gesicht strahlte Traurigkeit
aus. „Hey", murmelte er, weil es ihm weh tat, sie
so zu sehen.

„Ich bin müde. Ich werde mich hinlegen, wenn das
okay ist." Sie stand auf. „Ruf mich, wenn du etwas
brauchst."

„Die Couch ist nicht sehr bequem", sagte er hastig,
da ihm der Gedanke, sie würde ihn jetzt allein lassen, zu schaffen machte. „Wieso schläfst du nicht
hier?"

Kopfschüttelnd sah sie ihn an.

„Ich habe nicht einmal eine zweite Decke." In seiner Verzweiflung log er schamlos.

„Ich nehme einfach meine Jacke zum Zudecken. Es
wird schon gehen."

„Cory ..."

„Was?"

Da war er wieder: Der abwehrende Ausdruck in ihren Augen, der ihm so verhasst war.

Einen Moment lang schloss er die Lider, um ihn
nicht mehr sehen zu müssen. Er rang um Worte,
dann gab er sich einen Ruck: „Ich möchte nicht ..."

Fuck, ist das schwer ...

Er fürchtete ihre Reaktion. Seine Hand rieb über
das Kinn, dann entschied er sich, eine andere Tak-
tik einzuschlagen. „Seit den Tagen in diesem
Loch ...", er pausierte kurz, um tief Luft zu holen.

„Seitdem kann ich nicht mehr ..." Gequält schloss er die Augen.

„Nicht mehr was?" Ihre Stimme klang sanfter, als er sie jemals zuvor gehört hatte.

Lange blieb er still, weil er nicht wusste, wie er es sagen sollte.

„Thore?"

„Es war grauenvoll da unten", brach es aus ihm heraus. „Ich habe mich nie schlechter gefühlt, wie dort. Weil ich außerstande war, mir selbst zu helfen", seine Stimme klang flach und tonlos. Es kümmerte ihn nicht. Doch er weigerte sich, die Augen zu öffnen. „Es hätte mir nichts ausgemacht, dort zu sterben. Ich habe mir sogar gewünscht, es würde schneller gehen. Am schlimmsten waren die Zeitbrücken, wenn ich allein dort lag ... Manchmal war da dieses perverse Gefühl in mir - wenn ich hörte, er kam zurück - dass ich dort *nicht* allein war. Ich habe es gehasst, aber irgendwie war es tröstlich." Tief sog er den Atem in seine Lungen. „Auch wenn ich wusste, dass seine Rückkehr mir weitere Schmerzen einbringen würde." Er hauchte die letzten Worte und verstummte.

Eine eiskalte Gänsehaut überzog ihren ganzen Körper. Ohne darüber nachzudenken setzte sie sich neben ihn und griff nach seiner Hand. Erschrocken sog sie scharf die Luft ein, als er sie kraftvoll umschloss, sich förmlich an sie klammerte.

Er hob den anderen Arm und legte ihn über die Augen. Mit zitternder Stimme flüsterte er: „Das habe ich mir gewünscht, genau das. Eine Hand, die meine hält." Laut fluchte er: „*Fuck!* Du wirst mich ... Du kannst mich gerne dafür verachten, dass ich mich wie ein Kind aufführe."

„Wie könnte ich dich verachten? Es ist eine völlig natürliche Regung, sich in schweren Zeiten eine Stütze zu wünschen." Eindringlich sagte sie: „Du hast es überlebt, Thore. Richte deine Kraft auf die Zukunft, lass die Zeit dort hinter dir."

Er öffnete die Lider, ein Schnauben entfuhr seinem Mund. „Was hält die Zukunft schon für mich bereit?"

„Das klingt schrecklich negativ. Weshalb sagst du so etwas Furchtbares?" Deutlich war die Betroffenheit in ihrer Stimme zu hören.

Ein kurzes Lachen entfuhr ihm, und es verwandelte sich in ein schmerzliches Stöhnen. „Weil die Wünsche und Träume, die ich habe, sich niemals erfüllen werden." Er wandte den Kopf ab.

Eine lange Weile starrte sie sein Profil an. Flüsternd sagte sie: „Was für furchtbare Worte. Ich nahm an, du bist ein Kämpfer. Jemand, der nie aufgibt. Einer, der alles erreicht, was er sich vornimmt."

„Ach ja? Weshalb?" Ein seltsamer Ausdruck stand in seinen Augen, den sie nicht deuten konnte.

Hilflos zuckte sie die Achseln. „Du bist … Rein körperlich bist du so stark. Außerdem bist du beharrlich, wie ich aus Erfahrung weiß. Egal, wie oft ich dich angefleht habe, mich in Ruhe zu lassen, hast du meinen Wunsch ignoriert. Was letztendlich dazu geführt hat …"

„Was? Dass ich dich in meinem Bett hatte?"

Mit roten Wangen nickte sie.

„Welche Wahl hatte ich denn, Cory? Sei ehrlich: Wenn ich nicht auf den beschissenen Deal eingegangen wäre, dann hättest du niemals mit mir geschlafen. Freiwillig, meine ich."

Seine bitteren Worte ließen ihren Herzschlag für einen Moment aussetzen. Leise sagte sie, die Augen abgewandt: „Du hast recht. Weshalb sollte ich freiwillig mit einem Mann ins Bett gehen, der mich zwar begehrt, aber hasst?"

Kapitel 27

Die Wahrheit kommt ans Licht

Ihm stockte der Atem.

Als er die Träne sah, die ihr langsam die Wange herablief, konnte er es nicht länger unterdrücken: „Dich hassen?", fuhr er sie an. „Wie könnte ich dich hassen? Ich liebe dich, verdammt!"

Bleiernes Schweigen senkte sich über den Raum.

Er konnte den Blick nicht von ihr wenden, während sie reglos auf dem Bett saß.

Das Herz hämmerte wild in seiner Brust, und er flehte innerlich, sie würde endlich etwas sagen. Doch je länger sie schwieg, desto heftiger bereute er seine unüberlegten Worte. Er verfluchte sich selbst für seine Dummheit.

Fuck it!

Er wusste doch schon immer, dass sie nichts von ihm wollte. Sie ertrug es ja kaum, in seiner Nähe zu sein. Eine eisige Kälte legte sich um sein Herz.

Erst, als ihre Hand immer stärker zu zittern begann, realisierte er, dass er sie nach wie vor hielt. Verwirrt blickte er sie an. „Cory? Sag etwas." Er hasste sich für den bettelnden Ton seiner Stimme.

Ihr starres Gesicht bewegte sich kaum, als sie hauchte: „Ein ziemlich gemeiner Witz."

Er stieß einen unterdrückten Fluch aus. „Mir ist schon lange nicht mehr nach Witzen zumute ... Ich liebe dich, Cory. Du hingegen hältst es nicht einmal eine Minute in meiner Gesellschaft aus, ohne weg zu wollen. Welche Chance hat mein Herz schon gegen dich?" Er drehte den Kopf zu Seite, ließ ihre Hand los. „Du solltest jetzt besser gehen." Sie rührte sich nicht.

Angespannt wartete er darauf, dass sie aufstand und ging.

„Es war *kein* Witz?"

Entnervt stieß er den Atem aus. „Was spielt das für eine Rolle? Du wolltest mich nie. Also vergiss meine Worte und verschwinde. Die Tür ist schon lange wieder entsperrt."

Du wolltest mich nie.

Die Worte dröhnten in ihrem Kopf. „Ich wollte dich nie?" Sie wiederholte sie leise, ohne es recht zu bemerken.

„*Fuck it!* Mach, dass du raus kommst! Ich will, dass du gehst", brüllte er, da er mit seinem Schmerz allein sein wollte.

Fluchend drehte er sich zur Seite, unterdrückte den Schmerzenslaut, und stand vom Bett auf. Mit weichen Beinen ging er zur Wohnungstür und hielt sie weit auf, das Gesicht abgewandt, da ihm die Augen feucht wurden.

Cory erschien in der Schlafzimmertür.

Zögernd kam sie näher, blieb zwei Meter von ihm und der Tür entfernt stehen.

„Geh endlich", murmelte er.

„Sag mir erst, ob es ein Witz war oder nicht."

„Verdammt, was willst du eigentlich noch von mir? Soll ich vor dir am Boden kriechen, bist du dann zufrieden? Oder willst du auch noch auf mir herumtrampeln?" Sein wütendes Knurren war laut, und er drehte das Gesicht noch weiter zur Seite.

„Nein, das will ich natürlich nicht. Ich würde nur gerne wissen, ob du es ernst gemeint hast, als du sagtest ..."

Er beendete den Satz für sie, als sie verstummte: „Ich liebe dich?" Bitter lachte er und legte den Kopf in den Nacken. „Der Irrsinn eines Mannes, sich in eine Frau zu verlieben, die vom ersten Tag an klar gemacht hat, dass sie ihn nicht will. Tu mir einen Gefallen, ja? Geh! Und komm nie wieder her."

Unfähig, sich zu rühren, stand sie da. Eine plötzliche Wärme durchflutete ihr Inneres, ließ sie erbeben. „Du liebst mich", murmelte sie befreit.

Er biss die Zähne zusammen. „Willst du mein Herz auch noch herausschneiden? Gut, mach es. Dann bin ich endlich erlöst von dem Fluch."

Ihre Glückseligkeit bekam einen Dämpfer. „Fluch? Das bedeutet, du willst mich nicht lieben? Aber du tust es."

Jetzt drehte er den Kopf zu ihr, und nicht nur seine feuchten Augen versetzten ihr einen Schock. Es war vor allem der mörderische Blick, der sie traf.

„Ja, genau das! Ich *will* dich nicht lieben."

„Genauso wenig, wie ich dich lieben will."

Er lachte und schiss auf die Schmerzen. „Sei froh, dass du es nicht tust. Es erspart dir so einiges", erwiderte er bitter.

„Aber ich tue es", sagte sie leise.

Verächtlich schnaubte er.

Die Aufgebrachtheit verschwand aus ihrem Blick. Etwas Weiches, Warmes erschien darin. „Ich liebe dich, Thore."

Vernichtend sah er sie an. „Ist das ein weiterer Versuch, mir das Leben zur Hölle zu machen?"

„Nein!", rief sie entsetzt.

Zutiefst verwirrt schloss er die Augen.

„Ich liebe dich, Thore. Ganz ehrlich. Ich liebe dich", raunte sie. Sie trat dicht an ihn heran, legte die Hände sanft auf seine Brust. „Ich liebe dich! Wie oft muss ich es sagen, damit du mir glaubst?"

Fassungslos riss er die Augen auf. „Nein", hauchte er. Doch eine wilde Hoffnung griff nach seinem Herzen, umschloss es mit eiserner Hand, bereit, es zu zerquetschen.

„Ja."

„Nein, das kann nicht stimmen ...", flüsterte er atemlos.

Sein Kopfschütteln ließ ihre Verzweiflung ansteigen. „Was muss ich tun, damit du mir glaubst?" Mit beiden Händen griff sie nach dem Kragen seines T-Shirts und reckte sich zu ihm hoch, um ihn zu küssen.

Mit einem undefinierbaren Laut drückte er sie an sich. Sofort durchschoss ein rasender Schmerz seinen Leib. Er keuchte, noch bevor sich ihre Lippen trafen.

Sofort trat sie einen Schritt zurück.

„Nein", stöhnte er gequält. „Bleib!" Er zog sie erneut zu sich. „Weiche nie wieder vor mir zurück."

„Ich möchte dir nicht wehtun."

„Du tust mir weh, wenn du mich loslässt."

Sie sah zu ihm hoch, und der Ausdruck in seinem Blick ließ ihre Augen feucht werden.

„Sag es. Ich muss es nochmal hören", forderte er mit rauer Stimme.

Ihre Finger schmiegten sich an seine Wange: „Ich liebe dich."

Laut hörbar stieß er den angehaltenen Atem aus. „Ich hätte wahnsinnig gern den Kuss, den du mir geben wolltest."

Wortlos reckte sie sich hoch, bis ihre Lippen sich fanden, was ihm ein Stöhnen entriss.

Entschlossen griff er nach ihrer Hand, warf die Tür zu, und zog sie mit sich in Richtung Schlafzimmer.

„Was ...?"

„Ich muss mich lang machen, tut mir leid." Schon blieb er vor dem Bett stehen. Ächzend legte er sich hin. Kaum versuchte sie, ihre Hand zurückzuziehen, als er leise warnte: „Lass ja nicht meine Hand los. Das würde ich nicht überleben."

Ein seltsamer Lacher entschlüpfte ihr, dann setzte sie sich auf die Bettkante.

Strafend sah er sie an. „Vergiss es. Jetzt, wo du endlich mir gehörst, ist dein Platz an meiner Seite. Nicht verhandelbar!" Er blickte bedeutungsvoll neben sich.

Mit einem leisen Kichern legte sie sich neben ihn. „Besser so?"

„Dichter."

Sie befolgte seinen Befehl, doch es reichte ihm nicht. Er zog sie näher zu sich, bis sie sich mit dem ganzen Körper an ihn schmiegte.

Unterdrückt stöhnte er: „*Jetzt* ist es besser."

„Du bist so ein Macho ..."

„Scheiß drauf." Er schloss die Augen. Dann flüsterte er: „Ich träume, richtig?"

Sie drückte seine Hand und lächelte.

„Bitte, Gott, wecke mich niemals wieder auf", murmelte er. Seine Stimme klang aufrichtig amüsiert.

Ein Kichern entfuhr ihr.

„Lach du nur. Es wird dir schnell genug vergehen." Sein ernster Blick bohrte sich in ihre Augen.

„Ach ja? Warum?"

„Weil du mich von jetzt an *wirklich* am Hals hast, und zwar unwiderruflich. Kein Entkommen mehr. Du wirst bei mir einziehen, und du wirst mich heiraten. Etwas anderes ist nicht akzeptabel! Und um dich gleich vorzuwarnen: Mindestens ein Mal am Tag werde ich dich ficken." Mit einem Schmunzeln lag er da und schloss die Lider.

Sie starrte ihn an. „Ist das so?"

„Ja", war seine einzige Erwiderung.

Eine Weile blieb es still.

Mit heftig pochendem Herzen wartete er auf eine Reaktion.

Sie kam, und es war lediglich ein Hauch: „Okay."

Sein Gesicht ruckte zu ihr herum, und mit großen Augen starrte er sie an. „*Okay?* Das ist alles, was du dazu sagst?"

„Reicht das nicht? Ich dachte, da du machohaft bestimmst, wo es langgeht ..."

„*Fuck it!* Glaubst du, ich benötige deine Zustimmung nicht? Ich brauche sie. Und zwar lebensnotwendig! Ich will *nie wieder* etwas gegen deinen Willen tun."

Sie verzog den Mund. „Das hast du doch nie."

Gequält lachte er auf, und dieses Mal war ihm der Schmerz willkommen. „Oh doch, mein Schatz. Und nicht nur einmal. Zum Beispiel denke ich nicht, dass du so gewaltsam entjungfert werden *wolltest*."

„Ich wollte aber, *dass* du es tust. Es war nicht gegen meinen Willen."

Er schüttelte den Kopf. „Ich habe nicht aufgehört, als es mir bewusst wurde. Im Gegenteil, ich Arschloch habe weitergemacht, obwohl ich es nicht hätte tun dürfen. Verdammt, du hattest etwas so viel Besseres verdient."

Sie hob ihre freie Hand und streichelte sanft über seine Wange. „Ich wollte dich. Alles andere war mir egal. Ich wusste vorher, du würdest nicht zärtlich sein, und es war mir gleichgültig."

„Ich hätte es sein müssen. Wenn ..."

„Nichts, wenn. Es war *nicht* gegen meinen Willen."

„In unserer Nacht ..."

Sie unterbrach ihn: „Ich habe deine Bedingungen akzeptiert, vergiss das nicht."

„Mag sein. Aber als ich dir weh getan habe, da im Schrank ..." Laut hörbar schluckte er.

„Ich habe dir Unterwerfung versprochen. Du hättest es zu Ende bringen dürfen, und ich hätte mich nicht beklagt. Also vergiss es."

Er biss sich auf die Lippe und sah sie ernst an. „Du wirst mich nicht überzeugen können. Ich hasse mich dafür, wie ich dich behandelt habe."

„Du darfst dich nicht hassen, das möchte ich nicht."

„Zu spät dafür. Du hast aber nie etwas gesagt wegen deinen Haaren."

„Meinen Haaren?" Verwirrt blickte sie ihn an.

Genauso konfus schaute er zurück. „Es tut mir leid. Ich weiß, du hättest mich daran gehindert, wenn du wach gewesen wärst."

„Woran gehindert?"

„Dass ich dir die Locke abgeschnitten habe." Er sagte es mit einen Seufzen.

Verständnislos schüttelte sie den Kopf.

Fragend sah er sie an. „Hast du es wirklich nicht bemerkt? Ich habe mich schon gewundert, dass du nichts gesagt hast. Komm her, ich zeige es dir." Er winkte sie mit zwei Fingern zu sich.

Sie richtete sich auf und beugte sich zu ihm.

Seine Hände schoben sich in ihre Haare, und ein wohliger Schauder überlief sie.

Neben ihrem rechten Ohr zupfte er eine kurze Strähne heraus. „Hier." Mehr sagte er nicht.

Sie tastete mit der Hand danach. Mit einem leisen Seufzer legte sie sich wieder neben ihn und schmiegte die Wange an seine Schulter. „Warum hast du das gemacht?"

Seine erste Antwort war ein Lachen. Dann sagte er leise: „Ich wollte ... Nein, ich *musste* etwas von dir behalten. Ich konnte dich nicht gehen lassen, ohne etwas von dir zu behalten. Du hattest verlangt, ich dürfe mich dir nie wieder nähern ..." Er erschauderte.

Kapitel 28

Du allein

„Und wie viele Locken hast du schon in deiner Sammlung?"

„Wie bitte?" Geschockt blickte er sie an.

Das ist nicht ihr Ernst, oder?

„Was denkst du denn, wie viele?"

Er wollte gerade seine eigene Frage beantworten, als sie leise sagte: „Du hast selbst gesagt, du hattest schon etliche Quickies ..."

„Cory, stopp! Was wird das? Du willst hören, wie viele Frauen ich gefickt habe?"

Sie zuckte mit der Schulter. „Mir ist klar, du hast nicht mitgezählt. Aber meine Frage zielte eher auf die Frauen ab, die du hier hattest. Einen Quickie nimmt man nicht mit nach Hause." Sie verstummte und fügte ein unsicheres: „Oder?", hinzu.

Verdammt, das war ein Thema, welches er nicht mit ihr diskutieren wollte.

Dennoch wollte er ihr endlich die Antwort auf ihre ursprüngliche Frage geben: „Eine."

Verwirrt sah sie ihm in die Augen.

„Eine einzige Locke. Und zwar *deine!* Cory, nur du bist mir unter die Haut gegangen, nur dich wollte ich nie wieder loslassen." Fest sah er sie an.

Ein leises: „Oh", entschlüpfte ihr. Fassungslos versuchte sie, seine Worte zu begreifen, dann durchströmte sie Erleichterung.

Widerwillig sprach er weiter: „Ich habe unzählige Frauen gefickt, ich denke, das ist dir klar."

Sie zuckte zusammen, doch er hielt sie fest.

„Ich schiebe es nicht unbedingt auf meinen Beruf, aber es gab immer Frauen, die sich mir an den Hals geworfen haben. Und ich habe sie oft gewähren lassen. Doch denkst du im Ernst, es hätte mir etwas bedeutet? Das war nur Sex." Geradeheraus sah er sie an. „Du bist die erste und einzige Frau in diesem Bett."

Konnte sie ihm davor noch Glauben schenken, ließ der letzte Satz sie verächtlich schnauben.

„Cory, es ist mir wichtig, dass du mir glaubst." Sein Blick war eindringlich. „Die meisten waren bloße Quickies. Ein schneller Fick an der Wand, wo es gerade ruhig genug dafür war. Zwei oder drei Mal habe ich eine Frau nach Hause begleitet, aber nur, weil sonst zu viele Menschen Zeugen geworden wären. Ich hatte zwei längere Affären, aus reiner Bequemlichkeit, aber die spielten sich in diversen Hotelzimmern ab. Keine der Frauen hat mir irgendetwas bedeutet. *Du* bist die Einzige, die ich je in diesem Bett hatte. Die Erste, mit der ich jemals eine Beziehung eingehen wollte. Die erste und einzige Frau, in die ich mich je verliebt habe."

Atemlos lauschte sie seinen Worten. Sie klangen absolut aufrichtig. Besänftigt kuschelte sie sich an seinen Arm. Was würde es auch für einen Sinn machen, auf seine Vergangenheit eifersüchtig zu sein? „Ich danke dir für deine Worte. Sie bedeuten mir viel, mehr als du dir vorstellen kannst."

„Soll ich dir verraten, dass ich nach unserer Nacht einen ganzen Monat die Bettwäsche nicht gewechselt habe? Dass ich tausendfach deinen Duft eingeatmet habe, der mich verrückt gemacht hat, und den ich gehasst habe, als er verschwand?"

Ihre Reaktion darauf war ein Seufzen.

„Der ganze Raum hat nach Sex gerochen, als ich aufwachte. Dein Duft war überall."

Sein ernster Blick ließ sie erschaudern.

„Du weißt es vielleicht nicht, aber ich bin verrückt nach dir. Es vergeht kaum eine Sekunde, in der ich mich nicht nach dir sehne. Aber das ist dir seit unserer Nacht sicherlich bewusst, nicht wahr? Ich werde *niemals* genug von dir bekommen."

Fassungslos blickte sie ihn an.

Er schluckte laut und schloss die Augen, um seine Schwäche zu verbergen. „*Fuck!* Wie habe ich dich gehasst, als du weg warst. Als ich dann deinen lächerlichen Zettel gefunden habe, hätte ich am liebsten nicht nur ihn zerfetzt, sondern auch dich."

„Was war denn lächerlich daran?" Leise und zögernd kam die Frage aus ihrem Mund.

Kurz lachte er, verzog gereizt die Lippen. „Dein lapidares *Mach es gut* zum Beispiel. Und wer, frage ich dich, unterschreibt lediglich mit seinem Anfangsbuchstaben? Damit hast du mir deutlich gezeigt, wie viel ich dir wert war."

„Ganz sicher wollte ich dich nicht verärgern. Ich hatte lediglich Angst, du würdest dich nicht an das Versprechen halten, wenn ich ohne ein Wort gegangen wäre."

„Ich habe es dir versprochen. Und du ahnst nicht, was es mir abverlangt hat, es einzuhalten."

„Abverlangt?"

Thore seufzte tief. „Du bist wirklich gut darin, mir das Herz Faser für Faser auf dem Leib zu reißen. Selbst jetzt noch, wo du doch behauptest, mich zu lieben."

Er drehte den Kopf zu ihr und sah ihr tief in die Augen. „Du kannst es nicht wissen, aber es war verdammt hart, dir fernzubleiben. Jede einzelne, verfluchte Stunde musste ich dagegen ankämpfen, mich ins Auto zu setzen, um zu dir zu fahren."

„Wenn ich nur geahnt hätte, wie du für mich empfindest ... Ich wäre niemals so abweisend gewesen." Sie biss sich auf die Lippen und schaute ihn verlegen an.

„Warum warst du es?", fragte er sanft. Der Drang, es begreifen zu wollen, schwang überdeutlich in seiner Stimme mit.

Lange schwieg sie, den Mund zusammengepresst. „Weil du mir Angst gemacht hast. Du warst so ..." Sie schüttelte den Kopf, da ihr die passenden Worte nicht einfielen. „Du warst so *einschüchternd*. Nicht nur körperlich, auch deine Ausstrahlung war überwältigend. Ich kam mir vor wie in die Ecke gedrängt. Besonders, nachdem du gesagt hast, du wolltest mich in deinem Bett haben."

Als er Anstalten machte, etwas zu erwidern, ließ sie ihn nicht zu Wort kommen: „Und sag mir nicht, es war nicht so! Ich habe mir deine Blicke nicht eingebildet, mit denen du meinen Körper abgetastet hast. Du hast absichtlich diese sexistischen Sprüche abgelassen. Immer wieder hast du in dieselbe Kerbe gehauen, in der Überzeugung, dass ich irgendwann nachgeben würde."

Er nickte. „Das streite ich nicht ab. Wenn ich eine *bessere* Idee gehabt hätte, dich dazu zu bringen, dich für mich zu entscheiden, dann hätte ich es definitiv versucht."

Erstaunt betrachtete sie ihn. „Im Ernst? Ist das deine einzige Anmach-Masche? Direkt nach Sex zu fragen?"

Ein Schulterzucken war seine erste Antwort. „Ehrlich gesagt, ist das alles neu für mich. Garantiert klinge ich eingebildet, wenn ich sage, dass ich nie nach Sex fragen musste. Du bist die Erste, bei der ich die Initiative ergriffen habe."

Er stieß ein humorloses Lachen aus. „Und das auch noch erfolglos ..."

„Warum ..." Sie holte tief Luft, bevor sie zaghaft weitersprach. „Weshalb hast du mir nicht gesagt, wie du für mich empfindest?"

„Weil ich mich nicht von dir zu deinem Kasper machen lassen wollte!", fuhr er wütend auf. „Deine Abwehr war gewaltig, unüberwindbar. Ich kam mir jedes Mal wie der letzte Arsch auf Erden vor, so wie du mich ständig zurückgestoßen hast." Grimmig und finster klang seine Stimme.

Doch dieses Mal nahm sie auch die Verzweiflung darin wahr und nickte verstehend. „Einigen wir uns darauf, dass keiner den anderen verletzen wollte, es aber aus Unwissenheit dennoch getan hat? Wenn es mir möglich wäre, ich würde an den Tag zurückgehen, an dem du dich in mich verliebt hast, und mich nicht mehr so verhalten. Denn ich schwöre, ich wollte dich niemals verletzen. Nie im Leben wäre mir in den Sinn gekommen, dass ich es überhaupt könnte ..."

Stumm nickte er, und sein zitternder Atem verriet seine innere Anspannung. „Verrätst du mir, wann du dich in mich verliebt hast?"

Mit der Zunge befeuchtete sie ihre Lippen.

Ein unterdrücktes Stöhnen kam aus seinem Mund.

„Dein Bauch?", fragte sie bang.

„Nein. Unwichtig. Verrate es mir."

Hilflos blickte sie ihn an. „Ich wollte dich nicht lieben. Doch da war dieser Drang, mich dir in die Arme zu werfen, dich anzuflehen, nicht mehr so kalt mit mir umzugehen."

„Kalt? Das traf eher auf dich zu, mein Schatz. Cory, ich war *dein*, von dem Moment an, als ich zum ersten Mal in deine Augen geschaut habe! Ich habe mich auf den ersten Blick in dich verliebt."

„Oh?" Sie sah ihn an, und ihre Lippen öffneten sich. Leise sprach sie weiter, die Augen abgewandt. „Ich habe *alles* versucht, um dich nicht zu lieben, weil ich so eingeschüchtert war. Ich meine, nicht, weil du für den Rest der Welt ein bekannter Schauspieler bist ..."

„Wie meinst du das? Für den Rest der Welt?"

Sie zuckte die Schulter. „Ich wusste von Phillipa von deinem Beruf. Sie war so aufgeregt, für dich zu putzen, dass sie tagelang von nichts anderem geredet hat."

„Verstehe. Du kanntest mich also nicht?"

„Nein. Aber das ist nebensächlich. Ich besaß eine klare Vorstellung davon, mit wie vielen Frauen ..." Sie räusperte sich. „Du hast es selbst gesagt: Die Frauen werfen sich dir scharenweise an den Hals. Ich wollte mich da nicht einreihen ... Ergibt das einen Sinn?"

Er schenkte ihr ein Lächeln. „Ja, mein Schatz. Doch du bist außerhalb jeder Reihe, denn ich liebe dich."

Seine Stimme veränderte sich, bettelte um eine Antwort: „Wann hast du dich in mich verliebt?"

Sie schloss ergeben die Augen. „Ungefähr eine Sekunde nachdem du mich angefahren hast, wer, zum Teufel, ich sei."

Scharf sog er die Luft ein. „Cory ...", flüsterte er fassungslos.

Sie machte eine unbestimmte Geste mit der Hand, hielt aber die Augen geschlossen.

„*FUCK!*"

Das laute Wort erschreckte sie dermaßen, dass sie die Lider aufriss. „Was?"

„All die Monate ... Verschwendete Zeit, in der wir ein Paar hätten sein können, wenn ich genug Mut besessen hätte, dir zu sagen, dass ich mich in dich verliebt habe."

„Du hast es gut versteckt."

„Nicht annähernd so gut wie du, mein Schatz. Zumindest habe ich dich nicht im Zweifel darüber gelassen, dass ich dich haben wollte."

„Ja, für Sex. Doch eine Bettgeschichte ohne Gefühle kam nie für mich in Frage."

Reglos sah er sie an. „Das begreife ich gerade." Der Satz verklang, doch er wog schwer wie Blei. „Ich habe alles falsch gemacht, hm?"

Ihr Lächeln war wehmütig. „Ich doch auch. Aber ich bin froh, dass du nicht so perfekt bist, wie du aussiehst."

Ein kleiner Lacher entfuhr ihm. „Perfekt? Davon bin ich meilenweit entfernt. Auch wenn es mich freut zu hören, dass ich dir gefalle."

„Wem würdest du nicht gefallen?", kam ihre amüsierte Gegenfrage. Unvermittelt wurde sie ernst. „Wenn du mich geliebt hast, weshalb hast du dich auf den Deal eingelassen?" Jetzt machte es noch weniger Sinn für sie.

„Weil ich dich haben *musste*. Monatelang habe ich mich nach dir verzehrt, und du hast mich ständig von dir gestoßen. Auch wenn ich mehr als Sex von dir wollte, schien es die einzige Möglichkeit zu sein, mir zumindest diesen Teil des Traumes zu erfüllen."

Cory biss sich auf die Lippen, unfähig, etwas dazu zu sagen.

Dann sprach er leise weiter: „Es gab noch einen weiteren Grund, warum ich zugestimmt habe."

„Welchen?"

Tief sog er die Luft ein. „Die Monate, die seit unserem Kennenlernen vergangen sind, waren grauenvoll. Die pure Hölle! Wie du gemerkt hast, habe ich es nicht geschafft, dich allein zu lassen. Als du mir den Deal angeboten hast ..." Thore schüttelte den Kopf. „Ich war müde. Zermürbt. Emotional total am Ende." Mühsam rang er um Atem, bevor er weitersprach: „Ich wusste immer, dass ich falsch mit dir umgesprungen bin." Erneut stockte er.

„Ich hätte dich besser behandeln müssen. Doch deine ewigen Zurückweisungen waren schlimm für mich. Entmutigend. Demütigend." Er hob den Blick und sah Tränen in ihren Augen. „Nicht weinen, mein Schatz. Das ertrage ich nicht." Mit der Hand streichelte er über ihre Wange.

Noch einmal tief durchatmend sprach er weiter: „Natürlich wollte ich den Handel nicht. Den Sex, ja. Aber mich von dir fernhalten? Ich wusste nicht, ob ich das schaffen könnte. In dem Deal sah ich eine winzige Chance, über dich hinwegzukommen. Du hattest mir wieder und wieder gezeigt, dass du mich nicht wolltest. Und da ich normalerweise meine Versprechen halte, dachte ich, wenn ich dich nicht mehr sehen würde, deinen Duft nicht mehr riechen könnte ... Ich habe ernsthaft gehofft, ich könnte es schaffen." Er schüttelte den Kopf, die Lippen fest zusammengepresst.

„Normalerweise?"

Er grinste. „Musst du ausgerechnet an dem Wort hängenbleiben? Ja, normalerweise. In deinem Fall bin ich mir nicht mehr sicher. Die zweiundneunzig Tage ..."

Sie unterbrach ihn verwirrt: „Welche zweiundneunzig Tage?"

„Die zwischen unserer Nacht und deinem Anruf vergangen waren."

Mit weit aufgerissenen Augen starrte sie ihn an.

„Du hast sie gezählt?"

Mit einem bitteren Lächeln sagte er: „Jeden Tag, jede Stunde und jede beschissene Minute. Ich habe nie Drogen genommen. Aber was ich über einen kalten Entzug weiß, kommt dem nahe, wie es mir erging. Ich musste permanent dagegen ankämpfen, mein Versprechen zu brechen. Du hast keine Ahnung, wie mächtig der Drang danach war. Ich habe mir tausendfach ausgemalt, wie ich es schaffen könnte, dich zu sehen, ohne dass du mitbekommst. Zumindest war das meine Absicht. Du solltest nie erfahren, dass ich mein Versprechen nicht mehr halten konnte."

Er schloss die Augen, das Gesicht regelrecht versteinert. „Ich war haarscharf davor, es zu brechen. Wenn ..." Seine Stimme erstarb.

„Wenn was?", hakte sie nach.

Hilflos schüttelte er den Kopf. „Vielleicht könnte Anne das besser erklären. Ich war nicht mehr ich selbst. Bevor ich dich kannte, war ich ein normaler, netter und umgänglicher Typ. Die Monate vor dem Handel war ich ... Keine Ahnung, wie im Ausnahmezustand. Ich stand unter Strom, ich war wie getrieben, verhext. Ich kann es nicht in Worte fassen. Aber die zweiundneunzig Tage nach dem Deal ... Ich habe mich oft gefragt, wieso Anne trotz meiner Launen, meiner schlechten und tödlich gereizten Stimmung bei mir geblieben ist."

Lange blieb es still, ehe Cory leise fragte: „Wi...
Wirst du sie beenden?"

Seine Augen richteten sich auf sie, völlig konfus.
„Was meinst du?"

Sie sah nach unten, um seinem Blick auszuweichen. „Nun ... Die Affäre."

Ratlos schaute er sie an. „Affäre?"

Ganz kurz sah sie in seine Augen, wandte den Blick
rasch wieder ab. Ihre Zähne bissen fest auf die Unterlippe. „Die Affäre mit Anne."

Thore fiel nichts ein, was er hätte sagen können.

*Um Himmels Willen. Glaubt sie tatsächlich, Anne
und ich ...?*

Er schüttelte den Kopf, so fassungslos war er.

Erschrocken keuchte er auf, als er die Tränen bemerkte, die ihr in die Augen schossen.

„Cory!" Seine Hand packte sie, als sie Anstalten
machte, von ihm abzurücken. „Was ...?"

„Wie kannst du behaupten, mich zu lieben, wenn
du nicht bereit bist, deine Affäre mit Anne zu beenden? Lass mich los! Sofort!", schluchzte sie, darum
bemüht, sich von seinem Griff zu befreien.

„Was?" Seine Stimme überschlug sich förmlich.
„Stopp mal, alles zurück auf Anfang! Cory, ich habe
keine Affäre mit Anne."

Abrupt erstarben ihre Anstrengungen, sich zu befreien. Mit zitternder Stimme würgte sie hervor:
„Wie bitte? Aber ...?"

„Du hast da etwas vollkommen missverstanden. Anne ist meine Assistentin, nichts anderes. Sie war niemals meine Geliebte. Ich habe dir doch gesagt, ich hatte nur zwei Affären in meinem Leben. Die letzte vor fast fünf Jahren." Beschwörend sah er sie an. „Ich liebe nur dich. Wie könnte ich mit einer anderen Frau ins Bett gehen, wenn ich mich einzig nach dir verzehre?"

„O Gott", schluchzte sie, völlig in Tränen aufgelöst. „Ich bin so unglaublich dumm."

„Hey, hör auf zu weinen. Ich ertrage deine Tränen nicht. Verdammt, wie bist du nur auf den abwegigen Gedanken gekommen, sie und ich …? Es ist völlig absurd."

„Es schien so eindeutig. Ich erinnere mich, wie sie zu dir sagte: *Deswegen liebst mich mich doch*. Und du hast geantwortet: *Ohne jeden Zweifel*. Ich bin nicht mal eine Sekunde darauf gekommen, ihr zwei könntet etwas anderes sein als ein Liebespaar."

Fassungslos betrachtete er sie, sah den Kummer in ihrer Miene, ihr hilfloses Schulterzucken.

„Verstehe. Dann lass mich dir versichern, dass ich Anne überaus schätze. Als die beste Assistentin, die man sich nur wünschen kann. Nicht mehr, und nicht weniger. Ich werde ihr ewig dankbar sein, dass sie für mich arbeitet, ohne ihre gute Laune zu verlieren, obwohl ich in den letzten Monaten ein schwer zu ertragender Boss war."

Prüfend sah er sie an. Erleichtert bemerkte er, wie sie bei seinen Worten lächelte, und sich ihr gesamter Körper entspannte.

„Bei Gelegenheit solltest du dich mal mit ihr unterhalten. Ich wette, sie hat haufenweise Geschichten in petto, wie furchtbar ich meine Mitmenschen behandelt habe in den letzten Monaten."

„Danke. Ich denke, ich verstehe es jetzt. Also bist du doch nicht gänzlich ohne Freunde."

Erstaunt erwiderte er ihren Blick. Langsam nickte er und sagte, mehr zu sich selbst: „Du magst recht haben."

„Warum hat sie dir nicht geholfen, seitdem du aus dem Krankenh…"

Er unterbrach sie: „Ich wollte niemanden sehen. Sie hat mir mehrfach ihre Hilfe angeboten, genauso wie Richard auch. Doch ich wollte allein sein."

„Klingt ganz so, als wärst du ein grummeliger Brummbär, wenn etwas nicht nach deiner Nase geht."

Er starrte sie verblüfft an.

„Ich würde mich gerne mal mit Anne unterhalten, wenn ich so darüber nachdenke", sagte sie leise.

Er kniff die Augen zusammen. „Ach ja? Kaum ist die Geliebten-Theorie abgehakt, willst du dich mit ihr gegen mich verbünden?"

Sanft lächelte sie. „Nein. Ich würde nur gerne die Menschen kennenlernen, die dir wichtig sind."

Ihre Worte ließen ihn lächeln. „Du bist mir wichtig. Es gibt niemanden, der mir wichtiger ist."

Sie lächelte verlegen und glücklich zugleich.

„Du bist bildschön, habe ich dir das schon mal gesagt?" Bewundernd betrachtete er ihr Gesicht.

„Nein, das bin ich nicht. Aber ich freue mich dennoch, dass ich dir gefalle."

„Wem würdest du nicht gefallen, mein Schatz?", wiederholte er lächelnd ihre Worte.

Ihr Lächeln verblasste. „Ich mag den Kosenamen nicht", murmelte sie.

Mit weit aufgerissenen Augen starrte er sie an.

„Du hast mich nur so genannt, weil du mich ins Bett bekommen wolltest."

Entschieden schüttelte er den Kopf. „Oh nein, ganz sicher nicht! Du warst kaum weg, am Tag unseres Kennenlernens, als mir bewusst wurde, dass du der Schatz bist, den ich mein Leben lang gesucht habe. *Deswegen* nenne ich dich so."

„Oh", hauchte sie schwach und spürte ihre Wangen heiß werden. „Oh ..."

„Ich liebe dich, Cory. Vom ersten Moment an. Seitdem wird meine Liebe zu dir jeden Tag stärker. Und du würdest mich überaus glücklich machen, wenn ich dich weiterhin *Schatz* nennen dürfte."

„Natürlich darfst du das. Entschuldige, bitte. Dummes Vorurteil", sagte sie verlegen. Ihr stockte der Atem, als sie sein erleichtertes „Danke", hörte.

Kapitel 29

Spezialpaket

„Magst du vielleicht mit mir duschen gehen?"

Thore sah sie verblüfft an, dann überkam ihn die Erkenntnis wie ein Hammerschlag.

Zu ihrer Verwunderung überzog eine leichte Röte sein Gesicht.

„Entschuldige. Ich muss stinken wie ..."

„Hey, so schlimm ist es nicht. Und ich weiß doch, dass du noch Schmerzen hast."

Er holte tief Luft, stand gleich darauf neben dem Bett. Den Blick zum Boden gerichtet sagte er: „Du brauchst mich nicht begleiten."

„Okay." Sie wollte ihm eigentlich ihre Hilfe anbieten, doch seine Körpersprache machte deutlich, dass es ihm nicht recht wäre, wenn sie es täte. So sagte sie stattdessen: „Ich beziehe rasch das Bett frisch, wenn das in Ordnung ist."

„Danke."

Als er das Zimmer verließ, sprang sie hoch.

Keine fünf Minuten später war sie damit fertig. Sie nahm die unangenehm riechende Wäsche, trug sie in den Hauswirtschaftsraum, und stopfte sie in die Waschmaschine, die rumpelnd ihre Arbeit begann.

Zufrieden lief sie ins Schlafzimmer zurück.

Entschlossen öffnete sie das Fenster, um frische Luft hereinzulassen.

„Cory?"

Eilig lief sie zum Badezimmer und fragte durch die geschlossene Tür: „Ja?"

„Ich ..." Sie hörte sein Räuspern, dann seine zögernde Stimme: „Mir ist das Duschgel heruntergefallen. Könntest du ...?"

Lächelnd öffnete sie die Tür. Vor der Dusche blieb sie stehen und rang nach Atem, als sie seine beeindruckende Rückenansicht bewunderte.

Er drehte sich nicht um, sagte aber leise: „Ich fürchte, ich kann mich nicht bücken."

„Schon okay. Stell dich etwas dichter vor die Wand, dann komme ich besser ran."

Er tat, worum sie ihn bat.

Sie öffnete die Glastür, bückte sich, und streckte den Arm aus, um die Flasche zu greifen. Im Nu war ihr halbes T-Shirt nass, aber das interessierte sie nicht. Sie stand auf und stellte das Duschgel in das Regal, trat zurück und schloss die Tür.

Eben wollte sie sich umdrehen, um ihm wieder seine Privatsphäre zu lassen, als er leise sagte: „Ich habe es nicht komplett hinbekommen."

Um eine diplomatische Antwort bemüht erwiderte sie: „Dann komm raus und trockne dich ab."

„Ich möchte nicht übel riechen." Vage hörte sie die Scham, die in seiner Stimme mitklang.

„Wenn es okay für dich ist, dann helfe ich dir."

Er senkte den Kopf. An seinen Schultern konnte sie sehen, wie er tief durchatmete. Eine Weile blieb es still, dann murmelte er: „Danke."

Weiterhin wandte er ihr den Rücken zu. So rasch wie möglich zog sie sich aus, ehe sie zu ihm in die Kabine stieg.

Kaum verrieb sie etwas von der flüssigen Seife in den Händen, sagte sie vorwarnend: „Bereit?"

Er nickte, und sie berührte vorsichtig seine Schultern. Sofort sog er hörbar die Luft ein. „*Fuck*", entfuhr es ihm scharf.

Reglos verharrte sie, unsicher, was los war.

„Es tut mir leid", flüsterte er.

„Was ist denn?"

Einen Moment schwieg er, dann sagte er mit betont lässiger Stimme: „Deine bloße Berührung reicht aus, und schon will ich dich."

„Oh", hauchte sie verlegen. Mit leicht zitternder Stimme fragte sie: „Soll ich lieber einen Waschlappen benutzen?"

„Zu spät dafür ..."

Sie konnte sein Lächeln hören. „Verstehe. Ich kann mich beeilen, wenn dir das lieber ist."

Er nickte bloß.

So rasch sie konnte, wusch sie seinen Rücken, und ihr Blick glitt bewundernd über seine breiten Schultern.

Herr im Himmel, dachte sie, *er fühlt sich noch besser an als er aussieht.*

Als sie sich in Richtung seines Pos vorarbeitete, wurde sie unruhig. Ohne es zu bemerken, wurden ihre Bewegungen langsamer. Tief Luft holend machte sie weiter.

Thore stand reglos da, ohne ein Wort zu sagen.

Wieder gab sie etwas Gel in ihre Handflächen und verrieb es. „Kannst du dich umdrehen, bitte?", fragte sie leise.

Ohne zu zögern tat er es, doch er hielt die Augen geschlossen.

Es lag nicht in ihrer Absicht, aber ihr Blick fiel fast augenblicklich auf seinen hoch aufgerichteten Schwanz. Schnell riss sie die Augen nach oben und blickte auf seine Brust. So sanft, wie es ihr möglich war, legte sie die Handflächen auf seine Schultern, strich zum Hals hoch, und arbeitete sich zum Brustkorb hinab, der sich in schnellem Wechsel hob und senkte.

Als sie tiefer glitt, den Bauch vorsichtig einrieb, stöhnte er auf.

Bestürzt rang sie nach Atem. „Verzeih mir. Ich tue dir weh, nicht wahr?"

„Schon okay. Mach weiter."

Betrübt schaute sie auf die riesige Narbe, die tiefrot und geschwollen war, und sich schrecklich von seiner gebräunten Haut abhob.

Bis zur Gürtellinie wusch sie ihn, jetzt zögerte sie merklich.

„Cory ..." Er hielt die Augen fest geschlossen. Als sie die Hände tiefer gleiten ließ, sog er hörbar den Atem ein. Sofort hielt sie still.

Fast unhörbar fragte sie: „Warum hast du vorhin aufgehört? Tat es weh?"

Jetzt öffnete er die Lider, und ihre Blicke trafen sich, versanken ineinander. Lange sagte er nichts, dann murmelte er: „Es ging nicht. Ich ..."

Weil er nicht weitersprach, hakte sie nach: „Wieso nicht?"

„Ich wusste, du warst irgendwo in der Wohnung. Und um ehrlich zu sein: Ich habe mir deine Hände gewünscht." Seine Stimme, der Gesichtsausdruck zeugten von Selbstbewusstsein. Doch in seinen Augen sah sie den Schimmer von Verlegenheit.

Deshalb fiel es ihr leicht zu sagen: „Ich stand im Flur. Nur zu gern hätte ich dir meine Hand geliehen." Sie biss sich auf die Lippe.

Seine Pupillen weiteten sich, und etwas Sengendes glomm in seinem Blick auf.

Ihre Finger zitterten leicht, als sie beide Hände tiefer gleiten ließ, über seine Schamhaare, bis sie ihn mit der rechten Hand umschloss.

Ein kehliges Stöhnen kam aus seinem Mund, und er warf den Kopf in den Nacken.

Einige Male bewegte sie die Hand auf und ab.

Dann hielt sie inne, reckte sich auf Zehenspitzen zu ihm hoch und flüsterte: „Nur waschen? Oder das Spezialpaket?"

Sein glühender Blick ließ ihre Knie weich werden.

„Wenn es keine Mühe macht, dann nehme ich das Spezialpaket."

„Aber gerne doch. Es ist zum Sonderpreis zu haben." Ihre Augenbrauen hoben sich, und sie sah ihn neckend von unten herauf an.

„Ach ja? Wie viel?", fragte er schwer atmend.

„Es kostet lediglich einen Kuss."

Sein Mund zuckte, dann grinste er. „Ich denke, das kann ich mir gerade noch leisten. Bezahlung nach erbrachter Leistung?"

Heiter lachte sie auf. „Einverstanden. Aber ich schreibe nicht an, damit das klar ist."

Mit dezentem Eifer begannen die Hände ihr Werk, und er stöhnte laut.

„Bitte, sag mir, wenn du Schmerzen hast." Weil sie selbst erregt war, und das Blut in ihren Ohren rauschte, fiel es ihr schwer, sein Stöhnen richtig zu interpretieren.

„In Ordnung", sagte er mit heiser. „Mach weiter."

Mit einer Hand umfasste sie seine Hoden, während die andere rhythmisch hoch und runter fuhr, sich leicht drehend auf und ab bewegte.

Sie wurde überrascht von seinem heißen Samen, der gegen ihren Bauch spritzte.

Lautlos verzog Thore das Gesicht, hielt den Körper starr aufgerichtet. Sein Mund öffnete sich, und sein keuchender Atem drang an ihr Ohr. Dann sackten seine Schultern herunter. „*Holy fuck*“, murmelte er, noch immer schwer atmend.

„Wow. Du hattest es ja eilig ...“

Er grinste. „Es hat sich einiges angestaut seit unserer Nacht.“

Der Mund klappte ihr auf. Doch sie traute sich nicht zu fragen. Verwirrt blinzelte sie hektisch.

Leise sagte er: „Die Antwort auf deine unausgesprochene Frage lautet: Nein, ich habe keine Andere gefickt. Seit unserer Nacht sind meine Hand und ich die besten Freunde. Was auch für mich neu ist, da ...“

Fragend zog sie die Augenbrauen hoch.

„Ich sollte es nicht aussprechen. Es klingt völlig daneben.“

„Bitte ...“

Tief holte er Luft. „Ich bin ...“ Er machte eine Pause, sprach nur zögernd weiter: „Ich bin es nicht gewohnt, es mir selbst zu machen.“

„Verstehe. Die Frauen in der Schlange ...“ Sie sog die Lippen in den Mund.

Um sich abzulenken, griff sie ein letztes Mal zum Duschgel und seifte ihren eigenen Körper ein. Erst Augenblicke später registrierte sie seinen Blick, der gierig ihren Händen folgte.

Leicht lächelnd sagte sie: „Wenn du wieder fit bist, darfst du mich auch einmal waschen, wenn du möchtest."

„Ich fürchte, du wirst feststellen, dass ich meine Finger nicht mehr von dir lassen werde, sobald ich wiederhergestellt bin. Du solltest die Zeit genießen, in der ich dich – zwangsweise - in Ruhe lasse." Seine Stimme war dunkel, und seine Augen glühten förmlich.

Kurz zögerte sie, dann erwiderte sie leise: „Sechs bis acht Wochen, sagtest du?" Sie stieß einen lauten Seufzer aus. „Eine Ewigkeit. Besonders, da ich dich am liebsten jetzt schon spüren würde."

Sein Schwanz zuckte, als hätte er ihre Worte verstanden. Er streckte die Hand aus, um ihr Kinn anzuheben, da er ihre Augen sehen musste.

Als ihre Blicke aufeinander trafen, schluckte er, da er zwei Regungen in ihnen lesen konnte: Erregung und Bedauern. „Ich wünschte, ich könnte dir zu Diensten sein, mein Schatz." Bedeutungsvoll sah er an sich hinab, und ihre Augen folgten seinen. „Ich wäre ja bereit, leider bin ich bewegungstechnisch arg eingeschränkt."

„Ich weiß. Und vollkommen zu recht. Also ...", fuhr sie gewollt munter weiter, „... Zeit zum Seife abspülen. Benötigst du ein weiteres Spezialpaket?"

Er neigte den Kopf, hob erneut ihr Kinn an, um ihren Blick einzufangen.

Leidenschaftlich presste sich sein Mund auf ihre Lippen, und überrascht keuchte sie auf.

„Deine Bezahlung", sagte er mit einem Lächeln. „Und vergiss das Spezialpaket. Ich möchte nach dem Duschen etwas anderes ausprobieren. Doch würdest du mir vorher einen weiteren Gefallen tun? Es war mir nicht möglich, meine Haare zu waschen."

Lächelnd nahm sie die Flasche mit dem Shampoo. Sie musste sich arg recken, um ihm behilflich zu sein, da er sich nicht vorbeugen konnte. Doch zum Schluss waren sie beide zufrieden.

„Ich danke dir, mein Schatz." Er zog sie unter den Wasserstrahl.

Einige Minuten später rieb sie den letzten Tropfen von seinem Körper, und er nahm ihr das Handtuch aus der Hand. Seine Erektion verhärtete sich spürbar, und er betete darum, dass sein Körper aushalten würde, was er im Kopf geplant hatte.

„Komm mit." Er führte sie ins Schlafzimmer und legte sich ins Bett.

Ohne Zögern schmiegte sie sich an ihn.

Kapitel 30

Do it for me

Er drehte ihr das Gesicht zu und flüsterte: „Ich bin nicht sicher, ob es klappt. Aber ich muss es ausprobieren. Würdest du ...“ Er holte tief Luft und spürte, wie sein Schwanz in erregter Erwartung einen Tropfen absetzte. „... dich auf mich setzen? Wenn ich mich nicht bewege, sollte es funktio...“

Doch entsetzt unterbrach sie ihn: „Nein! Du könntest Schmerzen haben. Die Narbe könnte ...“

„Cory, ich muss dich haben. Ein paar Schmerzen machen mir nichts aus. Und ich begehre dich wie wahnsinnig. Du musst nur die führende Rolle übernehmen.“

„Ich kann nicht. Ich habe Angst, dir wehzutun.“

„Du kannst. Die Frage ist: Willst du mir den Gefallen tun, oder nicht?“

Der Mund stand ihr weit offen, und sie überlegte fieberhaft. Unschlüssig starrte sie ihn an.

„Ich sehne mich nach dir. Lass es uns versuchen. Ich verspreche, ich sage dir, sollte es zu stark weh tun.“ Sein intensiver Blick ließ sie schaudern. „Cory, Schatz, willst du mich?“ Ein Hauch von Unsicherheit lag in seinen Augen.

„Natürlich will ich dich.“

Er holte Luft und setzte zum Sprechen an, als sie ihm einen Finger auf die Lippen legte. „Ich tue es, wenn du mir ein Versprechen gibst."

Sein Blick traf ihre ernsten Augen. „Was immer du möchtest."

Cory hob die Hand. „Dies ist einzig und allein für dich. Wenn du irgendwelche Anstalten machst hinsichtlich meines Vergnügens, dann wirst du es bitter bereuen, das schwöre ich dir!"

„Da ich überzeugt bin, dazu gar nicht imstande zu sein – leider - werde ich dir das Versprechen geben. Aber ich hole es nach, das gelobe ich dir ebenfalls." Pochend machte sich sein Verlangen bemerkbar. Er hielt den Atem an, als Cory sich aufsetzte.

Doch sie ergriff lediglich das zweite Kissen und sagte: „Kopf anheben."

Fragend sah er zu ihr auf und gehorchte ihrem Befehl.

Lächelnd sagte sie: „Ich erinnere mich lebhaft, wie du mich ununterbrochen beobachtet hast. Ich denke nicht, dass du diese Eigenschaft in der Zwischenzeit abgelegt hast?"

Schmunzelnd schüttelte er den Kopf. „Wohl kaum. Ich sagte ja schon, ich kann niemals genug von dir bekommen." Er legte den Kopf auf das Kissen und wurde mit einem besseren Blick auf seine Erektion belohnt.

Sein Blick wurde dunkler, als er beobachtete, wie sie näher rutschte und ein Bein über ihn schwang.

Er begann hektisch zu atmen, als sie nach ihm griff, um sich dann langsam auf ihn hinabsinken zu lassen, bis seine Härte sie komplett ausfüllte.

Aus seinen Augen rannen zwei einsame Tränen, und Cory erstarrte.

„Mach weiter", forderte er sie heiser auf.

„Nicht, wenn ich dir Schmerzen zufüge."

„Keine Schmerzen. Mach weiter."

Argwöhnisch blickte sie ihn an, dann hob sie sich wieder an, um ihn gleich darauf wieder tief in sich zu aufzunehmen. Mit vorsichtigen Bewegungen, um ihm nicht weh zu tun, fuhr sie fort. Gerne hätte sie sich an ihm festgehalten, doch das stand außer Frage.

Ihr Atem ging stoßweise, und es war herrlich, ihn nach so langer Zeit wieder zu spüren. Doch sie konzentrierte sich auf ihn und sein Vergnügen.

Sein Gesicht war von Anstrengung gezeichnet, doch es schien auch zu glühen. Er hielt ihren Blick gefangen, und sie sah die Begierde in seinen Augen brennen. „Schneller, Cory."

Sie schluckte und gehorchte seinen Worten.

Sein lautes Stöhnen klang eindeutig lustvoll.

Es stachelte sie an, das Tempo beschleunigen, auch wenn sie allmählich die Anstrengung in den Muskeln ihrer Beine spürte.

„O Gott", murmelte er, und sein Atem beschleunigte sich. „Weiter. Ich komme gleich ..."

Sie ergötzte sich an seinem Anblick. Nie hätte sie gedacht, dass sie eine Schwäche für körperliche Schönheit haben könnte, doch er war definitiv der attraktivste Mann, den sie je gesehen hatte.

Jetzt keuchte er heiser auf. Ein Schauder durchlief seinen gesamten Körper, als er seinen Samen in sie spritzte. Ihm entrang sich ein Stöhnen. Für einen langen Moment schloss er die Augen.

Sie hörte auf, sich zu bewegen, noch immer war er tief in ihr.

Als er die Augen öffnete, versank sie in den glutvollen Tiefen seines Blickes. Er schüttelte wie benommen den Kopf.

„Was?", fragte sie.

„Du bist so schön."

Kurz lachte sie. Mit leisem Bedauern erhob sie sich und legte sich neben ihn. Sie stahl sich einen Kuss und schmiegte das Gesicht an seine Schulter.

„Ich wünschte, ich könnte dir ..."

„Alles ist gut." Sie blickte zu ihm und ignorierte das Pulsieren zwischen ihren Schenkeln. „Sei ehrlich: Hattest du Schmerzen?"

„Bestimmt sogar, aber ich habe sie nicht gespürt. Meine Konzentration lag eher auf dem Wahnsinnsgefühl, dass ich dir und deinem Engagement zu verdanken habe."

Sein verschmitztes Lächeln ließ ihr Herz höher schlagen, und automatisch erwiderte sie es. Sie zögerte, dann fragte sie leise: „Wieso dann die Tränen?"

Er schloss die Augen und schüttelte den Kopf.

„Bitte, sag es mir. Wenn du Schm…"

Er unterbrach sie: „Keine Schmerzen!" Tief atmete er ein. „Es …"

Ihr Blick war unverwandt auf ihn gerichtet, und er sah das Bedürfnis in ihnen, es zu verstehen.

„Du ahnst nicht, wie allumfassend das Glück war, das du mir in dem Moment geschenkt hast. Dich wieder zu spüren, tief in dir sein zu dürfen … Monatelang habe ich davon fantasiert, und Träume können grausam sein, wenn sie sich niemals erfüllen. Tatsächlich hegte ich nicht die geringste Hoffnung, dass mein Wunsch jemals wieder Realität werden könnte …"

Stumm blickte sie ihn an, und heiße Tränen kullerten aus ihren Augen.

„Nicht. Keine Tränen, das verkrafte ich nicht."

„Es tut mir leid, ich kann gerade nicht anders."

„Du sollst nie wieder wegen mir weinen."

„Ich weine nicht *wegen* dir, sondern weil mein Wunsch der Gleiche war. Und weil ich bedaure, wie viel Zeit wir verloren haben, in der wir gemeinsam glücklich hätten sein können." Sie räusperte sich, als ihre Stimme versagte.

Sein intensiver Blick loderte förmlich, so viel Gefühl lag in ihm. Der Ausdruck verwandelte sich in Wehmut. „Ich wünschte, ich könnte mich zur Seite drehen, um dich in die Arme zu nehmen."

„Oh", hauchte sie, rappelte sich hoch, und legte vorsichtig die Arme um ihn, ohne sich zu fest an ihn zu drücken.

„Wahnsinn ... Ich wusste nicht, dass du so süß sein kannst", flüsterte Thore.

„Du weißt vieles nicht von mir."

„Irgendwie bin ich gerade enorm froh, dass du mit einer Woche Verspätung hier aufgetaucht bist."
Fragend sah sie ihn an.

„Vor einer Woche hätte ich weder dem Spezialpaket, noch dieser Umarmung standgehalten. Ganz zu schweigen von dem Ritt."

Sie hob den Kopf, sah ihm tief in die Augen. „Darf ich dir sagen, dass ich nicht gelogen habe? Jeden Tag wollte ich dich besuchen. Doch sie haben es mir verweigert. Ich kam direkt hierher, als mir die Schwester sagte, dass du entlassen wurdest."

Mit großen Augen sah er sie an. „Das ist verrückt", murmelte er und klang dabei verwirrt. „Als mir die Schwester sagte, du stehst auf der Liste der Personen, die nicht zugelassen sind, habe ich mich schon gefragt, was dort falsch lief. Ich verstehe nur nicht, warum sie dich angelogen haben. Oder weshalb sie dich nicht zu mir gelassen haben."

„Wahrscheinlich, weil ich sagte, ich wollte dir von der Fehlgeburt erzählen. Die Schwester meinte, es wäre die schlechteste Nachricht zur ungünstigsten Zeit. Sie hat mich rigoros weggeschickt."

„Aber in einer Nacht warst du doch da."

Überrascht sah sie ihn an. „Du hast das mitbekommen? Du schienst zu schlafen."

„Meine Zimmernachbarin hat es mir erzählt."

„Ich habe mich reingeschlichen. Ich musste dich sehen, mich vergewissern, dass du in guten Händen warst." Tränennasse Augen sahen ihn an.

Stumm erwiderte er ihren Blick. Warmes Glück durchströmte sein Herz.

„Es war schrecklich, als sie dich im Krankenwagen weggebracht haben", flüsterte sie.

„Ich hatte so gehofft, du würdest mich begleiten."

„Liebend gerne wäre ich mitgefahren, doch ich durfte nicht."

Der stumme Blick, den sie tauschten, sprach von enttäuschten Hoffnungen.

Er verzog den Mund. „Wir hatten nicht besonders viel Glück in unserer gemeinsamen Vergangenheit, was meinst du?"

Traurig schüttelte sie den Kopf.

Lächelnd ergänzte er: „Konzentrieren wir uns also auf die Gegenwart, bist du damit einverstanden?"

Sie konnte ein Versprechen in seinen Augen sehen. Und strahlende Liebe. Glücklich nickte sie.

„Wenn du nur ahnen könntest, wie sehr ich dich liebe, Thore."

„Wenn du nur ahnen könntest, wie sehr ich deine Liebe brauche." Er hob die Hand, um sanft ihre Wange zu streicheln. „Und deine Umarmungen ...", fügte er bedeutungsvoll hinzu.

Kichernd schmiegte sie sich wieder an ihn.

„Und deine Küsse ...", flüsterte er mit bittendem Unterton.

Schon drückte sie die Lippen auf seinen Mund, und stöhnend erwiderte er den Kuss.

„Und deine ..."

„Was?", hakte sie lächelnd nach, als er den Satz unvollendet verklingen ließ.

„Ich brauche *alles* von dir. Jeg elsker deg."

„Wie bitte?", fragte sie verwirrt.

Er lachte leise und keuchte, als ein weiterer Stich durch die Wunde fuhr. „Das ist alles, was ich auf norwegisch sagen kann."

„Und was bedeuten die Worte?"

Sein intensiver Blick ließ sie nicht los. „Ich liebe dich. Und um deiner Frage zuvorzukommen: Du bist die erste Frau, die diese Worte von mir hört."

„Oh", hauchte sie. „Es macht mich wahnsinnig glücklich, das zu hören."

Er seufzte leise. Mit einem vielsagenden Lächeln sprach er weiter: „Und deine ...", ließ das Satzende aber offen.

Kapitel 31

Abflauende Phase

Damit brachte er sie erneut zum Kichern. „Was darf es jetzt sein? Ein weiterer Kuss? Noch eine Umarmung?"

Das Lächeln wich einem ernsten Gesichtsausdruck, und er blickte beredet an sich hinab.

Sie folgte dem Blick und riss vollkommen verblüfft die Augen zu ihm hoch. „Schon wieder?", hauchte sie.

„Immer."

Mit Mühe verkniff sie sich ein Schmunzeln, als sie fragte: „Sagtest du nicht etwas von ein Mal täglich?"

„Nein, ich sagte: *Mindestens* ein Mal täglich."

„Ach so", sagte sie gedehnt, und jetzt platzte das Lachen aus ihr heraus, welches sie nicht länger unterdrücken konnte.

„Lachst du mich etwa aus?"

„Das würde ich mich nie trauen. Aber ..."

„Aber was?" Mit gerunzelter Stirn sah er sie forschend an.

„Mir scheint, du hast in der ersten Klasse nicht richtig aufgepasst. Beim Zählen lernen, meine ich ..." Sie grinste.

Hingerissen betrachtete er das Funkeln in ihren Augen.

Kurz überlegte er, wie er es sagen sollte. „Gut, dann sollte ich es vielleicht umformulieren: In der Anfangszeit werden wir so häufig Sex haben, wie mein Körper dazu in der Lage ist. Damit meine ich nicht nur die Standfestigkeit meines Schwanzes, sondern auch die Ausdauer meiner Zunge, sowie die Kraft in den Fingern. Wenn die Leidenschaft - wie bei allen Paaren - irgendwann abflaut, dann werden wir mindestens ein Mal täglich Sex haben."

Absolut sprachlos sog sie die Lippen in den Mund.

„Und wenn du wissen möchtest, wann ich vermute, dass die abflauende Phase eintritt: Nicht, bevor ich die Siebzig erreiche ...", sagte er mit verschmitzt gespitzten Lippen. Ihren verdatterten Gesichtsausdruck konterte er mit einem schiefen Grinsen. „Hast du jetzt eine ungefähre Vorstellung davon, wie verrückt ich nach dir bin?" Sein Lächeln war warm, doch die Augen wirkten ernst.

Sie warf einen schnellen Blick auf seine Leistengegend.

„Und das, mein Schatz, ist nur *ein* Aspekt meiner Sehnsucht nach dir. Genauso dringend brauche ich deine Liebe, deine Nähe, dein Lachen, deine ..."

Zärtlich lächelnd legte sie einen Finger auf seine Lippen: „Ich begreife allmählich."

„Gut. Darf ich dir dann noch einmal sagen, dass ich dich jetzt liebend gerne ficken würde, aber leider nicht dazu in der Lage bin?"

„Und darf ich dir verraten, dass mir das F-Wort noch nie gefallen hat?"

Sie wollte noch etwas sagen, doch er war schneller. „Das wusste ich nicht. Ich werde mich bemü..."

Jetzt war sie es, die ihn unterbrach: „Lass mich doch ausreden. Ich wollte sagen: Aber jedes Mal, wenn du es sagst, mit diesem gewissen Unterton, hat es eine wahnsinnig stimulierende Wirkung auf mich ..."

Er blinzelte ein paar Mal, offenbar sprachlos. Sein Herz begann zu rasen, als sie sich aufrichtete, und ein weiteres Mal ihr Bein über ihn schwang.

Mit einem Zwinkern sagte sie leise: „Am Ende dieser sechs bis acht Wochen werde ich Beinmuskeln haben wie ein Eisschnelllauf Sportler."

Er keuchte schmerzlich, als er lachen musste. Doch es wurde ein Stöhnen daraus, als er ihre Hitze an der Spitze seines Schwanzes spürte.

Sie verharrte und sah ihm tief in die Augen: „Sag es. Was soll ich tun?"

Ein Zittern erfasste seinen Körper, und er spie die Worte regelrecht aus: „Fick mich. Reite mich. Ich will tief in dir sein, bis du so intensiv kommst, dass deine innere Muskulatur sich hart um meinen Schwanz krampft."

Mit einem stummen O auf den Lippen blickte sie ihn an. „Das wäre toll", hauchte sie. „Doch auch jetzt geht es einzig um dich. Vergiss das nicht. In acht Wochen komme ich garantiert darauf zurück." Endlich gab sie dem Drang nach und senkte sich langsam auf ihn hinab.

„*Fuck!*" Er keuchte und verursachte damit tausend Schauder, die über ihren Körper liefen. „O Cory ... Ja!" Wieder und wieder stöhnte er, mit jeder ihrer Bewegungen.

Und sie genoss es! Zu wissen, dass sie es war, die ihn so erregte, machte sie atemlos.

Ihn nicht aus den Augen lassend, hob sie sich an. Sie verharrte, umfasste ihn mit der Hand und schob die Haut so weit zurück, bis seine Eichel komplett frei lag. Dann ließ sie ihr Becken leicht kreisen, rieb sich über seine Spitze, bevor sie ihn wieder in sich aufnahm.

„*Holy fuck!*" Er riss die Augen weit auf und starrte sie an. „Mach das noch einmal, und ich komme."

Ein zufriedenes Lächeln umspielte ihren Mund. „Ach ja? Wie steht es mit dieser Bewegung?" Wieder verharrte sie, allerdings war er noch zur Hälfte in ihr. Sie kippte ihr Becken nach hinten, und erst dann zog sie sich langsam hoch.

Hektisch rang Thore nach Atem. „Will ich wissen, woher du ...? Mach weiter. Ich flehe dich an, fick mich. Härter!"

Kommentarlos tat sie, was er von ihr wollte. Sie stöhnte dabei, selbst bis zum Äußersten erregt. Ihre Beine zitterten, doch sie bemerkte es kaum.

„Cory, ich kann spüren, dass du gleich so weit bist. Mach es so, wie es für dich gut ist, ja? Tust du mir den Gefallen? Wenn du kommst, komme ich auch."

Als seine Worte sie erreichten, warf sie den Kopf in den Nacken. Sie bewegte sich hektischer, nutzte ihr volles Gewicht, um sich auf ihn herabfallen zu lassen. Kurz blinzelte sie, um sich davon zu überzeugen, dass sein Stöhnen von seiner Erregung verursacht wurde. Als sie nichts anderes als siedende Begierde in seinen Augen entdeckte, gab sie ihren Kampf auf.

Bebend erzitterte ihr Körper. „Thore!"

Er ergriff ihre Hand und hauchte: „Komm für mich, Cory ..."

Sie schrie auf, den Kopf weit nach hinten geworfen. Ein Schluchzen stieg in ihr auf, verzweifelt rief sie seinen Namen. Seine Hand stützte sie, bevor sie nach vorne sinken konnte.

Als ihre Blicke ineinander versanken, brannten seine Augen regelrecht, und er atmete hektisch. Das machte ihr bewusst, dass er zu konzentriert auf sie gewesen war, um ebenfalls zu kommen.

Schon nahm sie ihre Bemühungen wieder auf. Sie zog ihre Hand zurück und raunte: „Jetzt du." Ihre Beine versagten ihr fast den Dienst.

Mit reiner Willensstärke zwang sie ihre Muskeln zum weiterarbeiten.

„*Fuck* ...“ Sein Atem beschleunigte sich sprunghaft, was sie veranlasste, sich drängender auf ihn fallenzulassen.

Sie blickten einander an, und dann sah sie es. Unvermittelt verdunkelten sich seine Augen, die Arme begannen zu zittern, als er sie anspannte.

Er stieß einen lauten Schrei aus, der ihren Namen formte. Das Gesicht verzerrt, hauchte er ihn wieder und wieder, dann blieb er ermattet liegen.

Sie sahen sich an, beide hektisch atmend. Tauchten ein in die Gefühle, die sie in den Augen des anderen lesen konnten.

„Komm an meine Seite. Ich möchte deine Nähe spüren“, bat er mit rauer Stimme und klopfte auf das Laken.

Ein schwaches Lächeln flackerte um ihren Mund. „Und du glaubst ehrlich, ich könnte mich noch bewegen? Morgen werde ich dich erschlagen, weil ich dir die Schuld geben werde für den Muskelkater, den ich mir jetzt schon lebhafter vorstellen kann, als mir lieb ist.“

„Aua“, keuchte er, als er lachen musste. „Schatz, hab Erbarmen mit mir. Auch wenn ich es liebe, wenn du so entspannt bist und kleine Witze reißt ... Doch mir tut jedes Lachen weh.“ Er streckte ihr wieder seine Hand entgegen.

„Halt dich fest, ich stütze dich."

Sie verschränkte die Finger mit seinen. Stöhnend hob sie sich an. Ein drucksendes Kichern entfuhr ihr, als es nass aus ihr herauslief. Mit einem erleichterten Seufzen legte sie sich an seine Seite, schmiegte sich an den muskulösen Arm, und legte ihr linkes Bein über seine.

„Will ich wissen, woher du diese Wahnsinnsbewegungen hast?" In äußerst zurückhaltendem Ton stellte er die Frage.

Sie drehte den Kopf etwas, um ihn besser anschauen zu können. Verlegen kaute sie auf der Unterlippe.

„Du sagst nichts." Sein Gesicht schien sich zu verschließen, zumindest gewann sie den Eindruck. „Hat Owen dir das beigebracht?"

Eine kalte Gänsehaut kroch ihre Arme hinauf. Sie streckte den Arm aus, um seine Schläfe zu streicheln. „Owen ist der Ehemann von Phillipa."

Seine halb geschlossenen Augen weiteten sich. Laut stieß er den Atem aus. „Also war ich ganz umsonst eifersüchtig?"

„Dazu hattest und hast du keinen Anlass." Sie sagte es bestimmt.

„Und ..."

„Was?"

„Der Mann, der dich nach mir hatte?" Mit heftig schlagendem Herzen wartete er auf ihre Antwort.

Ihr entfuhr ein schnaubender Laut. „Ach, Thore ... Da war niemand."

Er gab ein seltsames Geräusch von sich, dann murmelte er: „Dem Himmel sei Dank." Mit einem Stirnrunzeln hob der den Kopf. „Woher hast du dann ...?"

Sie biss sich auf die Lippe. „Woher schon? Daher, wo ich auch alle anderen Informationen über das Thema Sex habe."

Sein Blick blieb unverändert fragend.

Tief schöpfte sie Luft. „Ich hatte die Idee mit dem Deal. Auf den du dich nie eingelassen hättest, wenn du gewusst hättest, dass ich noch Jungfrau war." Sie hob die Hand, als er etwas sagen wollte, und fuhr fort, ohne ihn zu Wort kommen zu lassen: „Ich habe an die hundert ..." Verlegen schloss sie die Augen. „... Pornos angeschaut, damit ich mich darauf vorbereiten konnte, was mich erwartet."

Sprachlos sah er sie an. Dann räusperte er sich mühsam. Mit heiserer Stimme sagte er: „Als du meinen Schwanz in den Mund genommen hast, hätte ich nie vermutet ... Es war das allererste Mal für dich?"

„Ja."

„Wahnsinn ..." Staunend betrachtete er ihr Gesicht. „Du hast dich äußerst geschickt angestellt." Er zögerte, wusste aber nicht, wie er fragen konnte, ohne dass es seltsam klang.

Sie lachte leise. „Ich sehe die Frage in deinen Augen. Die Antwort darauf lautet: Ja, es war mir unangenehm, ich gebe es ehrlich zu. Doch dann ... Es war ...“ Sie leckte sich über die Lippen.

„Was?“, fragte er drängend.

„Es war aufregend, erregend. Ich hätte es gerne noch länger getan, doch du hast ...“

„Ich wäre direkt in deinem Mund gekommen, wenn ich mich dir nicht entzogen hätte. Das gilt für den Quickie genauso wie für unsere Nacht. Und in beiden Fällen wollte ich lieber in dir kommen, als in deinem Mund.“

„Oh.“

„Aber wenn du ...“ Er zögerte.

Sie lächelte ihn strahlend an. „Wenn ich es noch einmal machen möchte?“

„Ja, wenn ... Dann dürftest du es durchaus bis zum Ende machen. Ich würde es mit Wonnen genießen.“

„Einverstanden.“ Leise gähnte sie.

„Müde? Möchtest du schlafen?“

„Ja, ich bin müde. Es war ein ziemlich aufregender Tag. Ich weiß nicht, ob du es anders empfunden hast ...?“

„Der beste Tag meines gesamten Lebens“, hauchte er und freute sich, als sie errötete. „Ich lasse dich schlafen, wenn du mir versprichst, noch da zu sein, wenn ich aufwache.“

„Das verspreche ich dir liebend gerne", murmelte sie. „Wie spät ist es überhaupt?" Sie reckte sich, um auf die Leuchtziffern seiner Handyuhr zu schauen. „Halb elf? Wahnsinn! Ich werde um sieben aufstehen müssen. Darf ich dein Handy als Wecker benutzen? Mein Telefon liegt im Auto, fürchte ich."

„Moment mal. Wieso ...?"

„Ich muss morgen arbeiten. Um neun kommt mein erster Klient. Nach Feierabend komme ich wieder, sofern du es möchtest."

Entsetzt sah er sie an. „Nein", hauchte er verzweifelt. „Ich kann keinen ganzen Tag ohne dich überstehen. Du musst dich krankmelden."

Kopfschüttelnd sah sie ihn an. „Thore", sie zog den Namen in die Länge. „Das kann ich nicht. Morgen ist erst Donnerstag. Aber ich habe das Wochenende frei. Darf ich dein Handy benutzen?"

„Ja", murmelte er verstimmt. „Doch ich verstehe nicht, warum du dich ni..."

„Lass uns nicht streiten. Ich muss arbeiten." Sie angelte nach dem Smartphone und gab es ihm. "Kannst du den Wecker auf sieben stellen, bitte?"

Er schluckte alle Worte hinunter, auch wenn er gerne tausend sagen wollte.

Morgen Abend erschien ihm eine gute Zeit, um über ihr zukünftiges, gemeinsames Leben zu reden.

Kapitel 32

Thores Traum

„Nein ... Cory ..." Seine leisen Worte rissen sie aus dem Schlaf.

„Thore?", murmelte sie, noch halb gefangen in ihrem Traum.

Er gab keine Antwort, und fast wäre sie wieder eingeschlafen, als er erneut ihren Namen sagte.

Sie richtete sich auf, stützte sich auf ihren Unterarm, und versuchte in der Dunkelheit sein Gesicht zu erkennen.

„Wieso, Cory?" Seine Stimme war leise wie ein Hauch.

„Was?" Nervös befeuchtete sie ihre Lippen mit der Zunge.

Wieder Stille.

Allmählich gewöhnten sich ihre Augen an die Düsternis. Erstaunt bemerkte sie, dass seine geschlossen waren.

„Cory ..." Sein Kopf rollte zur Seite, als würde er ihn schütteln. „Wieso willst du mich nicht?"

Ihr klappte der Mund auf.

Ihn nicht wollen?

Was redete er da?

„Ich ertrage es nicht länger", murmelte er.

Sie streckte die Hand aus und berührte ihn sacht an der Schulter. „Ich bin doch hier. Was ist denn los?"

Ein Zittern durchlief seinen Körper.

Erschrocken biss sie sich auf die Lippe. „Thore? Was ..."

Doch seine Stimme unterbrach sie: „Ich liebe dich. Warum kannst du mich nicht auch lieben?"

Mit einem Mal wurde ihr bewusst, dass er schlief und träumte, da sich seine Augen unter den Lidern hektisch bewegten, sein Körper ansonsten aber ruhig im Bett lag. Sacht rüttelte sie an seiner Schulter.

„Ich verspreche dir ..." Die Worte wurden so undeutlich, dass sie den Rest nicht verstand.

Allerdings zuckte sie heftig zusammen, als er ein lautes „Nein! Bitte ...", ausstieß. Schockiert bemerkte sie eine Träne, die seine Wange hinablief.

Ein lautes Stöhnen kam aus seiner Kehle, wieder murmelte er ihren Namen.

„Bitte, wach auf. Du träumst schlecht." Etwas beherzter drückte sie seine Schulter.

Er bewegte sich, als wollte er die Hand abschütteln.

„Thore, wach auf!"

„Dein Duft verfolgt mich", flüsterte er. „Ich wünschte, ich dürfte dich noch ein einziges Mal halten ..."

„Thore." Sie kniete sich neben ihn und legte beide Hände an seinen Hals. Sich nach vorne beugend drückte sie ihre Lippen für einen kurzen Moment auf seinen Mund.

„O Gott", entfuhr es ihm.

Ihr Herz schlug rascher, da sie überzeugt war, er wäre endlich aufgewacht.

Ein weiteres Zittern durchlief ihn, doch seine Lider blieben geschlossen.

„Wach auf!" Ihre Stimme war lauter, als sie es beabsichtigte, und sie sah, wie er zusammenfuhr.

Ein abwehrendes Geräusch machend wollte er sich auf die Seite drehen. Doch offenbar schmerzte es ihn, denn er kam wieder zur Ruhe, ohne es noch einmal zu versuchen. Stattdessen murmelte er: „Weise mich nicht zurück, Cory ... Ich werde verrückt, wenn ich dich nicht wiedersehen darf."

O Gott ... Was habe ich ihm angetan?

Erst jetzt begriff sie, wie stark sie ihn *tatsächlich* verletzt hatte mit ihrer Abwehr. Erschüttert starrte sie ihn an.

„Cory ..." Ihr Name war wie ein Seufzer.

„Ich bin doch hier. Wach endlich auf, bitte." Ihre linke Hand streichelte sein Gesicht. Erneut zuckte er, und sie hoffte, er würde endlich zu sich kommen. „Thore!"

„Ja?"

„Wach auf."

„Nein ... Mein Traum ist so schön. Ich kann deine Hand spüren ...“

„Wach auf, meine Berührung wird nicht verschwinden“, flüsterte sie in sein Ohr.

Sein Kopfschütteln ließ sie frustriert den Mund verziehen. „Thore, mach die Augen auf.“

Seine Lider flatterten.

Sie seufzte erleichtert, als er sie endlich ansah. „Hey ... Du hast geträumt.“

Wortlos starrte er zu ihr hoch, dann schüttelte er ein weiteres Mal den Kopf.

Den Mund zu einem Lächeln verziehend sah sie ihn an, während ihre Hand seine Wange streichelte. „Träume ich? Mir ist, als könnte ich deine Berührung spüren.“

Stirnrunzelnd sah sie ihn an. „Natürlich träumst du nicht, ich bin hier. Und ich liebe dich. Du hast mich erschreckt. Du hast schlimme Sachen gesagt im Schlaf.“

Er riss die Augen weit auf. „Kein Traum?“ Seine Stimme war schwach, und sie klang ungläubig. Er hob die Hand, als wollte er ihr Gesicht anfassen, doch er zögerte.

„Berühre mich, dann weißt du, es ist kein Traum.“

Einen Moment blieb es still. Dann wisperte er: „Ich traue mich nicht. Gleich greife ich ins Leere, und was ist dann?“

„Thore ...“ Sie schnalzte tadelnd mit der Zunge.

Milde lächelnd griff sie nach seiner Hand, und zog sie hoch zu ihrem Gesicht, um sie auf ihre Wange zu drücken.

Scharf sog er den Atem ein. Als er sich aufsetzen wollte, fiel er mit einem schmerzlichen Stöhnen zurück auf das Kissen. „Küss mich", befahl er. „Damit ich es glauben kann."

Lächelnd beugte sich sie vor und küsste ihn zärtlich.

„*Fuck!*", war seine Reaktion darauf.

„Was ist?" Erschrocken fuhr sie zurück.

„Komm wieder her. Weiche niemals mehr vor mir zurück." Seine Augen nahmen einen ernsten Ausdruck an.

„Dann erschrecke mich nicht. Ich dachte, du hast Schmerzen."

„Ich scheiße auf Schmerzen. Viel schlimmer ist das Gefühl, wenn du vor mir zurückweichst. Würdest du mich noch einmal umarmen, bitte?"

„Oh ...", entfuhr es ihr erstaunt. „Habe ich dich jemals bitten gehört?"

„Du wirst mich auch flehen und betteln hören, wenn du nicht ..." Er verstummte, als sie sich vorsichtig an ihn schmiegte, um ihm nicht weh zu tun.

„O Gott, es muss ein Traum sein", hauchte er, die Augen fest geschlossen.

Das brachte sie zum Kichern. Sie bettete den Kopf an seiner Brust, noch immer neben ihm kniend.

„Du hast furchtbar geträumt."

„Ach ja?"

„Ja. Du hast meinen Namen gerufen und mich gefragt, warum ich dich nicht auch lieben kann."

Er räusperte sich. „Vergiss es. Das ist, Gott sei Dank, Vergangenheit."

„Ich liebe dich, Thore. Schon so lange. Ich besaß nur nicht den Mut, es dir zu sagen."

„Ich habe es dir auch viel zu spät verraten." Er stieß einen lauten Seufzer aus.

„Deine Worte zu hören ... Sie haben mir fast das Herz zerschnitten", hauchte sie.

„Sieh mich an." Er wartete, bis sie es tat, erst dann sprach er weiter: „Ich möchte die Monate ohne dich gerne vergessen. Die Zeit war die reine Hölle, und das sage ich, ohne zu übertreiben. Aber wenn ich es noch einmal durchstehen müsste, um dich für mich zu gewinnen, dann tue ich es. Weil du es wert bist. Ich liebe dich, Cory. Mit meinem ganzen Herzen und meiner Seele."

Leicht lächelnd hakte sie nach: „Aber nicht mit deinem Körper?"

Er lachte kurz auf: „Dein Kuss hat völlig ausgereicht, um dich zu wollen. Ich fürchte, mein Körper liebt dich nicht nur, er betet dich an."

„Oh?"

„Okay, in Ordnung ... Ich gebe es zu: mir, meinen Herzen und meiner Seele geht es nicht anders."

Er seufzte leise. „Ich bin süchtig nach dir. Nicht eine Sekunde möchte ich mehr ohne dich sein. Ich brauche dich, intensiver und dringender, als du je verstehen könntest."

Eine prickelnde Gänsehaut startete an ihrer Kopfhaut und rieselte ihren Rücken hinab.

Erst eine Stunde später schliefen sie Arm in Arm ein.

Kapitel 33

Familie

„Darf ich dich etwas fragen?" Ein äußerst zurückhaltender Ausdruck stand in ihren Augen.

„Wir sind seit einem Monat ein Paar. Du solltest mittlerweile verstanden haben, dass du mich immer alles fragen darfst, mein Schatz."

„Ich würde gerne wissen, warum du allein bist."

Thore atmete tief ein und aus. Lange sagte er nichts. Dann sah er hoch und streckte ihr die Arme entgegen.

Sie trat zu ihm, und er klopfte auf seinen Schoß. Rittlings setzte sie sich auf seine Schenkel.

Fest schloss er die Arme um sie. „Da hast du mir eine schwere Frage gestellt. Theoretisch könnte ich jetzt stundenlang erzählen, aber mir wäre die relative Kurzfassung lieber."

Cory nickte und sagte: „Wenn du gar nichts erzählen möchtest, wäre es auch okay. Es ist nur, weil ich dich gerne besser kennenlernen und verstehen möchte. Ich frage nicht aus bloßer Neugier."

Ein warmes Lächeln ließ seine Augen leuchten. „Ein Grund mehr, dich zu lieben. Und ich antworte dir gern auf deine Frage." Nachdenklich runzelte er die Stirn, seufzte dabei schwer.

„Sie bezieht sie auf eine Zeit meines Lebens, die größtenteils nicht spaßig war."

Bevor er fortfuhr, atmete er einige Male tief durch. „Ich war zwei, als meine Mutter starb. Aus der Akte - die ich bekommen habe, als ich volljährig wurde - geht hervor, dass sie an einer Überdosis starb. Technisch gesehen habe ich seither in einem privaten Waisenhaus gelebt. Bis zu dem Tag, als ich mit meiner ersten großen Filmrolle genug Geld verdient hatte, um diese Wohnung hier zu kaufen."

Cory kuschelte sich dicht an seine Brust, schmiegte die Wange an seinen Hals. „Du bist nie adoptiert worden? Oder hast in einer Familie gewohnt? Was ist mit deinem Vater?"

„Keine Adoption. Mein Vater ist als *Unbekannt* in der Geburtsurkunde eingetragen. Ich kannte kein Familienleben, bis ich vierzehn wurde, und Samuel Hershberger kennenlernte. Er zog mit seiner Familie in die Gegend, in der ich aufwuchs."

„Wo war das?"

„Embreeville, Pennsylvania. Samuel hat sich mit mir angefreundet, bevor die anderen Jungs aus der Schule ihn über mich aufklärten." Seine Stimme klang mit einem mal kalt und bitter, und ihr stockte der Atem. „Ich war immer der Außenseiter. Manche Kinder hat es nicht gestört, aber es dauerte in der Regel nur ein oder zwei Wochen, dann wurde ihnen der Umgang mit mir verboten."

„Wieso?", fragte sie entsetzt und lehnte sich zurück, um ihn anzusehen.

Ein Seufzen entfuhr ihm. „Als Kind habe ich es nicht verstanden, später schon. Meine mangelnden Manieren, und meine Bereitschaft zu kämpfen, haben mir damals den Ruf eines Raufbolds eingebracht. Solch einen Umgang wollten die Eltern nicht für ihre Kinder."

„Verstehe. Und Samuel?"

„Seine Familie gehörte zu den Amischen, bis der Vater verbannt wurde. Eine lange Geschichte, die ich dir ein anderes Mal erzählen kann, falls es dich interessiert. Jedenfalls wurde Samuel der beste, und einzige Freund, den ich je hatte. Bis zu dem Tag ..." Er verstummte und zog die Schultern hoch, als wäre ihm kalt.

„Dazu muss ich etwas ausholen. Samuel hatte mich zu sich nach Hause eingeladen. Becky, seine Mutter, hat mich bei meinem allerersten Besuch in die Familie aufgenommen. Nie zuvor habe ich solch einen großherzigen Menschen getroffen." Er rang um Worte. „Es ist schwer zu erklären. Sie wurde tatsächlich so etwas wie meine Mutter. Sie hat mich genauso behandelt wie ihren eigenen Sohn. Eli, Samuels Vater, war anders, weniger herzlich. Doch er hat es geduldet, dass ich praktisch jedes Wochenende und in den Ferien bei ihnen gewohnt habe."

Als er nicht weitersprach, hakte sie nach: „Was ist passiert?"

Thore seufzte. „Ich habe Samuels Freundschaft verloren, als wir siebzehn waren. Ich war so dämlich, so grenzenlos dumm ... Sarah, seine ältere Schwester, war in mich verknallt. Ich denke nicht, dass ich mich groß von anderen hormongesteuerten Jugendlichen unterschied, auch wenn Samuel anders war. Jedenfalls habe ich mit ihr rumgemacht, und er hat uns erwischt."

„Du hast mit ihr geschlafen?"

„Nein. Wir haben herumgeknutscht und ein wenig gefummelt. Doch so etwas wir bei den Amischen außerhalb der Ehe nicht geduldet, von daher war es umso schlimmer. Obwohl sie mehr als willig mitgemacht hat, spricht mich das nicht von meiner Schuld frei. Samuel war völlig neben der Spur, wollte mich dazu überreden, sie zu heiraten. Ich habe gelacht, weil das so eine irrsinnige Forderung war. Definitiv war ich nicht bereit, mich mit einer Ehefrau zu belasten, gerade mal siebzehn Jahre alt. Das hat Samuel nicht gut aufgenommen. Er hat mich vom Hof gejagt, und gedroht, wenn ich mich jemals wieder seiner Familie nähere, dann erschießt er mich."

„Warst du in sie verliebt?"

„Nein. Sie war ganz niedlich. Aber verliebt war ich nicht."

Eine Weile lang schwieg sie. Dann entschlüpfte ihr ein leises: „Puh."

Ein Lacher entfuhr ihm. „Nette Zusammenfassung: Puh."

„Was ist aus Sarah geworden?"

„Vielleicht war ich zwanzig, eventuell einundzwanzig, da habe ich sie einmal zufällig in einem Laden getroffen. Es war mir nicht möglich, mit ihr zu sprechen, da sie in Begleitung ihres Ehemanns war. Sie schien glücklich zu sein."

„Und Samuel?"

Er schüttelte traurig den Kopf. „Von dem besagten Tag an hat er mich ignoriert. Seit dem Verlassen der Schule habe ich ihn nicht mehr gesehen."

Nachdenklich streichelte sie über seine Brust. „Du vermisst ihn noch immer." Es war eine Feststellung, keine Frage.

Leise seufzend sagte er: „Ja. Und ich allein trage die Schuld daran. Auch wenn ich Samuel damals verflucht habe, kann ich ihm keinen Vorwurf machen."

„Hast du einmal den Versuch gemacht, dich mit ihm auszusöhnen?"

„Jeden Tag, als wir noch zur Schule gingen. Danach nicht mehr."

„Warum hast du keine anderen Freunde? Neben Anne und Richard, meine ich", fragte ich sanft und streichelte mit den Fingerspitzen sein Kinn.

„Ich war Samuels Freundschaft nicht wert, wie ich bewiesen habe. Ich wollte das, was uns verbunden hatte, nicht ersetzen, es fühlte sich falsch an. Von daher ...“ Der Satz blieb unvollendet in der Luft hängen.

„Ich verstehe, was du meinst. Was mich aber interessiert: Könntest du dir für die Zukunft vorstellen, noch einmal eine Versöhnung anzustreben?“

Sie sah sein Gesicht erblassen.

Lange sagte er nichts, starrte nur ins Leere. „Ich wüsste nicht, wie ... Du hast Samuels Worte nicht gehört. Er meinte es, wie er es sagte ...“

Kapitel 34

Weihnachten

Ein breites Lächeln lag um Thores Mund, als er die Beleuchtung einschaltete. Er richtete sich auf und stellte sich hinter Cory. Seine Arme legten sich um ihre Taille, während sie gemeinsam den Weihnachtsbaum bewunderten.

Ein glücklicher Seufzer entschlüpfte ihr. „Schau nur, wie schön er ist", murmelte sie hingerissen.

„Ja, das ist er. Aber bei weitem nicht so schön, wie du."

Ein belustigtes Kichern platzte aus ihr heraus.

„Frohe Weihnachten, mein Schatz", murmelte er an ihrem Ohr. „Hm ... Cory? Darf ich dir jetzt schon mein Geschenk geben? Ich fürchte, ich kann unmöglich bis morgen früh warten."

„Darf ich zuerst?" Breit lächelnd drehte sie sich zu ihm um und sah ihn bittend an.

Erstaunt erwiderte er ihren Blick.

Leise lachte sie. „Ich kenne dich inzwischen ziemlich gut. Schon seit Tagen spüre ich deine Unruhe. Und da ich es ebenfalls kaum abwarten kann, dir mein Geschenk zu geben ... Bitte, darf ich zuerst?"

„Als könnte ich dir eine Bitte abschlagen ...", murmelte er mit einem Lächeln.

„Es ist unser erstes Weihnachten zusammen, und theoretisch sollte ich dir etwas gekauft haben. Doch das Geschenk, das ich für dich habe, kann man nirgendwo kaufen. Ich hoffe so sehr, du wirst dich darüber freuen."

„Du musst mir nichts schenken. Ich habe dich, mehr brauche ich nicht", erwiderte er ernst.

„Tatsächlich habe ich *zwei* von diesen besonderen Geschenken für dich. Es sind welche, die man nicht auspacken kann und auf die man warten muss."

Sein Gesicht zeigte seine Verwirrung. „Ich verstehe nicht ...?"

Cory lächelte ihn breit an. Sie löste sich von ihm, griff hinter eines der Sofakissen, und zog etwas hervor. „Dieses ist mein ganz persönliches Geschenk an dich." Sie reichte ihm eine kleine, quadratische Box mit einer großen Schleife auf dem Deckel. „Rein symbolisch. Damit du etwas zum Auspacken hast."

Zögernd griff er danach, wog es in der Hand, ohne den Blick von ihr zu lösen.

„Aufmachen, bitte", murmelte sie ungeduldig.

Eine gefühlte Ewigkeit starrte er den Karton an, was sie ganz zappelig machte.

Bedächtig zog er den Deckel ab. Stirnrunzelnd, und mit zitternden Fingern, griff er hinein. Einen Herzschlag später hielt er zwei winzige, cremeweiße Söckchen in der Hand.

Bang beobachtete sie seine Reaktion.

Sein Mund öffnete sich, formte ein stummes O. Er riss den Blick zu ihr hoch. Tränen schossen in seine Augen. Als sein Mund sich zu einem Lächeln verzog, rollte die erste Träne seine Wange hinab. „Du bist schwanger?", hauchte er.

„Ja. Und ich bete darum, dass es bleibt."

Thore raffte sie in seine Arme, um sie behutsam an sich zu drücken. „Ich werde auf dich und das Baby achtgeben. Das verspreche ich dir, mein Schatz."

„Du freust dich also?" Ihre Stimme zitterte, während ihr Herz unruhig pochte.

„Mehr, als ich dir jemals sagen kann. Ich weiß, es ersetzt nicht unser erstes Baby. Doch ich liebe es jetzt schon genauso stark."

Sie seufzte erleichtert. „Wir schaffen das, oder?"

„Gemeinsam können wir alles schaffen."

Glücklich stieß sie den Atem aus, den sie unbewusst angehalten hatte. Dann sah sie verschmitzt lächelnd zu ihm hoch. „Wie spät ist es?"

Vollkommen aus der Fassung gebracht, blickte er sie an. „Wir sind mitten im Gespräch über unser Baby. Wie kannst du da nach der Uhrzeit fragen?"

„Ich schulde dir noch das zweite Geschenk, und es sollte gegen zwanzig Uhr eintreffen."

Er warf einen raschen Blick auf sein Handy. „Es sind noch zehn Minuten bis dahin. Sag mir lieber, wann das erste Geschenk eintreffen wird."

Ihr Mund verzog sich zu einem Lächeln. „Ich bin in der siebten Woche. Der Arzt hat errechnet, dass unser Blaubeerchen am achten August Stichtag hat."

„Blaubeerchen?"

„So groß ist Baby-im-Bauch ungefähr."

Thore machte große Augen. „Wahnsinn", murmelte er wie erschlagen. „Kommt her, Mommy und Blaubeerchen. Ich muss euch umarmen."

Kaum drückte er Cory zärtlich an sich, als es an der Tür klopfte. Er riss den Kopf hoch.

„Geh aufmachen. Das dürfte dein zweites Geschenk sein", sagte sie mit einem aufgeregten Lächeln.

Tief durchatmend ging er die wenigen Schritte zur Tür. Doch er zögerte einen Moment, ehe er öffnete. Augenblicklich erstarrte er, und sein Mund klappte auf. Hauchdünn kam es ungläubig von seinen Lippen: „Becky?"

„Hallo, mein Schatz. Oh ... Verzeihung, ich sollte dich wohl besser mit Thore ansprechen?"

Sprachlos starrte er sie an. Gehemmt streckte er ihr die Hand entgegen.

Sie lächelte mit Tränen in den Augen. „Bekomme ich eine Umarmung? Oder bist du zu erwachsen daf..."

Er nahm sie in die Arme, bevor sie den Satz beenden konnte. „Es tut mir so leid, Becky. Ich habe alles falsch gemacht ..."

„Unsinn, mein Schatz. Junge Menschen müssen Fehler machen."

„Dann weißt du alles? Hat ..." Er zögerte, dann sprach er leise den Namen aus. „... Samuel es dir erzählt?"

„Nein, hat er nicht. Sarah war es. Und um es gleich zu sagen: Niemand in unserer Familie macht dir einen Vorwurf. Eli war lange wütend, das verschweige ich nicht. Doch als Sarah David geheiratet hat, war das Thema endgültig vom Tisch."

„Ich hätte es niemals so weit kommen lassen dürfen. Das kann ich mir nicht verzeihen. Dennoch habe ich euch so bitter vermisst ..."

„Ach, mein Schatz. Ich wünschte, du wärst zu uns gekommen, um die unselige Geschichte aus der Welt zu schaffen. Wir haben dich nämlich auch vermisst." Sie rückte von ihm ab. „Und sieh dich bloß an ... Wie stattlich du geworden bist!"

Er grinste schief.

Cory stellte sich neben ihren Mann. „Hallo, Becky."

„Wie schön, dich zu wiederzusehen, Cory."

Beide Frauen sahen zu Thore auf, der sich beeilte zu sagen: „Komm doch rein, Becky, und setz dich." Lächelnd trat sie ein.

Bevor er die Tür schließen konnte, hörten sie Schritte näher kommen. Stirnrunzelnd blickte Thore ins Treppenhaus. Schlagartig wurde er blass, und all seine Gesichtszüge entglitten ihm.

Ein blonder Mann kam näher, blieb an der Türschwelle stehen.

Stumm sahen sich die beiden an.

Beklommen beobachteten Cory und Becky, wie Samuel den Kopf leicht schief legte. „Darf ich eintreten? Oder bin ich nicht willkommen?"

Wie zur Salzsäule erstarrt stand Thore da.

Es war Samuel, der leise sagte: „Hör zu, es tut mir leid. Ich ..."

„Nein!", rief Thore laut. „Nein. Mir tut es leid. Ich habe den größten Mist gebaut. Etwas, was ich niemals hätte tun dürfen. Und wenn es nur möglich wäre, würde ich es liebend gern ungesch..."

„Vergeben und vergessen", unterbrach Samuel ihn und streckte ihm die Hand entgegen.

Doch Thore schüttelte den Kopf. „Ich habe deine Vergebung nicht verdient."

Ein Lächeln breitete sich auf dem Gesicht seines Gegenübers aus. „Spätestens mit diesen Worten *hast* du sie dir verdient."

Cory sah ihren Mann die Augen schließen. „Bittest du deinen Freund herein? Oder muss ich das übernehmen?"

Sein Blick zuckte erschrocken zu ihr. „Freund? Ich ..."

„Ja, dein Freund", sagte Samuel entschieden mit rauer Stimme.

Becky und Cory hielten die Luft an.

Thore blickte starr zu Boden, ehe er murmelte: „Ich habe deine Freundschaft verdienterweise verloren."

„Was mein Mann sagen möchte, ist, dass er glaubt, deiner Freundschaft nicht würdig zu sein", sagte sie, um die Versöhnung zu beschleunigen.

„*Bullshit!*", entfuhr es Samuel.

„Also wirklich, mein Sohn", tadelte Becky entsetzt. „Was ist denn das für eine Sprache?"

Doch er überging das. „Du warst mein bester Freund, einer, auf den ich mich immer verlassen konnte. Und du hast mir gefehlt, Thore. Ich war zu stolz, um zu dir zu kommen, als mir klar wurde, wie ..." Er stieß ratlos seinen Atem aus. „Ja, ich war verdammt wütend, wahrscheinlich sogar zu recht. Doch als mir bewusst wurde, dass Sarah auch schuldig war ... Im Prinzip ist nicht einmal wirklich etwas passiert. Und spätestens da hätte ich auf dich zugehen müssen. Es tut mir leid, dass ich nicht stark genug dafür war. Und ich bitte dich, mir das zu verzeihen."

Endlich streckte Thore ihm die Hand entgegen. Samuel nahm sie und zog ihn in eine Umarmung.

Lange sahen sich die beiden ernst in die Augen.

„Komm rein", sagte Thore mit heiserer Stimme.

Etwa fünf Stunden später schmiegte Cory sich an ihn, als sie im Bett lagen.

Leise setzte Thore zum Sprechen an: „Wie kann ich dir dafür danken?"

„Ich bin wahnsinnig froh für dich. Du musst mir nicht danken."

Sein Blick verlor sich im Strahlen ihrer Augen. „Du ahnst nicht, wie glücklich ich bin, dich zu haben." Zart fuhren seine Fingerspitzen über ihr Gesicht.

„Wie war es, Samuel nach so vielen Jahren wiederzutreffen?"

„Unwirklich."

Sie lachte leise. „Nach dem Auftauen wirkte es, als wären keine fünfzehn Jahre vergangen."

Er nickte nachdenklich, dann lächelte er. „So fühlte es sich auch an. Ich kann kaum fassen, wie viel wir noch immer gemeinsam haben."

„Ihr zwei habt den gleichen Humor", kicherte sie.

„Wie früher. Aber mit dem Fluchen hinkt er weit hinterher." Er zuckte grinsend mit den Brauen.

Laut lachte sie und sagte prustend: „Herrje, hast du Beckys Gesicht gesehen, als du das erste Mal *Fuck* gesagt hast?"

Er biss sich auf die Lippe, offenbar hin- und hergerissen zwischen dem Drang zu lachen und tiefer Beschämung.

„Entspann dich, Thore. Gegen Ende des Abends war sie fast schon daran gewöhnt."

Ihre Blicke hingen ineinander. Der Ausdruck seiner Augen wurde ernst. „Mein süßer Schatz. Ich liebe dich so sehr." Seine Fingerspitzen liebkosten ihre Wange.

„Ich liebe dich auch." Sie hob die Hand, fuhr damit durch seine Haare. Dann reckte sie sich, bis sie mit dem Mund fast seine Lippen berührte. „Küss mich, bitte."

Er rückte eine Winzigkeit weg. „Wenn ich dich küsse, will ich dich ficken. Doch du hast Blaubeerchen im Bauch."

Fassungslos sah sie ihn an. „Wie ...? Was passiert da gerade in deinem Kopf? Keine Küsse, kein Sex, bis Blaubeerchen auf der Welt ist? Sieht so dein Plan aus?"

Er zuckte die Achseln. „Hast du einen besseren Vorschlag?"

„Ja, allerdings! Küss mich!" Herausfordernd blickte sie ihn an.

Seine Antwort war ein Stöhnen, doch noch immer verweigerte er sich ihr.

„Küss mich, Thore. Schlafe mit mir. Ich sehne mich nach dir." Als er sich nicht bewegte, richtete sie sich auf. Entschieden drückte sie die Lippen auf seinen Mund.

„Nicht", stöhnte er. „Schatz, bitte. Ich will nicht, dass unser Baby in Gefahr gerät." Mit zitternden Händen drückte er sie zurück.

„Okay, dann bekommst du jetzt einen Schnellkurs in Sachen Schwangerschaft und Risiko ... Tatsache ist: Es gibt kaum etwas, was einer intakten Schwangerschaft gefährlich werden kann. Unser erstes Beerchen war dem Stress und meiner Angst um dich nicht gewachsen, so hat es mir mein Arzt erklärt. Doch zu dem Zeitpunkt steckten wir in einer Extremsituation. Jetzt jedoch geht es mir blendend. Und der Arzt hat uns grünes Licht für Sex gegeben. Ich habe ihn extra danach gefragt. Wenn Blaubeerchen gesund ist, dann werden wir in acht Monaten unser Baby im Arm halten."

„Das ist wirklich wahr?"

„Bitte, glaube mir. Ich kann dir versichern, dass ich höchst ungern eine zweite Fehlgeburt durchmachen möchte. Würde ich Angst haben, dann hätte ich deinem Plan zugestimmt. Doch mir geht es gut, und Blaubeerchen ebenfalls. Auch um dich muss ich keine Angst haben." Sie sah ihn eindringlich an. „Bitte, Thore ... Ich sehne mich nach dir und deinen Küssen."

Tief holte er Luft. Dann neigte er lächelnd den Kopf und fragte mit einem Funkeln in den Augen: „Wenn du sagst, du sehnst dich nach mir ... Welchen Teil meinst du damit genau?"

Erleichtert atmete sie auf, lachte dann leise. „Ich habe dich so was von durchschaut. Du willst nur, dass ich dreckige Wörter in den Mund nehme ..."

„Falsch. Es macht macht mich wahnsinnig an, wenn du schmutzig mit mir sprichst. Aber mir wäre es tausend Mal lieber, wenn du etwas anderes in den Mund nimmst ...“

Mit tiefer Stimme raunte sie: „Deinen Schwanz, ich weiß es. Du willst, dass ich an ihm lecke, ihn tief in meine Kehle eindringen lasse, mit den Lippen massiere und an der Eichel sauge ...“

Mit brennenden Augen sah er sie an. *„Fuck*, ja“, hauchte er. Zutiefst erregt strich er mit dem Daumen über ihre Unterlippe, sah es fast bildlich vor sich.

Mit der Zunge leckte sie über Lippe und Daumen zugleich. Ein dunkles Stöhnen brach aus seiner Kehle hervor, als er die Daumenkuppe in ihren Mund schob, und sie kräftig daran saugte.

„FUCK!“ Er keuchte, verlor fast den Verstand vor Begierde. „Ich werde dich jetzt ficken“, stieß er kehlig hervor.

„Oh?“, machte sie überrascht. „Aber was ist ...?“

„Ein anderes Mal. Dreh dich auf den Bauch.“

Heftig atmend vor Erregung erfüllte sie seinen Wunsch.

„Hinknien, Oberkörper runter.“ Ihr bereitwilliges Befolgen seiner Befehle machte ihn glücklich und seinen Schwanz noch härter. „Sag mir, was ich mit dir machen soll.“

Sie drehte den Kopf, sodass sich ihre Blicke trafen.

„Fick mich. Nimm mich hart von hinten. Ich will dich tief in mir spüren."

„Genau da will ich auch sein, mein Schatz", murmelte er. Mit einer einzigen, kräftigen Bewegung rammte er sich in sie.

„Oh, ja", seufzte sie glücklich und erregt zugleich.

„Sag es!", forderte er nachdrücklich.

„Fick mich, Thore ... Fick mich, ich brauche dich."

„Hart?"

„Ja, fick mich hart."

Genau das tat er. „Du umschließt mich so heiß, so feucht. Das ist der pure Wahnsinn", keuchte er abgehackt, als er sich immer wieder in sie trieb. Noch schneller bewegte er sein Becken, um härter gegen sie zu prallen, sich auf diese Weise noch tiefer in sie zu rammen.

„O Gott", stöhnte sie und warf den Kopf in den Nacken. „Das tut so gut."

„Ach ja?", keuchte er. „Wie gut?"

„So gut, dass ich gleich komme", stöhnte sie.

„Nimm mich härter. Ich brauche das so sehr."

„Ich will auch, dass du kommst. Dich zum Höhepunkt zu ficken, ist mein höchstes Begehr." Fest pumpte er die Hüften vor und zurück, klatschte mit jeder wiederkehrenden Bewegung gegen ihren Schoß, der ihn willig aufnahm.

Schon schrie sie auf.

„Ja, Cory, ja. Gleich bin ich auch soweit!"

Seine Finger umklammerten ihre Hüften, vergruben sich in ihrem Fleisch. Nur Sekunden später gab er ein tiefes Stöhnen von sich, während wilde Schauder ihn schüttelten.

Halb begrub er sie unter sich, als er sich auf ihren Rücken fallen ließ.

Ächzend lag sie in die Matratze gepresst und erstickte fast unter ihm.

„Gib mir fünf Sekunden", hauchte er atemlos und vollkommen entkräftet.

Ein gedämpftes Kichern ließ ihn den Kopf heben. Mühsam legte er die Hände auf das Bett, um sich hochzustemmen.

„Verflixt, bist du schwer", keuchte Cory und lachte leise.

„Freches Ding", grummelte er. „Muskeln sind nun mal schwerer als Fett, dafür kann ich nichts."

Leise seufzte sie. „Und ich mag jeden einzelnen deiner Muskeln, das darfst du mir gerne glauben."

„Du *magst* sie?" Ein amüsiertes Grinsen spielte um seine Lippen.

„Ja. Du bist durchaus ansehnlich, wie du ganz genau weißt." Sie rollte sich herum, und sofort zog er sie an seine Seite. „Ich liebe dich, Thore", murmelte sie, während die Müdigkeit in ihr stärker wurde. Sie kuschelte sich an ihn, legte das Bein über seine, und fuhr träge mit den Fingerspitzen die Konturen seines Mundes nach.

„Ich liebe dich auch. Dich und Blaubeerchen." Er neigte ihr das Gesicht entgegen, um sie zu küssen. Doch unvermittelt riss er den Kopf hoch und starrte sie an. „*Fuck!*"

Überrascht öffnete sie weit die Augen. „Was …?"

Sein fassungsloser Gesichtsausdruck reizte sie zum Kichern, doch der entsetzte Blick, den er auf sie richtete, verhinderte es.

„Wie konnte ich das vergessen?", fragte er sich selbst und klang dabei ungläubig.

Verwirrt runzelte sie die Stirn.

„Dein Weihnachtsgeschenk, mein Schatz …"

Sie konnte das Kichern nicht mehr zurückhalten.

„Verdammt, Frau. Wie kannst du das lustig finden? Ich konnte tagelang nicht richtig schlafen, weil ich so gespannt darauf bin, wie es dir gefällt. Und du lachst mich aus …", murmelte er vorwurfsvoll.

Mühsam unterdrückte sie ihre Heiterkeit. Ein warmes Strahlen erhellte ihre Augen, als sie murmelte: „Ich würde dich niemals auslachen. Thore?"

„Ja, mein Schatz?"

„Halt mich fest, bitte. Kein Geschenk der Welt ist wichtiger für mich, als deine Liebe. Ich möchte in deinen Armen geborgen sein und an dich gekuschelt einschlafen, das ist mein Wunsch an dich für jeden Tag meines Lebens. Das andere Geschenk kann bis zum Aufwachen warten. Ja?" Bittend sah sie ihn an.

Seufzend zog er sie dichter an seinen Körper. „Was mache ich bloß mit dir? Du weißt, ich kann dir keine Bitte abschlagen ...", sagte er leise. „Doch wie kann es sein, dass du meine geheimsten Wünsche aussprichst, als wären sie auch deine?"

„Wir haben die gleichen Wünsche, weil wir uns lieben", antwortete sie mit einem leisen Seufzen.

„Und wie ich dich liebe, mein Schatz. So heftig, dass es mir manchmal Angst macht. Und ich möchte dir danken."

Fragend sah sie ihn an.

„Dafür, dass du meine Liebe erwiderst." Als er dieses Mal den Kopf neigte, trafen sich ihre Lippen zu einem zärtlichen Kuss. Aus seinen Augen strahlte tiefstes Glück.

Ende

Janey L. Adams
Ally – Romanze in D-Dur (Band 1), Roman
ISBN: 978-3-7431-3152-1

Was soll eine junge Frau machen, die auf den *Richtigen* wartet und sich in den *Falschen* verliebt?

Gutaussehend, von sich selbst überzeugt und beharr-lich: Gabe, der Mann, der sich in das Leben der Kunst-studentin Ally drängt. Der Mitbewohner ihrer besten Freundin raubt ihr den letzten Nerv. Was bezweckt er mit seinen Avancen? Er gibt ihr eine simple Antwort: Ich will dich in meinem Bett haben. Doch sie hat nicht jahrelang auf den Richtigen gewartet, um ihre Prinzipien und Träume für einen One-Night-Stand wegzuwerfen. Wenn sie es nur schaffen könnte, ihn sich aus dem Kopf zu schlagen ...

Auszug:

"In Ordnung, verdammt. Du sollst deine Ehrenschuld bekommen. Auch wenn ich mir sicher bin, dass du sie dir nur ausgedacht hast."
Er war gut, wie ich zugeben musste, denn er zeigte keinerlei körperliche Reaktion. "Das bliebe zu bewei-sen. Und was setzt du als Ehrenschuld ein?"
Jetzt überlegte ich verunsichert. Was könnte ich ihm anbieten? Ich grübelte, aber mir fiel nichts ein.
"Feigling ..."
"Hey, ich überlege doch schon. Mir fällt aber nichts ein, was du von mir würdest haben wollen."

Nachdenklich zupfte ich mit den Fingern an meiner Lippe, und sein Blick blieb daran hängen.

Er holte tief Luft. "Wie steht es mit einem Kuss?"

Merklich veränderte sich die Luft. Ich hatte Mühe, zu atmen.

"Also wirklich", stöhnte ich entrüstet. "Davon hattest du wahrlich schon genug."

"O nein, meine süße Ally, davon habe ich garantiert noch nicht genug. Also, bist du mutig genug?" Mit glitzernden Augen betrachtete er meinen Mund.

"Das ist doch lächerlich." Mir war schwindelig. Allein der Gedanke, er würde mich gleich küssen, ließ meinen Puls sprunghaft ansteigen.

"Also kneifst du?" Wieder wirkte er äußerst cool und blickte zum Film.

Ich zuckte unentschlossen mit den Schultern.

"Komm, Süße, gib dir einen Ruck", flüsterte Gabe - ohne mich dabei anzusehen - und ein Schauer lief meinen Rücken hinunter beim Klang seiner samtenen Stimme.

"In Ordnung", murmelte ich, wagte es aber nicht, den Blick zu heben.

"Wow! Das wird unser erster Kuss, den du mir freiwillig gibst." Wieder diese Samtstimme ...

"Moment mal, ich dir?" Entsetzt riss ich die Augen auf.

"Aber Süße, natürlich du mir. Deine Ehrenschuld, dein Kuss." Er schien - mit all seiner Willenskraft - ein Lächeln zu unterdrücken, doch seine Mundwinkel zuckten trotzdem ganz kurz.

"Du bist echt fies ..."

"Komm dichter, Süße." Gabes Stimme lockte ...

Janey L. Adams
Ally – Liebe in a-Moll (Band 2), Roman
ISBN: 978-3-7431-4101-8

Wie soll ein junger Mann die Liebe *festhalten*, wenn sie bei der ersten Schwierigkeit vor ihm *davonläuft*?

Gibt es die ewige Liebe, die allen Widrigkeiten trotzt? Gabe glaubt fest daran. Nichts und niemand wird seine Beziehung zu Ally gefährden. Doch kann er seine Eifersucht überwinden?
Ein Geheimnis treibt Ally von ihm fort. Als auch noch seine Vergangenheit nach ihm greift, verdüstert sich die Zukunft, und droht, ihr gemeinsames Glück zu zerstören ...

Auszug:

"*Z*wischen ihm und mir war nichts."

Etwas schien ihm zu missfallen, als er mein Gesicht musterte, denn er verengte die Augen. "Ach ja? Hat er dich geküsst?"
War das ein Schuss ins Blaue, oder hatte er es mir angesehen?
Ich sog die Lippen in den Mund und wusste nicht, was ich darauf erwidern sollte.
Seine Stimme nahm einen kalten Unterton an. "Ally, hat er dich geküsst?"
Ich zögerte, dann nickte ich langsam.
"Und das nennst du: Es war nichts zwischen euch?
"Das waren nur Küsse. Kein Grund, sich darü ..."

"Küsse? *Mehrzahl?*", unterbrach er mich aufgebracht. Sein Atem ging schwerer und sein Gesicht verfinsterte sich. "Du kennst ihn seit ein paar Wochen, und er hat *mehrere* Küsse von dir bekommen?"

"Gabe, bitte. Ich hatte getrunken an dem Abend."

"Verdammt ... Und du willst mir weismachen, es war nichts zwischen euch?" Seine laute Stimme bereitete mir allmählich Sorgen. "Verrate mir eins: War das, bevor du mich kanntest?"

Weit riss ich die Augen auf.

"Du brauchst nichts sagen. Ich kann es in deinem Gesicht lesen." Er wandte mir den Rücken zu, offenbar darum bemüht, seine Gefühle vor mir zu verbergen.

"Hör auf, bitte. Er hat sich Hoffnungen gemacht, ich wollte und will nichts von ihm."

"Sag mir, war das bevor oder nach unseren Küssen an der Uni?"

Wie fremd seine Stimme auf einmal klingt, dachte ich verwundert.

Er drehte sich zu mir um, sah mich abwartend an.

Den Blick zu Boden wendend versuchte ich mich zu erinnern.

Er warf den Kopf in den Nacken. "Verstehe schon", sagte er tonlos. "Ich brauche etwas zu trinken. Ich bin gleich wieder da."

Bevor ich reagieren konnte, verschwand er in der Menge. Tief atmete ich durch. Erst jetzt bemerkte ich die hämmernden Kopfschmerzen, die meinen Kopf zu spalten schienen.

Verdammt ...

In absehbarer Zukunft verfügbar: Ally (Band 3)

Auszug:

„*A*lly …" Die wunderschöne Samtstimme, die ich so liebte, klang völlig tonlos.

Ich starrte zu ihm hoch, zu meinem Ehemann, der mit blassem Gesicht vor mir stand. Uns trennten drei Meter voneinander, doch es hätten ebenso gut dreitausend sein können.

Wütend und voller Angst kreidete ich mir an, nicht auf meine innere Stimme gehört zu haben. Immer wieder hatte sie mir zugeflüstert, dass ich ihm kaum noch Raum gegeben hatte. Alles drehte sich um unsere kleine Tochter. Was auch richtig war, denn sie brauchte mich.

Doch was ich mir bitter zum Vorwurf machte, das war die Zeit, die ich mit Gabe hätte verbringen können, es aber nicht getan hatte.

Zeit, die ich zum Schlafen genutzt hatte, um meine innere Batterie wieder aufzutanken, anstatt mich um ihn und seine Bedürfnisse zu kümmern.

„Gabe, es tut mir so leid. Ich weiß, es ist etwas schwierig zur Zeit …"

Als ich weiterreden wollte, unterbrach er mich. Seine Stimme trug nicht den leisesten Hauch eines Vorwurfs in sich, was es nur noch schlimmer für mich machte: „Ja, das ist mir nicht entgangen, Ally. Darum geht es aber nicht. Ich wollte dir etwas anderes sagen." Einen Moment lang schloss er die Augen und atmete tief durch. Als er mich erneut ansah, neigte er den Kopf zur Seite. In seinem Blick lag eine abwartende Neugier.

„Ich habe mich in eine andere Frau verliebt."

Stille.

Absolute, monotone Stille.

Eine durchdringende Totenstille, in der ich tatsächlich hören konnte, wie tief in mir etwas zerbrach.

Tränen schossen in meine Augen, als ich in die seinen blickte. Wunderschöne, hellgraue Augen, die mich einmal voller Liebe angesehen hatten.

Vorbei.

Alles vorbei!

Und ich trug die Schuld daran ...

Zitternd rang ich nach Luft, die einfach nicht zu mir kommen wollte. Zwei Tränen rollten langsam meine Wangen herunter, ebenso dickflüssig wie die Luft um mich herum.

Er liebt eine Andere.

Damit war alles gesagt, oder?

Zu kämpfen gab es nichts mehr, denn er hatte sich für eine Andere entschieden ...

Verzweifelt irrte mein Blick umher, doch nichts vermochte mir Hoffnung zu geben.

Ein allerletztes Mal hob ich die Augen zu ihm. Laut aussprechen durfte ich es nicht mehr, das Recht dazu hatte ich verloren. Doch innerlich sagte ich es ihm ein letztes Mal: *Ich liebe dich!*

Es schnürte mir den Atem ab.

Dies war mit Abstand das Schwerste, was ich jemals in meinem Leben tun musste, doch ich zwang mich dazu. Die Augen niederschlagend wandte ich mich von ihm ab, ging mit steifen Schritten die wenigen Meter ins Badezimmer und schloss fast lautlos die Tür hinter mir.

Janey L. Adams, Jahrgang 1972, wurde in Deutschland geboren, und lebt mit Mann und Kindern in Kanada. Sie selbst bezeichnet sich als Leseratte und hoffnungslose Romantikerin.

Janey L. Adams ist bei *Facebook.com* registriert und freut sich auf Fragen, Kritik, Anregungen oder Kommentare hinsichtlich ihrer Bücher.